KB253544

포갓

For God

FUSION FANTASTIC STORY

포갓 2

취령 퓨전 판타지 소설

초판 1쇄 찍은 날 § 2007년 4월 16일
초판 1쇄 펴낸 날 § 2007년 4월 26일

지은이 § 취령
펴낸이 § 서경석

편집장 § 문혜영
편집책임 § 최하나
편집 § 문정흠

펴낸곳 § 도서출판 청어람
등록번호 § 제1081-1-89호
등록일자 § 1999. 5. 31
어람번호 § 제1-0824호

주소 § 경기도 부천시 원미구 심곡1동 350-1 남성B/D 3F (우) 420-011
전화 § 032-656-4452 팩스 § 032-656-4453
http://www.chungeoram.com
E-mail § eoram99@chollian.net

© 취령, 2007

ISBN 978-89-251-0663-2 04810
ISBN 978-89-251-0661-8 (세트)

퓨전 판타지 소설
취령 FUSION FANTASTIC STORY

제룡비무대회
(悌龍比武大會)

2

포갓
For God

도서출판 청어람

目次

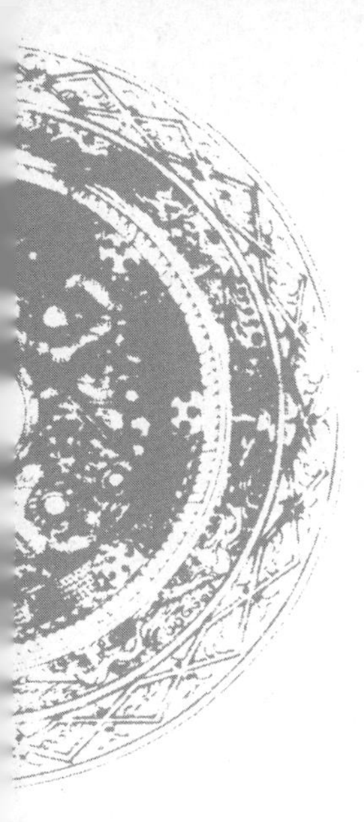

第一章
전초전(前哨戰)

죽은 자의 영혼과 사람의 심혼(心魂)을 다루는 흑마법사 무림에 환생하다!

마왕의 힘을 배워 9클래스의 마법 경지를 넘어서고, 절대의 무공 경지에 들다!

그를 기다리는 건 무림사에 더없을 멸겁의 종말, 새황 오대천의 살혼마신!

제룡비무대회(悌龍比武大會).

멋들어진 현판이 걸려 있는 커다란 대문으로 많은 무사들을 위시한 일행이 들어가기 위해 기다란 줄을 이루며 대기하고 있었다.

"신분을 증명하시오."

기계적인 투로 말하는 무인, 그리고 그와 같은 황금빛의 용 문양이 수놓아진 무복을 입고 있는 금의위사들은 끝없이 늘어서 있는 사람들을 통제하기 위해 동분서주하고 있었다.

추모선은 자신을 향해 말하는 금의위사를 향해 인자한 웃음을 지어 보이며 품에서 옥패를 꺼내었다.

"독고세가의 총대주인 추모선이라고 하오. 뒤쪽 마차 안에
계신 분들은 본 가의 소가주님과 소가모님이시오."

위사는 옥패를 잠시 살펴보고는 이곳저곳을 둘러보다가 추
모선의 옆에 서 있는 곽나연을 힐끗 보더니 고개를 끄덕였다.

곽나연은 그 눈빛이 마음에 들지 않는 듯 살짝 얼굴을 찌푸
렸다. 북경까지 오면서 종종 느껴지는 끈적한 시선을 느끼며
그녀는 면사를 쓰지 않고 나온 것을 후회했다. 가내에서야 그
녀의 용모는 당소소의 미모에 가려 그다지 빛나지 않은 데다
이번에는 소소 또한 답답하다는 이유로 면사를 쓰지 않았던
것이다.

"통과!"

추모선은 뒤를 돌아보며 말했다.

"자, 가자! 이랴."

말고삐를 잡으며 독고세가의 일행이 천천히 관문을 지나
갔다.

"헉."

마차 창 틈으로 소소의 옥용을 본 무사의 입에서 헛바람이
새어 나왔다. 자세히 본 것도 아니건만 오랜만에 잔뜩 치장을
하고 나온 그녀의 미모는 눈이 부셨다.

"그런데요, 상공. 저도 그거, 한번 배워볼 수 없을까요?"

소소의 말에 잠시 의아하다는 듯한 표정이 된 독고진이다.

"뭘?"

그녀의 말이 다시 이어졌다.

"패월쌍무 말예요."

독고진은 실소를 흘렸다. 벌써 몇 번째 소소가 하는 말이었기 때문이다. 얼마 전에 있었던 세 사람과의 비무 후 검을 주무기로 사용하는 소령과 곽나연에게 각각 패월쌍무의 반쪽인 백월린검(白月燐劍)과 묵월신검(墨越迅劍)을 전해주었다. 한데 편(鞭)을 무구로 사용하는 그녀로서는 구경만 하였기 때문이다.

"아무리 당 매가 재능이 뛰어나다 하더라도 편과 검을 동시에 연마하는 것은 무리야. 암기술도 마찬가지고. 당 매도 알다시피 너무나도 상극의 무구야. 내가 나중에 천류비화폭(天流緋華爆) 같은 비급이라도 구해다 줄 테니까 너무 섭섭해 마."

그 말에 그녀는 어쩔 수 없이 고개를 끄덕였다. 물론 과거 암기술의 달인이라 불리며 무림 역사상 처음 암왕(暗王)의 영예를 얻은 종리무무의 무공이었던 천류비화폭을 얻어주겠다는 건 독고진의 허풍이겠지만, 그녀는 만약 독고진이 당장 천류비화폭을 얻어준다 하더라도 여전히 패월쌍무가 마음에 들 뿐이었다. 아름답고 강한 패월쌍무를 직접 본 탓도 있지만, 무엇보다도 그녀는 독고진의 노력이 담긴 그 무공을 자신의 손으로 직접 펼쳐 보고 싶었다.

대충 그녀의 마음을 눈치 챈 그는 속으로 낮은 한숨을 내뱉었다.

'후우, 이러다 내가 팔자에도 없는 암기술까지 배워야 하는 건 아닌가 모르겠군.'

속으로 푸념을 늘어놓은 그는 자신의 어깨에 기대어 있는 소소를 살짝 안아주었다.

"당 매, 예선만 다 끝나면 당 매도 출전해야 하는 거잖아. 내가 틈틈이 도와줄 테니 좋은 성적을 거둬서 당가의 위명을 드높여야지."

소소는 뾰족한 표정을 하고는 대꾸했다.

"그러는 상공은 왜 안 하시는데요? 물론 소령 아가씨만 하더라도 이제 웬만한 후기지수는 상대도 안 될 정도겠지만, 정말 당신은 이해할 수가 없어요."

독고진은 장난스런 표정을 짓는다.

"내가 이렇게 시시한 데 나가서 뭐 하겠어. 맹주님이라도 출전하신다면 내 한번 나가는 걸 고려해 보도록 하지."

독고진은 웃으라고 농담을 한 말이었지만 소소는 속으로 심각히 고민 중이었다.

'정말 그래서 안 나가시는 건가? 상공이랑 맹주님이 대련하면 어떻게 될까?'

소소는 정말로 검왕과 독고진의 능력을 동일 선상에 놓고 있었다. 그만큼 독고진이 보여준 모습이 놀라웠음이다.

"근데 아버님과 어머님, 소령 아가씨는 먼저 가서 계시는 거예요?"

독고진은 고개를 끄덕였다.

"그래, 아마 지금쯤이면 황룡각에 도착하셨을 거야."

황룡각은 황실 측에서 무림맹의 귀빈들에게 제룡회가 열릴 때면 머물 수 있게 내어주는 곳이었다.

"그렇군요."

두 사람이 한참 이야기를 하고 있을 때 바깥에서 말의 투레질 소리가 커다랗게 들려왔다.

푸히히이잉—

그 소리와 함께 덜컹거리며 가던 마차가 멈추었다.

"총대주님, 무슨 일이죠?"

소소가 창밖을 빼꼼히 내다보며 추모선에게 말한다.

"내리십시오, 소가모님, 소가주님. 예약해 놓은 객잔에다 왔습니다. 여기서 일단 요기라도 좀 하고 다시 출발하시죠."

그 말에 소소의 얼굴이 눈에 띌 정도로 환해졌다. 어지간히 배가 고팠나 보다.

"안 그래도 배가 고팠는데 잘됐네요. 상공, 내리세요."

"그래."

독고진은 고개를 끄덕이고는 마차 바깥으로 가볍게 뛰어내렸다. 그리고 그 뒤를 따라 소소가 내렸다.

"점소이를 따라가십시오. 저는 무사들과 따로 먹겠습니다."

추모선의 말에 독고진은 고개를 끄덕였다.

"예. 수고하세요, 대주님."

독고진이 점소이를 향해 고개를 돌리자 소소의 외모에 잠시 멍한 표정으로 서 있던 점소이가 정신을 차리고는 입을 열었다.

"따라오십쇼, 소협."

약간은 어눌한 점소이의 발음에 소소가 살포시 웃었다. 주위가 환해지는 듯한 착각이 들 정도로 아름다운 미소였다.

점소이가 앞장서자 두 사람은 그 뒤를 따라 천천히 올라갔다.

삼층으로 이루어진 누각은 꽤나 고풍스러운 분위기를 연출했다.

삼층까지 올라간 점소이가 창가의 자리를 가리키며 말했다.

"자, 두 분의 자리는 저기 저쪽 창가입니다요. 일단 차라도 드시며 이야기 나누십쇼. 금방 음식을 올리겠습니다."

독고진은 살짝 웃어 보이며 대답했다.

"알겠소. 수고하시오."

두 사람은 천천히 자리로 가 앉았다. 그리고 그는 반대편 창가 쪽에 앉아 있는 한 무리의 무인들을 발견하고는 눈에 이채를 띠었다. 그들의 등에 새겨져 있는 선명한 매화 무늬를 본 탓이었다. 소소도 그것을 봤는지 앉자마자 입을 열었다.

“상공, 화산의 무인들인 것 같은데요?”

“그런 것 같네.”

장내를 슬쩍 둘러보던 독고진의 시선이 백발의 노인에게로 고정되었다.

‘오랜만에 맹주와 비견될 만한 고수를 보게 되는구나. 저 노인도 칠왕의 일인인가?’

독고진은 칠왕을 생각해 보았다. 아무리 생각해 보아도 칠왕 중 일인이 화산에 있다는 소리는 들어보지 못했다.

그는 속으로 생각하며 유심히 나머지 일행을 살폈다. 구파일방 중 하나인 화산파를 보니 오랜만에 호기심이 동한 것이었다.

“호오!”

그의 입에서 작게 감탄사가 나왔다. 그러자 소소는 눈을 동그랗게 뜨고는 놀란 표정이 되었다. 독고진이 놀라는 모습은 좀처럼 볼 수 있는 것이 아니었기 때문이다.

“상공, 뭘 보셨기에 그리 놀라셔요?”

“저기 가장 왼쪽에 앉아 있는 청년, 갈무리되어 있는 기운으로 봤을 때 거의 나연이와 비견될 수준이야.”

그 말에 소소 또한 눈에 이채를 띠며 그 청년을 향해 시선을 돌렸다. 그녀 또한 곽나연의 실력을 익히 알고 있었기 때문이다. 게다가 얼마 전에 독고진에게서 받은 묵월신검(墨越迅劍)은 곽나연을 더욱 높은 경지까지 끌어올려 주었다. 그런데 그런 곽나연과 비견될 정도라면 충분히 놀라운 것이었다.

"역시 화산이라는 건가?"

독고진의 입꼬리가 살짝 말려 올라갔다. 아무리 쇠락했다 하더라도 화산은 화산이라는 생각이 들었다.

독고진이 중얼거리는 것을 들었는지 노인의 고개가 그를 향해 살짝 돌아갔다. 자신을 응시하는 모습에 독고진은 가볍게 목례를 취한 후 소소를 향해 고개를 돌렸다.

"당매."

"예."

"저기 저쪽에 있는 노인, 누구인지 알아?"

소소는 노인 쪽을 살짝 응시하며 입을 열었다.

"으음, 화산의 장로 정도 되시는 분 같은데요?"

독고진은 무의식중에 중얼거렸다.

"화산의 장로들이 다 저분 정도의 역량이라면, 세상은 화산을 너무 모르고 있는 거로군."

그의 말에 소소는 무슨 말인지 모르겠다는 듯 멀뚱히 그를 쳐다보았다.

"저분, 내가 보았을 땐 맹주님과 비교해도 전혀 떨어지지 않는 분이야. 내력만으로 따지면 오히려 더 나으신 듯한데……."

소소의 눈이 동그랗게 커졌다. 그녀는 두 가지 의미에서 매우 놀랐다. 화산의 장로가 칠왕의 일인에 버금갈 정도의 능력

 FOR GOD

이 된다는 것에 먼저 놀랐으며, 그보다 더욱 놀라운 것은 독고진이 두 사람을 비교하였다는 것이었다. 그것도 구체적으로.

타인의 무공 수위를 짐작하려면 아무리 못해도 그와 동수 이상이 되어야 하는데, 그렇다면 독고진의 무위가 무림 십사대 존좌(尊坐)의 일인과 버금갈 정도가 된다는 이야기였기 때문에 경악할 수밖에 없었다.

"상공, 묻고 싶은 것이 있어요."

뜬금없는 그녀의 말에 독고진은 의아하다는 듯한 표정을 짓는다.

"말해봐."

"상공의 무공 수위는 대체 얼마나 되는 거예요?"

갑작스러운 질문에 독고진은 당황하여 뒷머리만 긁적였다.

"글쎄, 나도 뭐라고 설명해야 할지……."

그가 얼버무리자 소소는 입을 쑥 내밀었다.

"피이, 그런 게 어딨어요. 자신의 무공 수위를 모르는 무인이 어딨나요?"

독고진은 빙그레 웃었다.

"당 매를 지켜줄 수 있을 정도는 되니까 걱정하지 마."

낯뜨거운 말에 소소의 얼굴이 잘 익은 홍시마냥 붉어졌다.

"치이."

하지만 독고진에겐 마음속으로 삼킨 한마디가 더 있었다. 그냥 '지켜줄' 이 아닌 '어떤 상황에서든 지켜줄' 이었던 것이다. 그것은 독고진 자신이 천하제일인이라는 자만심이 아닌, 자신을 향한 자신감이자 다짐이었다.

*　　　　*　　　　*

"시작하시오."

제룡비무대회의 예선이 치러지고 있는 곳. 한 남자가 길쭉하게 휘어진 면도를 들고 그의 앞에 자리하고 있는 쇳덩이를 향해 내려치려 하고 있었다.

면도란, 일반 도와는 다르게 매우 얇은 도신을 가진 경도로서 제룡회의 예선 과정 중 하나인, 일명 '백련정강으로 이뤄진 쇠기둥에 흠집 내기' 에는 매우 불리한 병기였다.

하지만 무슨 연유에서인지 사내는 매우 여유있는 모습이었다.

쐐에에엑—!

얇은 도신이 만들어내는 날카로운 파공음. 그리고,

서격—

놀랍게도 그의 면도는 마치 아무런 저항도 받지 않은 듯 순식간에 쇠기둥을 통과했다. 정말 허공을 가르는 듯한 자연스런 움직임이었다.

그그긍—

비스듬히 잘린 백련정강 기둥이 천천히 쓰러졌다.

그 광경에 할 말을 잃어버린 심판관들은 그저 멍하니 앉아 있었다.

"뭐 합니까? 통과 맞죠?"

사내의 퉁명스런 말이 장내에 잠시 흐르던 정적을 깼다. 그제야 정신을 차린 심판관 중 한 사람이 멍한 목소리로 입을 열었다.

"묵… 비령, 토, 통과."

심판관들이 놀란 것은 당연했다. 백련정강은 일반 강철과는 그 강도가 차원이 달랐다. 검기를 씌우지 못하더라도 엄청난 집중력과 검력(劒力)을 갖춰야 겨우 흠집을 낼 수 있을 정도로 강도가 높은 백련정강을 두부 자르듯 싹둑 잘라낼 정도라면 이미 초절정은 넘어선 경지라고 보아야 했기 때문이다. 이 정도라면 후기지수끼리의 비무대회인 제룡비무대회에서는 충분히 우승도 노려볼 수 있을 만한 실력이었는데, 게다가 출신도 분명하지 않은 낭인 중에서 이런 실력자가 나왔으니 더욱 놀란 것이 당연했다.

사내가 지나가고 나자 심판관은 조그맣게 중얼거렸다.

"이번 제룡회엔 신성이 등장하겠어. 백련정강으로 된 기둥을 일도양단(一刀兩斷)이라……."

$$*\qquad*\qquad*$$

"오라버니!"

웅장한 삼층 누각이 늘어져 있는 곳. 커다란 황금빛 용이 꿈틀거리듯 금빛으로 쓰여 있는 황룡각(黃龍閣)이란 글씨가 이곳이 북경, 그리고 자금성의 황룡각임을 알 수 있게 해주고 있었다.

자신을 발견한 소령이 어리광을 부리자 독고진은 빙긋 웃었다.

"요 녀석아, 이제 다 큰 녀석이 아직도 이렇게 철없이 굴면 시집은 어떻게 가려고 그래?"

소령이 어리광을 부리며 독고진에게 안기는 모습을 보고 소소는 살짝 웃어 보였다.

"가가, 너무 그러지 마세요. 보기 좋은데요, 뭘."

그 말에 소령을 떼어놓은 독고진의 입에서 장난스런 말이 튀어나온다.

"소령아, 너 자꾸 오라비한테 안기고 그러면 당 매가 화낼지도 몰라."

소소의 얼굴이 살짝 붉어졌다.

"가가!"

소령은 옆에서 거들기까지 한다.

"언니, 정말이에요? 이제 이러면 안 되겠네?"

독고진을 밀어내며 말하는 그녀를 보며 아예 질렸다는 듯 소소는 고개를 절레절레 흔든다.

그 모습에 소령은 웃음을 터뜨렸다.

"호호."

"그나저나, 소령아, 수련은 잘되어가니?"

소령은 배시시 웃는다.

"뭐, 그럭저럭요. 아직 내력을 전부 통제할 수 있는 수준은 아니지만, 시합 전까진 대충 그 정도까지 끌어올릴 수 있을 것 같아요."

독고진의 고개가 이번엔 소소 쪽으로 돌아간다.

"당 매, 당 매는 어때?"

소소는 그저 뒷머리를 긁적였다.

"글쎄요. 저는 실력이 늘었다는 걸 잘 모르겠어요. 얼마 전에도 나연이랑 비무를 했는데 제가 밀리더라구요. 오히려 전보다 더 밀리는 것 같아요. 나연이의 실력이 많이 늘은 탓도 있긴 하지만, 솔직히 불안해요."

독고진은 속으로 쓴웃음을 지었다. 그가 볼 때 소소의 실력은 정말 일취월장이라 해도 모자랄 정도로 급격히 늘었는데, 단지 대련 상대가 곽나연인 것이 문제였다.

곽나연은 독고진이 전해준 묵월신검(墨越迅劍)의 초식을 솜이 물을 빨아들이듯 무서울 정도의 속도로 자신의 것으로 만들고 있었다. 패월쌍무는 쌍검으로 밀어붙이는 패도적인 기세

와 백월린검(白月燐劍)의 화려함, 묵월신검의 은밀함으로 이루
어진 강(强)과 유(柔)의 절묘한 조화가 특징인 절기이다. 그런
데 독고진이 묵월신검과 백월린검을 각각 두 사람에게 전해줄
때, 그도 생각지 못한 변화가 일어났다. 두 검의 검세(劍勢)에
서 패도적인 기운이 사라진 것이었다. 여인이 익힌 것이 약간
의 이유가 되기는 했지만, 그 거대한 패기가 한 줌도 느껴지지
않는다는 것은 분명 놀라운 일이었다.

일견 이 변화가 좋지 않다 생각될 수도 있겠지만, 오히려
곽나연과 소령에게는 도움이 되었다. 묵월신검과 백월린검
의 검세가 여인이 익히기 알맞은 유려한 검으로 변한 것이었
기 때문이다.

그가 볼 때, 곽나연이 제룡회에 나가기라도 한다면 우승은
물론이고 그녀의 일초 반식조차 제대로 받을 만한 후기지수
가 몇 안 될 것이라 장담할 수 있었다. 그녀가 뛰어난 탓도 있
었지만 묵월신검의 특징인 은밀함과 극쾌(極快) 때문일 것이
다.

이제는 아마 북경에 오던 중 객잔에서 본 화산의 후기지수
역시 그녀의 적수가 안 될 것이라 확신하는 독고진이었다.

한편, 백월린검을 익히고 있는 소령 또한 그동안 많은 성취
가 있었다. 비록 곽나연에게는 미치지 못하지만 백월린검이
묵월신검에 비해 전혀 떨어지지 않는 무리(武理)를 가지고 있
었기 때문이다. 극에 이른 화려함으로 이루어진 환검(幻劍)이

백월린검이었는데, 환검답게 그녀의 백월린검은 매우 상대하기가 까다로울 것이다.

"당 매, 걱정 마. 당 매도 정말 실력이 많이 늘었어. 나연이가 예상외로 너무 많이 늘어서 당 매가 밀리는 거야."

다른 것은 몰라도 무예에 관한 칭찬만은 잘 하지 않는 독고진의 입에서 나온 말이라 그런지 소소의 얼굴이 한결 밝아졌다.

"정말 그럴까요?"

"물론이지. 자, 자, 이제 이 얘긴 그만 하고. 소령아, 아버지와 어머니는 어디 계시니?"

스르륵— 착!

그녀는 오른손에 늘어뜨려 쥐고 있던 검을 검집에 꽂으며 말했다.

"따라오세요."

"아버지, 오라버니 오셨어요."

소령이 독고명과 유하령의 처소 앞에 서서 안에 기별을 넣었다. 그러자 안에서 고운 중년 여인의 목소리가 흘러나왔다.

"아버지는 지금 안 계시는구나. 일단 들어오너라."

독고진의 어머니 유하령의 목소리였다. 소령은 문을 열었다.

그러자 창 아래서 난을 치고 있는 유하령의 모습이 보였다.

도저히 마흔이 넘은 여인이라고는 보이지 않을 만큼 아름다운 성숙미를 물씬 풍기는 여인의 자태가 눈에 들어왔다.

"어머니, 저 왔습니다."

"어머님, 오랜만에 뵈어요."

독고진과 소소의 인사에 유하령은 빙긋 미소 지었다.

"그래, 우리 아들. 새아기도 같이 왔구나."

인자한 그녀의 목소리에 두 사람은 빙긋 웃었다.

"그런데 어머니, 아버지는 어디 가셨어요?"

"무림맹에 가신 듯하구나."

"아아!"

그는 고개를 끄덕였다.

"며늘아."

유하령이 부르자 소소는 다른 생각을 하고 있었던 듯 깜짝 놀라며 대답했다.

"예? 예, 어머님."

그 모양을 본 하령은 살짝 웃어 보이며 말했다.

"오늘은 일찍 자거라. 내일부터 예선 비무가 시작된다 하던데. 피곤할 테니 미리 자두는 것이 좋을 듯싶구나."

"예, 어머님."

유하령의 따뜻한 배려에 소소는 마음이 따뜻해지는 것을 느꼈다.

"진이, 넌 한가로이 노니까 좋더냐? 쯧쯔, 동생이 비무대회

 FOR
GOD

나간다는데 오라비라는 녀석은 구경이나 하고 있고.”

어머니의 퉁명스런 말투에 독고진은 그저 머리만 긁적일 뿐이었다.

“어머니도 참, 그만 좀 우려먹으세요. 이렇게 잘난 부인에 동생이 있는데 저 하나쯤이야.”

아들의 장난스런 말에 유하령은 눈을 흘겼다.

“꼴 보기 싫다, 녀석아. 어여 너희 처소로 가.”

독고진과 소소는 고개를 숙인 후 방을 나섰다.

“어머니도 어지간히 서운하셨나 보네.”

그의 중얼거림에 소소도 덩달아 핀잔을 주었다.

“저 같아도 서운하죠. 제룡회가 어디 보통 대회예요?”

“그만, 그만! 당 매까지 바가지 긁는 거야? 어머니 말씀 못 들었어? 어서 가서 잠이나 자.”

독고진이 짐짓 짜증난 목소리로 대꾸하자 소소는 그의 팔에 얼굴을 비비며 끌어당겼다.

“가가도 같이 가야죠~ 혼자 누워 있으면 잠이 안 온다구요.”

“끄응.”

독고진의 입에서 짧은 신음이 흘러나왔다.

*　　　*　　　*

파죽지세(破竹之勢).

그를 표현하는 말로써 이것보다 더 적당한 말은 없을 듯싶었다. 수없이 많은 무인이 그의 도 앞에 무릎을 꿇었다.

육안으로 확인하기 어려울 정도로 빠른 그의 쾌도(快刀) 앞에 이 초 이상을 버틴 이가 드물었다. 기다란 장도이긴 하지만, 그 두께가 얇고 가벼운 면도는 한계를 넘어서는 쾌(快)를 가능하게 해준 것이었다.

"으싸!"

타탓!

가벼운 몸짓으로 한 사내가 비무대 위에 올라섰다. 허리에 걸려 있는 커다란 도와는 대조적으로 호리호리한 몸매의 청년이었다.

"와아앗!! 쾌도무적(快刀無敵)이다!!"

"파천신도(破天迅刀)! 파천신도!"

파천신도라는 별호에 신(迅)이라는 글자가 보통 고수들의 별호에 쓰이는 신(神) 자가 아닌 빠르다는 의미의 신(迅)이긴 했지만, 이는 충분히 광오한 별호였다.

파천신도 묵비령의 별호는 대중들의 심정을 대변하는 것이었다. 명문대파(名門大派)의 자제들만이 좋은 환경 속에 고수가 될 수 있다는 것이 일반적인 상식이었는데, 이런 때 출현한 낭인 출신이라 알려진 묵비령이 대단한 고수라는 사실은 대중들의 관심과 염원을 끌어모으기에 충분한 것이었다.

"자아, 자, 조용히들 해주십시오! 곧 파천신도 묵비령 소협과 영산파의 문상진 소협의 대결이 시작되겠습니다!"

장내는 마치 물을 끼얹은 듯 조용해졌다. 그뿐 아니라 긴장감마저도 흐르고 있었다. 명문정파 중 어느 정도 입지가 있는 곳인 영산파의 일대제자인 문상진은 지금까지 묵비령의 상대 중 가장 강한 상대였기 때문에 더욱 기대가 모일 수밖에 없었다.

착—

비무대 위에 올라온 두 사람은 서로 마주 보며 포권을 취했다.

"영산파의 문상진이라 하오. 하늘마저 갈라놓을 듯한 쾌도를 견식케 되어 참으로 영광이라 생각하오."

약간은 비꼬는 듯한 말투. 그만큼 자신이 있다는 태도였다.

묵비령 또한 마주 포권을 취하며 입을 열었다.

"영산파의 검을 견식케 되어 본인 또한 영광입니다."

차분하지만 여유있는 그의 모습에 문상진은 속으로 짜증을 삭였다. 그의 눈에 묵비령은 그저 무명소졸에 불과했기 때문이다.

"자아, 그럼 이제 시작하겠습니다. 두 분, 기수식을 취해주십시오."

차착, 착!

묵비령은 자신의 애병(愛兵)인 면도를 정면으로 세웠다. 하지만 문상진은 자신의 검을 검집에서 뽑지조차 않은 채 여유로운 태도 그대로 서 있었다.

묵비령이라는 애송이의 코를 아주 납작하게 눌러줘야겠다는 생각이리라.

"그럼, 시작합니다!"

콰콰쾅─!

말이 끝나자마자 커다란 굉음이 비무대에서 울려 퍼졌다. 묵비령의 발도(拔刀)와 동시에 터져 나온 소리였다. 이 커다란 소리는 묵비령의 도가 발도할 때의 순간 속력이 소리의 속도보다 빠르다는 반증이었다. 찰나간의 순간 속력이긴 하지만 이는 엄청난 쾌도라 할 만했다.

탁─

문상진의 검이 검집째 땅으로 떨어졌다. 그리고 비령의 차가운 도신(刀身)은 이미 문상진의 목젖에 닿아 있었다.

문상진의 눈은 부릅떠져 있었으며, 불신의 빛이 가득했다.

"사, 사술(邪術)이다. 방심했어. 마, 말도 안 돼!"

그의 입에서 떨려 나온 소리였다. 그의 두 눈은 퀭해졌다. 그토록 갈고닦은 검을 한 번 뽑아보지도 못한 채 패배했으니 어이가 없을 수밖에 없었다.

잠시간의 정적.

심판의 목소리가 적막을 깨고 흘러나왔다.

"묵비령 승(勝)!"

이내 대중들의 커다란 환호 소리가 울려 퍼졌다. 단 일 합에 끝난 경기는 이번 제룡회에서 처음으로 나온 경기였다.

"묵비령! 묵비령!"

"역시 파천신도! 최고다!!"

"와아아아!!"

장내는 순식간에 뜨거운 열기로 가득 찼다. 그리고 묵비령은 사방으로 고개를 숙여 보인 후 비무대를 내려갔다.

"저 사람, 대단한데요?"

소소의 입에서 낮게 감탄사가 터져 나왔다. 그녀의 육안으로도 확인할 수 없을 정도의 쾌도에 기가 질린 것이다.

"흐음."

독고진은 낮게 신음을 흘렸다. 그는 경험상 알고 있었다. 묵비령의 도에서 울려 퍼진 굉음이 그 엄청난 속력에 기인한다는 것을. 비록 면도의 가벼움과 발도술에 의존한 찰나간의 속력이라지만 이는 충분히 대단한 것이었다.

두 사람은 아침 일찍부터 제룡회의 예선전을 보기 위해 연무장에 나와 있었다. 전날 너무 일찍 잠이 든 관계로 새벽에 깨어버린 것이다. 소소가 귀찮다고 오기 싫다고 한 것을 독고진이 하수들에게도 배울 점은 분명히 있다며 끌고 나온 것이었다. 비록 첫 관문을 통과한 이들이 예선에 선다 하더라도 그들의 실력은 명문대파나 세가의 후기지수들에 비해 많이 떨어지는 편이었기 때문에 소소는 원래 경기를 관전할 필요성을 느끼지 못했던 것이다. 하지만 이번 경기는 그녀의 가슴에도 와 닿았다.

'만약 소령이나 당 매가 저자와 만난다면 고전할지도 모르겠군.'

독고진의 객관적인 견해였다. 기도를 가늠해 보았을 때, 내력은 소령이나 당소소에 비해 많이 뒤떨어졌지만, 실전 경험이 많을 낭인 출신이라는 점과 병기의 장점을 이용한 쾌도(快刀)는 상대하기 매우 번거로울 것이다.

"당 매가 만약 저자를 만난다면 어떻게 대처하겠어? 내 생각엔 저 사내, 변수가 있다면 우승도 가능할지 몰라. 몇몇 우승 후보들이 양패구상한다든가… 하는 그런 변수."

약간은 장난스런 그의 말이었지만 소소는 진지하게 생각했다. 과연 자신이라면 저런 극쾌에 어떻게 대처를 할까? 곽나연의 절정을 넘어선 쾌검을 수없이 견식한 그녀였지만, 저 사내의 면도에서 나오는 찰나간의 섬광과 같은 발도는 정말 난감하리만치 상대하기 어려울 듯했다.

"솔직히 잘 모르겠네요. 시작하자마자 몸을 날려 피하거나……."

그녀의 말에 독고진은 그저 웃음을 지었다.

"그건 별로 좋은 방법이 아니지. 아무리 당 매의 몸이 가벼

워도 저 가느다란 면도보다 가볍겠어? 피하기 힘들뿐더러 피하고 난 뒤에도 공중에서 도가 한 번 더 방향을 바꿔서 날아들면 더는 피할 도리가 없잖아? 당 매가 허공을 밟을 수 있는 것도 아니고. 편으로 막아낸다고 치자. 한번 선공을 제대로 내어주면 그때부턴 끝까지 수세로 싸울 수밖에 없어."

"끄응."

소소는 고개를 끄덕였다. 인정해야 하는 사실이었기 때문이다.

"그럼 어떻게 해야 하는데요?"

독고진은 씨익 웃는다.

"정말 재밌게도 저 녀석, 도신합일의 묘리를 깨닫고 있어."

소소의 표정이 멍해졌다. 정말 놀란 표정이었다.

"당 매도 알다시피 도신합일은 내공의 고하나 초식의 이해 따위의 것과는 전혀 상관이 없어. 아니, 내공의 고하에는 관계가 있다고 봐야겠군. 내공이 높으면 감각이 훨씬 좋아지는 건 사실이니. 극단적인 예이긴 하지만, 이론상으로는 도를 처음 잡아본 사람이라도 도와 감응하기만 하면 도신합일을 할 수 있을 거야. 내가 볼때 저 녀석은 도신합일을 이용해서 자신이 낼 수 있는 한계치의 쾌도보다 더 빠른 도를 잠시나마 구사할 수 있는 것 같아. 아마 타고난 무골이어야 하겠지만."

독고진의 말을 듣고만 있던 소소의 입이 천천히 열렸다.

"그럼 어떻게 해야 하는데요?"

"당 매의 무구는 편(鞭)이야. 뭐, 신편합일 같은 말은 들어보지 못했지만 굳이 신편합일을 설명하자면, 편의 기다란 그 끝까지 모두 당 매의 신체 일부처럼 느껴질 때를 말하는 거야. 더 정확히 말하자면 편이 당 매의 팔의 연장 선상에 있다라고 느껴질 때."

"……."

소소는 그의 말이 이어지기를 기다렸다.

"당 매가 저 사내보다 월등히 뛰어나지 않은 이상, 도신합일을 이용해서 극쾌의 도를 이용하는 그를 이기긴 힘들 거야. 방법은 당 매도 편과 감응하는 수밖엔 없어."

그 말에 소소는 아미를 살짝 찌푸렸다.

"그런 무책임한 말이 어딨어요? 그런 말은 누구나 하겠다."

독고진은 피식 웃었다.

"안 되면 되게 하면 되지."

그 말에 소소의 표정이 살짝 변했다.

"그게 무슨 말이에요? 어떻게 되게 해요, 이십 년간 못한 건데?"

"방법이 하나 있어."

기대에 찬 눈빛으로 소소가 독고진을 바라보았다.

"내가 격체전력을 해주면 그때에는 잠시나마 당 매의 감각이 많이 올라갈 거야. 아무리 자신의 무구와 하나가 되는 것이 깨달음에 기인하는 것이라 해도 내공이 정말 무지막지하게 높다면 감을 느끼기가 훨씬 쉽겠지."

말을 듣는 소소의 표정은 대략 어이가 없다는 모습이었다. 아마도 이렇게 무지막지한 방법을 생각하는 사람은 독고진밖에는 없을 것이다.

"상공."

나지막이 부르는 소소의 말에 독고진은 멀뚱히 대답했다.

"응?"

"상공이 하시는 말은… 그러니까… 제가 편과 감응할 때까지 상공께서 계속 격체전력을 해주시겠다는 거죠?"

끄덕.

독고진이 고개를 끄덕이자 소소의 표정은 더욱 기가 막힌다는 듯 멍해졌다.

"상공이 생각하시는 방법, 정말 무지막지하게 위험한 거 알아요? 격체전력은 그 자체만으로도 위험을 수반하는 건데. 제가 격체전력을 받자마자 바로 감응할 수 있다는 보장이 있는 것도 아니고… 몇 날 며칠을 격체전력해 주서야 할지도 몰라요. 그리고 그건 불가능해요. 아무리 내공이 수십 갑자가 되더라도 몇 날 며칠을 쉬지 않고 격체전력을 할 수 있다는 말은 들어보지 못했어요."

구구절절 맞는 말이었다. 독고진의 내력이 한정되어 있는 게 아니라는 것을 모르는 소소로서는 그렇게 생각할 수밖에 없었다.

자연의 기를 그대로 이용하는 그에게 격체전력이 위험할 수는 없는 것이었기에 독고진이 이런 무식한 방법을 쓰는 것임을 그녀가 알 리 있겠는가? 냉정하게 말해서 오히려 일 푼이라도 위험이 있다면 소소가 위험하지 독고진이 위험할 일은 전무했다.

이번엔 독고진이 소소를 나지막이 불렀다.

"당 매."

"예?"

"당 매는 내가 바보라고 생각해?"

전혀 연관성 없어 보이는 질문에 소소는 잠시 멍해졌다.

"그럴 리가요."

그리고 그녀는 속으로 한마디 더 중얼거린다.

'상공이 바보면 대체 검을 배운다는 강호의 후기지수들은 대체 뭐가 되는 거죠?'

"그럼 됐어. 내가 뭐 하러 그런 위험한 짓을 하겠어? 다 생각이 있으니까 하는 거야. 당 매도 알다시피 나는 명예 따위에는 전혀 관심이 없는 사람이야. 당 매가 잘되면 좋긴 하겠지만, 그뿐인 거야. 그런 일에 내가 목숨까지 걸어가면서 격체전력을 하겠어? 다 내게 생각이 있으니까 그러는 거야. 격정할 것 하나도 없어.”

소소는 꿀 먹은 벙어리가 되었다. 독고진의 말도 틀린 것은
없었기 때문이다.

“예.”

소소의 대답에 독고진은 빙긋 웃었다.

“자, 이제 남은 예선 경기나 구경하실까?”

第二章
제룡비무대회 (悌龍比武大會)

죽은 자의 영혼과 사람의 심혼(心魂)을 다루는 흑마법사 무림에 환생하다!

마왕의 힘을 배워 9클래스의 마법 경지를 넘어서고, 절대의 무공 경지에 들다!

그를 기다리는 건 무림사에 더없을 멸겁의 종말, 새황 오대천의 살혼마신!

유행이 아닌 자유추구
BOOK Publishing ChungEoram

FOR
GOD

챙— 채챙—

"핫, 하앗!"

도사인 듯 도복을 입은 두 청년. 그중 한 사람은 비지땀까지 흘려가며 대련을 벌이고 있었다. 시퍼런 예기가 일렁이는 진검 대련을 벌인다는 것은 두 청년의 검술 실력이 이미 일정 단계를 넘어섰음을 의미했다.

휘릭—

아침의 싱그러운 바람을 가볍게 가르는 검 소리가 듣기 좋다. 시원스런 이 바람 소리는 언제나 검을 수련하는 이들의 마음을 편안하게 해준다.

"사제, 거기선 발도각을 한번 올려줘도 괜찮을 거야."

비 오듯 땀을 쏟아내며 거칠게 숨을 몰아쉬고 있는 청년과는 달리 사형으로 보이는 남자의 얼굴에는 땀은커녕 흐트러진 머리카락조차 찾아볼 수 없었다.

"헉! 헉!"

숨을 몰아쉬느라 대답하지 못하는 사내에게 여전히 칼부림을 하며 그는 여유롭게 말을 이었다.

"검으로 하는 대련이라고 신체의 다른 부위를 사용하지 말라는 법은 없어. 강호는 승자만이 남는 곳이야. 검술 대련을 하는데 발길질을 날렸다고 비겁하다 한다면 그건 바보야. 상대가 발도각을 날렸는데 비겁하다고 불평할 수 있다고 생각해? 불평하기 전에 넌 이미 사체가 되어 있을지도 모르는 거야. 제룡회의 규칙에도 그런 규정은 없어. 어떤 무구를 사용하든 이기기만 하면 되는 거야."

쉬임없이 말하면서도 그는 숨소리 하나 흐트러지는 법이 없었다.

탱─

그의 손등이 사내의 검 옆면을 정확히 쳐냈다. 끊임없이 변하는 검초의 한가운데, 맨손을 넣어서 정확히 검면을 칠 수 있다는 것은 엄청난 감각과 순발력을 겸비해야 하는 것이었다. 비록 두 사람이 사제지간이어서 쓰는 무공이 같거나 혹은 비슷하기 때문에 서로의 초식에 대해 잘 알고 있다고는 하지

만 그런 것을 감안하더라도 충분히 대단하다 할 만한 것이었
다.

차창—

두 사람의 검이 정면으로 부딪쳤다. 꽤나 많은 경력이 실렸
는지 두 검은 검명(劍鳴)을 울리며 잠시 부르르 떨렸다.

타탓—

두 사람은 순식간에 일 장의 간격을 벌렸다.

"자, 그만. 이쯤 하자구."

그는 아무 일 없었다는 듯 검을 검집에 집어넣고는 커다랗
게 하품마저 했다.

"하하, 역시 아직 전 대사형의 그림자도 못 쫓아가겠군요.
대련, 감사합니다."

청년은 살짝 포권을 취해 보이자 그 또한 마주 인사했다.

"감사라니, 나도 어차피 대련할 상대가 필요했다."

그는 무당의 대제자인 청 자 항렬의 대사형 무당검룡(武當
劍龍) 청운(淸雲)이었고, 그의 상대였던, 정확히 말하자면 그
에게 가르침을 받은 사내는 그의 사제 중 하나인 청명(淸明)
이었다.

두 사람의 대련을 뒤쪽에 서서 계속 지켜보던 청연지가 털
썩 주저앉아 기지개를 켰다.

그 소리를 들었는지 청운은 피식 웃으며 중얼거리는 건지
그녀에게 하는 말인지 모를 정도의 애매한 목소리로 입을 열

었다.

"다 큰 처녀가 처신을 잘해야지."

그 말에 그녀는 볼을 부풀리며 토라진 표정을 지었다.

"다 큰 처녀라뇨? 난 도사라구요. 대무당파의 여도사."

청운은 피식 웃었다.

"여도사? 그럼 사매는 혼인 같은 건 꿈도 안 꾸겠네? 으음, 그럼 이번 기회에 사부님께 사매를 무당의 진산제자로 만들어달라고 청이라도 넣어볼까?"

그러자 청연지의 얼굴이 홍시마냥 붉어졌다.

"사형! 그만 좀 놀리세요!"

무당의 제자는 두 가지로 나뉜다. 진산제자와 속가제자가 그것인데, 보통 진산제자는 무당산에서 어릴 시절부터 자라고 수련해 온, 그야말로 도인을 가리킨다. 그리고 속가제자는 무당에서 일정량의 돈을 받고 제자로 받아들여 무당의 무공을 전수해 주거나 어느 정도 나이가 든 후 무당의 제자가 되겠다고 찾아오는 이들 중 괜찮은 인재를 제자로 받은 경우가 대부분이다. 진산제자와 속가제자의 차이점 중 하나는 무당 진산의 도사들 중에는 여인은 없다는 점이다. 그것은 암묵적인 규정처럼 되어 있는 것이다.

청연지는 아주 어릴 적 무당산에 발을 처음 디뎠다. 그녀 또한 사형제들과 같은 시기에 들어와 무공을 사사한, 원래대로라면 진산제자가 되었어야 할 무당의 제자였다. 하지만 여

인이라는 이유로 다른 사형제들과 달리 속가제자가 된 것이
었다.

"왜? 어디 마음에 둔 사내라도 있나 보지?"

무당의 진산제자는 혼인을 할 수 없다. 청운은 그것을 가지
고 그녀를 놀리는 것이었다.

"하나밖에 없는 사매한테 못하는 소리가 없어!"

그녀는 홱 토라져 버렸다. 그 모양을 지켜보던 청명은 검집
을 닦으며 작게 웃음을 터뜨렸다.

"대사형, 사저랑 그만 좀 하세요. 볼 때마다 대사형은 놀리
고 사저는 토라져 있고."

그러나 청운은 검을 빙글빙글 돌리며 여전히 장난을 쳤
다.

"사매 놀리는 재미라도 없으면 내가 무슨 재미로 살아. 오
늘도 무공, 내일도 무공, 어휴!"

그는 과장된 몸짓을 하며 고개를 젓는다.

연지는 아예 고개를 돌려 버렸다.

"하핫, 사저가 이해하세요. 대사형이 사저 놀릴 때 빼고는
검만 잡고 있는 건 사실이잖아요."

그의 말은 정말이었다. 청운은 사매인 청연지와 장난을 칠
때를 제외하고는 검을 놓지 않았고, 분위기 또한 냉막하기 그
지없었다. 그의 장난스런 모습은 청연지를 놀릴 때를 제외하
고는 전혀 찾아볼 수 없었다.

청명은 멋쩍은 듯 웃어 보였다.

대사형 청운은 그가 평소에 존경해 마지않는 무인이었으며 우상이었다. 동문의 사형제들에 비해 월등하게 뛰어난 성취를 둘째 치고라도 그의 노력은 정말 검을 수련하는 이로서 존경받을 만했기 때문이다.

청운은 자신의 검의 검신(劍身)을 만지작거렸다.

'후후, 제룡회라…….'

그는 제룡회에서 얻을 수 있는 명성보다도 수많은 타 문파의 절기를 겪어볼 수 있다는 사실이 더 기대되었다. 그는 명리와 상관없이 오로지 무(武)를 추구하는 무공광인 것이다.

"청명 사제, 제룡회 본선이 이제 사흘 남았지?"

"예, 대사형."

토라져 있던 연지가 끼어들었다.

"대사형, 첫 경기는 나흘 남았어요."

"알고 있어, 사매."

그는 속으로 중얼거렸다.

'무당의 무공은 제일이다. 내가 지금까지 게으르지만 않았다면, 내 자질이 부족하지만 않다면 나는 지지 않는다.'

이것은 그의 사문인 무당에 대한 절대적인 자부심이었다.

*　　　*　　　*

"자아, 그럼 한번 해볼까?"

독고진은 소소의 등에 손을 가져다 대었다. 그러자 앞섶에 손을 가져다 대고 있던 소소가 움찔한다.

"옷… 벗어야 하는 것 아니에요?"

그녀의 말에 독고진은 웃음을 터뜨린다.

"하핫, 이런. 뭐, 벗고 싶으면 벗어도 되지만……."

그 말과 함께 소소의 얼굴은 잘 익은 홍당무가 되어버렸다.

"그, 그런 건 아니라구요! 단지 얼마 전에 소령 아가씨께 격체전력을 시전할 때……."

그녀는 부끄러운지 말을 흐린다. 부부지간이기는 했지만 창피한 것은 창피한 것이다.

"그때는 맥을 뚫어야 했잖아. 이번엔 단순히 잠시 동안이나마 내 진기를 주입해서 유지만 시키면 되는 거라서 굳이 그럴 필요가 없어. 뭐, 임, 독맥을 뚫는다 하더라도 옷을 벗을 필요는 없을걸? 당 매는 이미 어느 정도 혈맥이 유연해져 있거든. 내가 살짝 도움만 주면 뚫어낼 수 있을 거야. 이 기회에 한번 시도해 보든지."

여전히 붉어진 얼굴로 소소가 대답한다.

"그, 그럼 당연히 그렇게 해야죠! 임, 독맥이 뚫리면 얼마나 도움을 많이 받는데요."

소소의 부드러운 머릿결을 쓰다듬어 주던 독고진은 장난스러운 표정을 지으며 그녀에게 말했다.

"상의만 한번 벗어봐."

"에? 안 벗어도 된다면서요."

독고진의 장난스런 말이 이어졌다.

"벗고 싶어 하는 것 같아서."

"가가!"

소소는 소리를 빽! 질렀다. 그녀는 이젠 얼굴은 물론 목까지 빨개져 있었다.

"알겠어, 알았다구. 귀청 떨어지겠네. 가부좌를 틀고 운공이나 시작해 봐."

소소는 천천히 가부좌를 틀고 앉았다. 그리고 그녀의 귀로 독고진의 전음이 들려왔다.

"사실 당 매의 임, 독맥도 뚫어주려 했었어. 임맥, 독맥이 뚫리면 그 순간 폭발적으로 진기가 휘몰아칠 거야. 그때 잠깐 당 매의 능력보다 훨씬 많은 감각이 느껴질 거야. 그때를 이용해. 그게 가장 쉬운 방법이야."

소소는 속으로 고개를 끄덕였다. 그녀가 생각해도 가능성이 있는 것 같았기 때문이다.

"자, 천천히 받아들여."

그 전음과 함께 엄청난 양의 진기가 그녀의 단전을 통해 흘러들어 왔다. 부드러운 그 기운에 소소는 온몸이 따뜻해지는 듯한 느낌을 받았다.

"당 매는 임, 독맥이 어느 정도 유연해진 상태야. 강제로 뚫기보다는 천천히 혈도를 보듬어내면서 진기를 흘려야 해.
대신 엄청나게 막대한 양을.”

끊임없이 진지가 쏟아져 들어왔다. 소소가 지니고 있던 내
공보다 족히 서너 배는 됨 직한 양의 내공이었다.

“독맥으로 몰아. 억지로 뚫으려고 하지는 말고. 그저 꾸준
히 진기를 보내면 되는 거야.”

소소는 차분히 진기를 다루면서 독맥으로 인도했다. 무지
막지한 양의 진기였지만 날뛰거나 사나운 진기가 아닌, 부드
럽고 따뜻한 진기였기에 통제하는 데 큰 어려움이 있지는 않
았다.

반 각여가 지나자 차츰 막혀 있던 독맥의 탁기에 균열이 생
기기 시작했다.

독맥은 뚫릴 듯 말 듯하며 소소의 애간장을 태웠다.

“내가 타혈을 해주면서 할 걸 그랬나? 안 되겠다. 진기를
더 넣어줄게.”

그리고 또다시 그녀의 단전으로 막대한 양의 진기가 들어
갔다. 그녀는 기절할 지경이었다. 이 정도의 진기라면 족히
몇백 년의 내공은 되는 듯했다. 내공의 양만 따진다면 삼황은
몰라도 사존이나 칠왕보다도 많아 보였다.

쿠쿠쿵—

소소의 뇌리에 천둥이 치는 듯한 소리가 울려 퍼지더니 그
와 함께 격렬한 고통이 밀려왔다.

“됐어!”

독고진의 전음이다. 독맥이 뚫림과 동시에 커다란 진기의 폭풍이 그녀의 몸을 감싸며 임맥을 향해 돌진해 갔다.

“그대로 뚫어! 좀 고통스러울지도 모르지만 이번에 뚫는 게 가장 빠르고 쉬운 방법이야!”

소소는 이를 악물었다. 독맥이 뚫리는 고통이 생각보다 컸기 때문에 그녀는 더욱 긴장했다.

콰콰콰쾅—!

다시 그녀의 뇌리에 천둥이 치는 듯 커다란 굉음이 울려 퍼졌다. 임맥이 뚫린 것이다. 그녀의 고운 얼굴은 고통으로 일그러졌고, 이젠 아예 커다란 기의 폭풍이 장내에 몰아쳤다. 독고진이 격체전력으로 주입한 막대한 양의 기가 소소의 몸 밖으로 분출되어 버렸기 때문이다.

“끝이 아니야! 이제 눈을 떠.”

어느새 격공섭물의 수법으로 그녀의 편을 끌어당긴 독고진은 그녀의 손에 편을 쥐어주었다.

“이 편은 이제부터 너의 몸의 일부야. 자, 이제 나를 공격해 봐. 너의 팔의 일부인 그 편을 뻗어봐.”

소소는 독고진의 전음에 정신을 수습하고 기를 집중했다. 그리고는 잠시 멈칫할 수밖에 없었다. 평소보다 몇 배는 발달되어 있는 감각에 정신이 어질어질했기 때문이다.

“정신 차리고! 집중해!”

그녀는 고개를 한 번 흔든 후에 편을 다잡았다.

'나와 내 편(鞭)은 하나다.'

"핫!"

짧은 기합성과 함께 그녀의 손이 쭉 뻗어졌다.

콰콰광—!

막대한 파괴력이 실린 편이 독고진을 향해 쇄도해 왔다. 물론 독고진이야 아무 일 없겠지만, 자칫 잘못하면 처소 내부가 전부 파괴되어 버릴 것이다.

스르륵—

독고진은 손을 뻗어 편에서 뿜어져 나오는 경력을 모두 흡수해 버렸다. 이것은 무공이라기보다 이전에 익혀두었던 일종의 흑마법이었다.

힘이 다 빠진 편은 힘없이 내려앉았다.

부르르—

그 순간 그녀의 푸른빛이 나는 편이 거세게 떨리며 진동하였다. 그리고 찰나지간이긴 했지만 공명음이 울렸다.

"됐다."

독고진의 말을 들은 그녀는 털썩 주저앉고 말았다. 잠시간에 너무도 많은 일을 겪어서 그런지 다리에 힘이 탁 풀렸다.

"가가……."

소소는 독고진의 품에 안겼다. 갑자기 졸음이 밀려왔다.

"이제 한번 느껴봤으니 다음엔 훨씬 쉬울 거야. 이 느낌을 기억해. 그리고 오늘은 푹 쉬어."

어느새 그녀는 독고진의 품에 안겨 곯아떨어졌다. 체내에 기력이야 충만했지만 정신력이 너무 많이 소모된 것이었다. 자신의 한계를 넘어선 일이 순식간에 여러 번 일어났는데 어찌 버티겠는가.

독고진은 소소를 안아서 침상 위에 올려놓고 자신 또한 그 옆에 살며시 누웠다.

"나도 한숨 잠이나 자볼까?"

그의 두 눈이 서서히 감겼다.

그런 그들의 모습을 심드렁한 표정으로 지켜보던 켈리어스는 핀잔 주듯 중얼거렸다.

—아예 세가에 있는 모든 무인들의 임, 독맥을 뚫어주지 그러냐?

'일정 단계 이상 내력을 소통할 줄 모르는 사람의 임, 독맥을 뚫어주는 것이 얼마나 위험한지 몰라? 그리고 내가 그러고 앉아 있으면 다른 사람들이 날 어떻게 생각하겠냐? 괴물밖에 더 되겠어?'

독고진과 일반인들의 가장 큰 차이는 내공의 한정량이었다. 그것이 독고진의 무력을 더욱 강하게 만들어주는 것이었다.

예를 들어, 무력의 수준이 독고진과 비슷한 이가 독고진을 만나 대결한다 하더라도 종래에는 독고진이 이길 수밖에 없는 것이다.

'그리고 가장 중요한 건……'

독고진은 강조하듯 딱딱 끊어 말했다.

'귀.찮.아!'

*   *   *

뿌우우우ㅡ

둥ㅡ 둥ㅡ 둥ㅡ

신명나는 징 소리와 뿔피리 소리가 커다란 연무장 가득 울려 퍼졌다.

"와아아아!!"

수없이 많은 관중들의 입에서 커다란 함성이 터져 나와 푸른 가을 하늘을 가득 메웠다.

둥ㅡ 둥ㅡ 두웅ㅡ

마지막으로 커다란 북소리와 함께 뿔피리 소리도 멈추었고, 약속이라도 한 듯 일시에 장내가 고요해졌다.

저벅저벅ㅡ

적막 가운데 한 사람의 발소리만이 조용히 울려 퍼졌다. 약간은 통통하다 할 수 있는 생김새. 온몸에 황룡포를 두르고 빛나는 금빛의 관을 머리에 쓴 남자. 그의 손에 검집째 들려 있는, 두 마리의 용이 승천하듯 엉켜 있는 모습의 금빛 검은 그가 당금 명 황실의 주인임을 말해주고 있었다.

"짐은 지금부로 제룡비무대회의 개회를 선포하노라!"

성군이라는 평은 듣지 못하고 있는 현 명의 황제 만력제 주익균. 하지만 그의 입에서 나온 말에는 자연스레 황제의 위엄이 서려 있었다.

둥둥둥둥!

다시 북이 울리기 시작하고, 환호성 또한 울려 퍼졌다.

주익균은 천천히 뒤로 돌아 들어가 자리에 앉았고, 한 중년인이 대신 앞으로 나왔다.

"지금부터 제룡회 개막전이 시작되겠습니다. 개막전은 화산의 능사운 소협과 산동악가의 악문환 소협의 비무입니다."

말이 끝남과 동시에 넓은 비무장 위로 두 청년이 올라왔다. 고금을 통틀어 화산의 전무후무한 기재라는 능사운과 이미 살혼신창이라는 무림명으로 유명한 산동악가의 악문환의 경기는 많은 이들의 기대를 받고 있는 비무였다. 개막 전부터 우승 후보라 할 수 있을 두 사람이 만나게 되어 아쉬움을 느끼는 이들도 있었지만, 지금 이 순간만큼은 모두 비무대에 집중하고 있었다.

비무대 위에서 일 장의 간격으로 다가온 두 청년은 서로를 향해 포권을 취했다.

"화산의 능사운이라 합니다. 오늘 이 자리에서 창의 명가라는 악가창의 진수를 보게 되어 영광입니다."

"산동악가의 악문환이라 하오. 화산의 불세출의 기재라는 능 소협과 창을 섞게 되어 본인 또한 기쁘기 그지없소."

이제 갓 약관을 넘은 능사운에 비해 악문환은 이십대 후반으로 곧 이립을 바라볼 나이였기에 능사운은 존대를 하였고, 악문환은 하대를 하였다.

간단한 인사가 끝나고 두 사람은 일 장씩 뒤로 더 물러나 무구를 들고 기수식을 취하였다. 이 경기는 대부분의 사람들이 악문환의 승리를 점치고 있었다. 악문환은 십 년 전 제룡회에서도 활약했던 이름있는 고수라 아무래도 능사운보다는 그 위명이 훨씬 높았기 때문이다.

"가가, 어떻게 될 것 같나요?"

독고진과 당소소는 무림맹의 귀빈 차리를 차지하고 앉아서 비무를 관전하고 있었다. 독고진과 당소소의 옆에는 일전에 안면을 익혔던 남궁소운, 그리고 그의 동생인 남궁영령이 자리하고 있었고, 그 옆에는 평소 영령과 친분이 많은 황보세가의 여식인 황보미령도 함께하고 있었다.

눈에 이채를 띠고 능사운을 응시하던 독고진이 짧게 대답한다.

"능사운… 악문환… 음……."

그가 무언가를 생각하는 듯 말을 흐리자 소소가 재촉했다.

"두 사람이 막상막하일 것 같나요? 쉽게 답이 나오시질 않는 걸 보니……."

소운 또한 독고진의 입에서 어떤 말이 나올지 기대가 되는 눈치였다.

"승패를 생각하고 있는 것이 아니야."

그 말에 소소가 의아한 표정으로 재빨리 대꾸했다.

"이 경기는 능사운 소협의 승리야. 대충… 이십 초를 넘기지 않고 비무가 끝날 것 같은데……."

소소는 믿기지 않는다는 표정을 지었다. 그것은 남궁소운도 마찬가지였다.

"독고 소협, 승패를 예상한다는 것은 그렇다 쳐도, 어찌 악 소협이 스무 초 내로 패한다는 것을 장담할 수 있다는 말이오?"

그의 말을 듣긴 했는지 독고진의 입에선 또다시 엉뚱한 소리가 새어 나왔다.

"스무 초? 스무 초는 조금 짧을지도 모르겠군."

소운은 독고진과 능사운을 번갈아가며 응시했다. 한 사람은 아직까지도 어떤 사람인지 알 수 없는 남자, 또 한 사람은 왠지 모르게 호승심이 일 정도의 기도를 지닌 사내.

소운은 자신이 악문환과 겨루게 된다면 어떻게 될지를 속으로 생각해 보았다. 그는 자신의 무공에 대한 자부심이 대단했다. 세가 내에서는 칭찬만 들었으니 그 영향도 있겠지만, 실제로 그의 성취는 자부심을 가질 만했다.

'내가 악 소협과 겨루게 된다면… 나 또한 이십 초? 그 이

상은 걸리지 않을 자신이 있다.'

속으로 생각한 그는 독고진을 다시 응시했다.

"독고 소협, 내 말을 듣고 있는 것이오? 어찌 능 소협이 악 소협을 이십 초 정도에 패퇴시킬 수 있다는 말이오?"

독고진은 빙그레 웃었다.

"곧 비무를 지켜보시면 알게 되지 않겠소? 너무 조급히 굴지 마시고……."

그리고 그는 전음으로 소운에게 한마디 덧붙였다.

"소협께서도 넉넉잡아 스물너덧 초면 악 소협을 제압할 수 있을 듯싶은데… 뭐, 소협께선 스무 초 정도를 생각하고 계시겠지만, 악 소협의 병기가 창인만큼 어느 정도 불리를 감수하셔야 하기 때문에 그 정도로 잡은 것이오. 능 소협이나 소협이나 정말 감탄이 절로 나올 만한 분들이오."

독고진은 나름(?) 칭찬을 한 것이었지만, 소운의 입장에서는 기가 찰 수밖에 없었다. 자신의 무공 수위와 생각까지 정확히 읽어낸 남자의 입에서 그런 말을 들었으니 기분이 묘할 수밖에 없었다.

"그럼 대체 소협은 뭐요?"

소운의 퉁명스런 말에 독고진은 피식 웃었다.

"나는 제룡회에 참가조차 못한 얼간이지요."

그 말에 할 말이 없어진 그는 고개만 절레절레 흔들었다. 역시 이 남자는 도저히 이해할 수도, 짐작할 수도 없는 사람이었다.

"소운 오라버니, 시작하나 봐요."

영령의 말이었다.

"그래, 나도 보고 있다."

기분이 뒤숭숭해진 소운의 입에서 나온 퉁명스런 말이었다.

비무대 위에선 서로를 계속 노려보기만 하던 두 남자의 신형이 움직이기 시작했다.

"차핫—!"

창— 챙—

능사운의 검과 두 차례 부딪친 악문환의 창이 부르르 떨렸다. 그리고 그의 표정은 놀라움으로 물들었다. 느껴지는 기도로 보아 쉽지 않을 상대라는 것을 예상하고 있었지만 이 정도일 줄은 몰랐다. 비무를 시작한 지 촌각도 지나지 않았건만 그의 마음속 깊은 곳에는 이미 패배라는 단어가 떠오르고 있었다. 그만큼 첫 번째 공수에서 그가 느낀 경력은 대단했다.

"능 소협, 정말 대단하군."

그의 진심 어린 감탄사에 능사운은 살짝 고개를 숙여 보였다.

'속전속결이다. 시간을 끌어봐야 저 어린놈에게 밀릴 것이 자명하다. 처음부터 내가 아는 최고의 절기를 전부 쏟아 붓는다.'

내심을 결정한 악문환의 신형이 다시 한 번 비무대를 박차고 솟아올랐다.

"핫!"

그의 은빛 창이 푸른빛을 내며 빛나기 시작했다.

"천뢰일섬(天雷一殲)이다! 막아보거라!"

천뢰일섬은 악가의 창술 중에서도 최상승에 속하는 고급 무공이었다.

처음부터 그가 강하게 나오자 능사운은 살짝 당황했다.

차라라랑—

그의 검이 빠르게 움직이기 시작했다. 찰나의 순간이건만 이미 그의 검은 악문환의 창대에 열댓 번은 부딪친 듯했다.

탁—

가벼운 몸짓으로 도약한 악문환은 창을 내뻗었다.

안 그래도 햇빛을 받아 눈부시게 빛나던 그의 은빛 창에 푸르스름한 기운이 어리기 시작했다.

"비광(飛光)!"

그의 창끝에서 푸른 빛이 뻗어 나갔다.

"오오, 악 소협이 벌써 어기상인의 경지라니!"

어기상인이라 함은 자신의 기를 분출시켜 의지에 따라 통제할 수 있는 경지를 말한다.

푸른 강기는 단숨에 능사운의 지척에 이르렀다.

"하아앗!"

그 순간, 능사운의 매화검이 눈으로 확인할 수 없을 정도로 빠르게 움직이기 시작했다.

차자자장!!

놀랍게도 강기는 능사운의 면전에서 흔적도 없이 소멸되었다. 그때 누군가의 입에서 놀라움의 소리가 터져 나왔다.

"검막(劍幕)이다!!"

모두가 놀라고 있었다. 십여 년 전 압도적인 무위로 제룡회에서 우승한 당한천도 이 정도는 아니었을 것이라고 사람들은 생각했다.

악문환은 놀랄 겨를조차 없었다. 검막으로 창강을 막아낸 능사운의 검이 일변하고 있었기 때문이다.

"풍운매화검(風雲梅花劍)!"

나직이 외친 능사운의 검이 아름다운 광경을 연출하며 매화를 그려 나가기 시작했다. 매화가 한 송이 한 송이 그려질 때마다 그 위력이 배가되는 것이 풍운매화검의 특징이었다. 그 압력 아래에서 창으로 버티고 서 있는 악문환의 표정은 점점 더 일그러지기 시작했다.

"으아아앗!"

악문환은 기합을 넣으며 창대를 돌려 잡았다. 풍운매화검의 검력을 비껴내면서 허공으로 도약하려는 생각인 것이다.

까가강!

악문환의 창 대신 연무장 바닥의 대리석들을 가격한 능사운은 순간 당황하였다. 악문환이 그의 공세를 비껴낸 수법이 매우 절묘했기 때문인데, 그것은 경험에서 나온 한 수였다.

쉬이익—

낮은 파공음과 함께 능사운의 목덜미를 향해 악문환의 창이 쇄도해 왔다. 그가 이 기회를 놓칠 리가 없었고, 그것은 분명 피할 틈이 없을 정도로 절묘한 시간 차의 공격이었다. 하지만 능사운은 무(武)에 있어서 타고난 기재였다. 그는 검이 빗겨 나간다는 생각이 든 순간 이미 왼손은 뒤쪽으로 뻗어내고 있었다.

찌이이익—

악문환의 창을 맨손으로 잡아낸 능사운의 손아귀는 피범벅이 되었다. 마찰을 이겨내지 못하고 살가죽이 벗겨진 것이었다. 능사운은 고통스런 표정을 지었다. 하지만 이미 그의 오른손에 들려 있던 매화검은 악문환의 목젖에 닿아 있었다.

악문환이 천천히 입을 열었다.

"내가… 졌소. 소협, 정말 대단하구려."

그의 진심 어린 칭찬에 능사운은 고개를 숙이며 답했다.

"감사합니다, 악 선배. 악 선배가 양보해 주시어 이 후배가 득수할 수 있었습니다."

사실이 아닌 겸손과 배려가 담긴 말이었지만 악문환의 아쉽던 기분이 살짝 좋아졌다.

"아니오. 그건 능 소협의 실력이지."

타탁.

악문환의 창이 그의 손을 떠나 바닥으로 떨어졌고, 비무를 지켜보던 군웅들 사이에선 함성이 터져 나왔다.

“와아아아!! 화산에 신룡이 등장했다!”

“약관의 나이에 검막이라니!!”

흥분에 젖은 사람들의 목소리가 여기저기서 들려왔다.

둥! 둥!

북소리가 울리고 군웅들의 함성 소리가 잦아들자 심판관의 입에서 내공을 운용한 커다란 소리가 흘러나왔다.

“이번 제룡회의 개막전의 승자는 화산의 능사운 소협이십니다!”

“와아아아!!”

다시 한 번 커다란 함성 소리가 울려 퍼졌다.

한편 남궁소운은 비무를 지켜본 후 능사운의 무위에 할 말을 잃었다. 그는 제룡회에 출전하기 전 솔직히 마음속 깊은 곳에선 자신감이 넘쳐흘러 제룡회를 깔보는 경향이 없잖아 있었다. 하지만 지금 이 순간, 그의 자만은 저만치 달아나 버렸다. 당장 능사운만 하더라도 그는 승리를 장담하기 어려웠기 때문이다.

그리고 그는 독고진을 생각하며 더욱 머릿속이 복잡해졌다. 그가 지금까지 독고진의 말과 행동, 상황을 조합해 본다면 독고진은 최소 자신이나 능사운보다는 몇 수 이상 고수라는 이야기가 성립된다. 일단 여기서 복잡해진 머리가 다시 한 번 뒤틀리는 이유는, 그런 고수가 대체 왜 제룡회에 출전하지 않았냐느는 것이다. 그가 알아본 바에 따르면 독고세가에서는 독고진 대신 그의 여동생인 독고소령이 출전하게 되었다 하였는데, 그렇다면 독고소령이 독고진보다 더욱 성취가 높기라도 하다는 건지 당최 이해할 수 없는 것투성이었다.

"독고 소협."

뜬금없이 소운이 부르자 독고진은 어리둥절한 표정으로 옆을 돌아보았다.

"왜 부르시오?"

잠시 뜸을 들이던 소운의 입에서 짧은 한마디가 흘러나왔다.

"당신, 대체 뭐 하는 사람이오?"

그 말에 독고진은 멍한 표정이 되었고, 소소는 배를 잡고 웃기 시작했다. 상황 파악이 안 되는 것은 남궁영령과 황보미령뿐인 듯했다.

"당 언니, 뭐가 그렇게 즐거우세요?"

"풉, 푸훗, 아니, 그냥, 푸웁."

웃느라 말을 잇지 못하는 소소를 보며 영령은 갸우뚱하더니 다시 미령과 재잘재잘 떠들기 시작했다.

"자아, 조용!! 이제 곧 다음 비무가 시작될 것입니다!"

　진행자의 입에서 내공이 실린 커다란 음성이 터져 나오자 장내는 다시 서서히 잠잠해지기 시작했다.

　다음 비무의 주인공인 두 사람이 비무대 위에 올라갈 준비를 하고 있었다. 그 모양을 바라보던 황제 주익균은 그의 옆에 다소곳이 앉아 있는 면사의 여인을 향해 부드럽게 입을 열었다.

　"혜명아, 이 제룡회가 십 년 전보다 더 대단해진 듯싶구나. 정말 잘만 한다면 담휘경, 그 아이를 능가할 무인이 나올지도 모르겠어. 허허, 그러면 안 되는데."

　면사에 가려서 보이진 않았지만, 주익균의 말을 듣는 순간 주혜명의 고운 옥용이 와락 일그러졌다.

　'삼류 파락호라도 좋으니 제발 담휘경, 그 작자만 아니라면 좋겠어요, 아바 마마. 제발 여식의 행복을 조금이라도 생각하신다면 차라리 절 황궁에서 내쫓으세요.'

　그녀의 가슴속에서 울려 퍼지는 절규였다. 그녀는 진심으로 바라고 있었다. 어떤 사람이라도 좋으니 담휘경을 능가할 수 있는 사람이 나오기를.

　관중석의 끝자락. 한 사내가 싸늘한 미소를 지으며 비무대 주위의 귀빈석을 응시하고 있었다.

　"후후, 화산의 풍운자에 무당의 천무 진인까지 왔다라……. 검왕이야 당연한 것이고, 이런 아해들의 대련에 관심이 없을 줄 알았던 늙은이들 몇몇을 빼고는 예상대로군.”

알 수 없는 소리를 중얼거리던 그는 실소를 흘리며 말을 흐렸다.

“흘흘, 결국 북경이 혈풍(血風)의 핵이 되는 것인가.”

끝까지 의미 모를 소리만 중얼거리던 그는 순식간에 바람처럼 사라졌다. 그가 있던 자리는 금세 다른 이에 의해서 매워졌다. 사람들은 비무대에 정신이 팔려 아무도 그를 신경 쓰지 않는 듯했다.

*　　　*　　　*

“후훗, 뭐가 어쨌다고?”

모용광의 표정이 놀라움에서 비웃음으로 일변했다.

“정말입니다. 속하가 두 눈으로 똑똑히 봤습니다!”

사내의 말에 모용광은 큰 소리로 웃음을 터뜨렸다.

“푸하하핫, 막묘, 자네 지금 검막이라고 그랬나?”

사내, 막묘는 힘차게 대답했다.

“그렇습니다! 분명 능사운이라는 화산검객의 검에서 검막이 펼쳐졌습니다!”

하지만 모용광은 여전히 비웃는 표정이다. 다음날에 경기가 있는 그는 수련을 한답시고 개막전에도 참석하지 않은 것이었다.

"막묘!"

"예, 소가주님!"

"자네는 검막이 뉘 집 개 이름인 줄 아는가? 그딴 화산 애송이가 검막이면, 나는 지금쯤 발가락으로 이기어검을 날리고 있을 게야."

그의 호언장담(?)에 막묘는 뒷머리를 긁적였다.

"그럼……?"

"당연히 아니지, 돌대가리 같은 놈아! 검막이 아니라 대충 검기로 공세를 막아내니까 하수들이 떠들어댄 거다! 너, 검막 본 적 있어?"

막묘는 역시나 힘찬 대답으로 일관했다.

"두어 번 정도 있는 것 같습니다!"

"그때와 다른 점이 있을 거야. 잘 생각해 봐."

그의 말에 더 이상 바보 취급 받기 싫어진 막묘가 머리를 쥐어짜 내어 생각도 나지 않는 차이점을 만들어내려 했다. 게다가 잘 생각해 보니 아무래도 능사운의 나이에 벌써 검막을 시전한다는 것은 역시 쉽게 납득이 되지 않았다.

"일전에 가주님께서 펼치셨던 검막에 어려 있던 푸른 기운이 능 소협의 검막에는 없었던 것 같습니다."

모용광이 맞장구쳤다.

"바로 그거지! 너, 뭘 좀 아는구나. 그건 그냥 흉내야, 흉내. 내가 검황이 날린 이기어검을 입으로 잡아낼 수 있을 때쯤 되면 능사운이라는 애송이가 검막을 쓸 수 있을 게다. 푸하핫!"

바로 동조하는 막묘였다.

"그렇습니다, 소가주님!"

하지만 그는 언제나 신속하게 발동할 수 있도록 허리춤에 정렬해 달아놓은 암기를 만지작거리며 속으로 연신 투덜거리고 있었다.

'소가주님께서 이기어검을 입으로 물 때쯤이면 저는 이쑤시개로 만천화우를 시전하겠습니다. 대체 그런 사상을 가지고 무공은 어떻게 익히셨는지……'

그는 모용광을 속으로 열심히 씹어댔다. 그의 판단으로는 자신만도 못한 머리를 가진 모용광이 어떻게 무공은 후기지수 중에서 상위를 차지하고 있는지 이해할 수 없었다.

속은 어떻든 두 남자는 서로를 바라보며 한껏 웃어젖혔다.

*　　　*　　　*

"후후, 오늘 개막전이 예상보다 수준이 많이 높긴 했다만 저 정도라면 문제없지 않겠느냐?"

머리가 제법 희끗희끗한 중장년의 사내가 음식을 들고 있던 청년에게 뜬금없는 질문을 던졌다.

"오늘 개막전을 치른 두 녀석 모두 대단하긴 했지만 제 상대는 아닙니다. 확신할 수 있습니다."

청년의 말에 그는 뿌듯한 표정이 되었다.

"그래, 그럴 수밖에 없지."

두 사람은 바로 담만우와 담휘경이었다. 중원오미 중에서도 가장 아름답다고 알려진 절세가인인 주혜명 공주와의 혼인이 이 비무대회에 걸려 있음에도 담휘경은 그다지 걱정스럽지 않은 모양이었다.

담만우는 국을 몇 수저 뜨다 말고는 다시 입을 열었다.

"그런데 공주와 그런 내기는 대체 왜 한 게냐? 그냥 가만히 있어도 공주는 자연스레 네 처가 될 터인데. 하긴, 결과가 보나마나이긴 하다만……."

두 부자는 아예 담휘경의 우승을 전제해 놓은 상태로 이야기를 하고 있었다. 그 자신감의 발로는 무엇인지 알 수 없었지만 확실히 무언가 믿는 구석이 있는 듯했다.

"확실하게 해놓아야지요. 그리고 조금 더 제 존재를 확실하게 알릴 필요가 있습니다."

공주의 가슴속에 자신의 존재를 깊게 박아두려는 담휘경이었다. 공주의 가슴에 박힌 자신의 존재가 어두움뿐이라는 것은 중요치 않았다. 그가 원하는 것은 그녀의 배경과 아름다운 육신뿐이었기 때문이다.

"그래, 네가 알아서 하거라. 네 첫 비무가 언제더냐?"

"모레 첫 경기를 할 겁니다."

간단히 대답하는 담휘경이었다.

"이 아비가 걱정되는 게 하나 있다면, 혹여 네가 비무 도중에 살심을 제대로 억제하지 못할까 봐 불안하다는 것이구나."

비무 도중에 살심을 억제하지 못한다? 담만우는 금공을 익힌 마두들에게나 적용되는 말을 자신의 아들에게 하고 있었다.

"걱정 마십시오, 아버지. 마정은 이제 거의 다 흡수했습니다."

담휘경의 입에서 나온 '마정(魔精)'이라는 말, 이는 그야말로 충격적인 단어였다.

'마정'이란 극마지기(極魔之氣)의 응집체를 이야기한다. 정, 사, 마를 불문하고 이 마정의 가운을 지닌 자가 있다면 곧바로 척살 대상 일순위가 될 만큼 이 기운은 위험했다.

마정은 과거 세외에서 활동하던 배교의 술사들에 의해 만들어지게 된 진법에서 탄생한 배교의 신물이었다. 하지만 마교에 의해 배교가 멸망한 후 마교에서 마정을 보관하게 되었는데, 어찌 된 일인지 지금 이들 부자의 손에 마정이 있다는 이야기였다.

마정은 인간의 정신을 파멸로 이끈다. 마정으로부터 얻을 수 있는 막대한 내공에 혹하여 마정을 취한 이들은 차츰차츰 정신이 분열되기 시작하고, 종래에는 피와 살육에 미친 광인으로 변하게 되는 것이었다. 하지만 마정의 광기를 억제할 수 있는 무공이 하나 있었는데, 그것은 이미 실전된 지 오래라고 알려져 있다.

마존여래만보경(魔尊如來卍譜經). 담휘경이 마정을 흡수하고도 정신이 멀쩡할 수 있다면, 이는 이 전설상의 무공 또한 담휘경의 수중에 있다고 보아야 했다.

담휘경은 눈을 빛내며 다짐하듯 담만우에게 선언했다.

"황실은 물론 무림까지도 제 손안에 들어올 것입니다. 반드시 제가 그렇게 만들 겁니다."

담만우의 날카로운 눈매가 부드럽게 풀어지며 따뜻한 눈빛이 되어 담휘경을 응시하였다.

"그래, 넌 할 수 있다. 너라면 최초로 진정한 의미에서의 중원의 주인이 될 수 있을 게다. 이 광활한 대지를 너의 발아래 둘 수 있을 것이란 말이다."

흥분한 담만우의 격한 말에 휘경은 그저 차가운 웃음을 지어 보일 뿐이었다.

第三章
불행(不幸)

죽은 자의 영혼과 사람의 심혼(心魂)을 다루는 흑마법사 무림에 환생하다!

마왕의 힘을 배워 9클래스의 마법 경지를 넘어서고, 절대의 무공 경지에 들다!

그를 기다리는 건 무림사에 더없을 멸겁의 종말, 새황 오대천의 살혼마신!

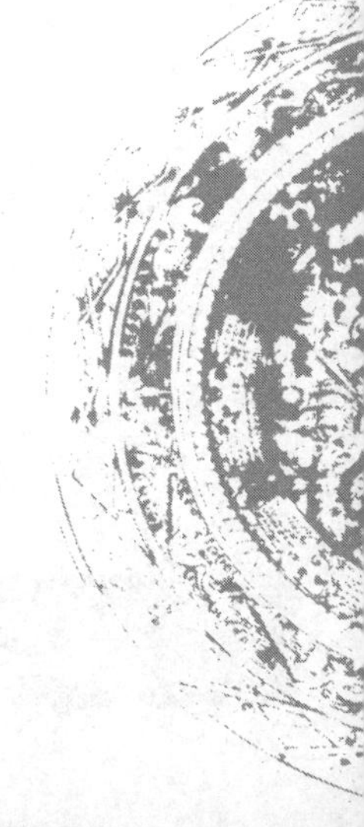

유행이 아닌 자유추구
BOOK Publishing ChungEoram

FOR
GOD

"가가, 진지 드세요."

침상 위에서 뒹굴며 오랜만에 만난 켈리어스와 놀고(?) 있던 독고진의 팔을 소소가 잡아끌었다. 사실 켈리어스와 노는 것은 별거 없다. 의사소통까지 의지로 하기 때문에 타인이 보기에는 그냥 독고진이 혼자 뒹굴고 있는 것처럼 보일 뿐이었다.

"알겠어, 알겠어."

독고진은 소소의 볼에 입을 맞추고는 일어나서 상이 차려져 있는 탁자로 가 앉았다.

"왜 자꾸 힘들게 이런 걸 만들고 그래. 이런 건 매령이 시키면 되지."

독고진은 '잘하지도 못하면서' 라는 뒷말은 생략했다.

"매령이를 안 데리고 왔어요."

매령이는 소소와 어릴 적부터 함께 자라온 시비 중 하나였
다.

"정말? 왜?"

소소는 독고진의 목에 팔을 두르면서 귀에 대고 속삭였다.

"이제부터 상공께서 드시는 것만은 제가 직접 만들기로 했
어요."

순간 독고진의 신형이 한차례 휘청한다.

"당 매, 힘들잖아. 무공 수련만도 힘들 텐데 요리까지 직접
하려고?"

그녀는 멋쩍게 웃었다.

"내가 해주고 싶어서 그래요. 연습해서 맛있게 할 수 있게
할 테니까 걱정 마세요."

독고진의 표정이 묘하게 변했다. 정곡을 찔린 것이다.

"그, 그래."

독고진은 바로 앞에 있던 닭다리 살을 조금 뜯어서 입에 넣
었다.

소소는 기대에 찬 표정으로 그를 빤히 바라봤다.

"어때요? 그래도 전보다는 낫죠?"

독고진은 고개를 끄덕였다. 확실히 얼마 전에 먹은 정체를

알 수 없는 음식보다는 맛이 한결 나아졌기 때문이다.

"좀 매운 것 빼고는 맛있네."

아무래도 사천에서 나고 자란 그녀였기에 매운 음식이 입맛에 맞았는지 탁자는 온통 시뻘건 색의 음식뿐이다.

독고진의 칭찬 아닌 칭찬에도 그녀의 얼굴빛이 배는 밝아진 듯싶다.

소소의 정성이 담긴 음식들을 맛있게(?) 먹으면서 울상을 짓고 있는 독고진에게 켈리어스가 옆에서 말을 걸었다.

―나야 음식이란 걸 먹어본 일이 없으니 잘 모르겠다만, 맛없는 음식을 먹는 게 그렇게 괴로운 일이냐?

그 말에 괜히 미안해진 독고진은 겸연쩍은 표정이 되었다.

'아니… 뭐… 그냥……'

할 말이 없어진 독고진은 얼른 화제를 다른 쪽으로 돌렸다.

'아, 그나저나 켈리어스, 너 한동안 왜 보이지 않았던 거야?

켈리어스는 독고진과 소소의 혼인식이 있은 후 처음으로 그 앞에 나타난 것이었다.

갑자기 켈리어스의 표정이 진지해진다.

―으음, 십이신장 중 하나가 이곳을 주시하고 있다. 그래서 이곳에 오지 못했다.

독고진은 이해가 갈 듯 말 듯하여 되물었다.

'십이신장이 이곳을 주시하고 있다면 내가 천령이 다 되어 간다는 사실을 알게 될까 봐? 그래서 네가 여기 자꾸 오면 의

심스럽게 생각할 것 같아서?'

─바로 맞혔다.

'그렇다면 오늘은 어떻게 온 거야?'

켈리어스의 표정이 어두워졌다.

─전할 말이 있어서 왔다.

그의 이상한 표정에 불안해진 독고진은 다음 말을 재촉했다.

'말해봐.'

─최대한 빨리 네 능력을 더 향상시켜서… 한동안 이곳을 떠야겠다.

쨍─

독고진이 들고 있던 수저가 떨어지면서 날카로운 쇳소리를 낸다.

"가가, 왜 그러세요?"

갑작스런 그의 행동에 소소는 놀란 표정으로 말한다.

"아, 아니, 아무것도 아니야."

독고진은 켈리어스에게 다그쳤다.

'이봐, 그게 무슨 소리야? 여길 떠나다니? 천령이 되기 전엔 차원 이동을 할 수 없는 것 아니었어? 천령이 되는 게 그렇게 쉬운 일이야?'

켈리어스는 한숨을 쉬었다.

─완전히 떠나는 건 아니니 걱정 마라. 그리고 천령이 되는

것은 물론 쉽지 않다. 하지만 천령이 되지 않더라도 내가 관할하는 곳으로의 이동 정도는 크게 어렵지 않으니 할 수 있다.

무슨 말인지 정확히는 알 수 없었으나 독고진의 뇌리에서는 경고음이 울리고 있었다. 왠지 모르게 불길한 기분이 들었다.

'얼마나? 얼마나 걸리는데?'

켈리어스는 괜히 미안한 표정이 되어 말했다.

ㅡ알 수 없다.

쿵!

독고진의 가슴이 덜컥 내려앉았다. 너무나도 갑작스러워서 아무 생각도 나질 않았다.

'그런데 만약 십이신장 중 하나에게 내가 발견이라도 된다면 어떻게 되는 거지?'

ㅡ일단은… 백이면 백, 카오스 석을 구하는 데 동원되겠지. 그리고 정말 낮은 확률로… 몇백, 몇천 년 후에 이곳에 돌아올 수 있을지도 모르지만… 그때는 이미…….

더 이상의 말은 필요없었다. 어떤 방향이든 그에겐 최악의 경우였다. 사랑하는 사람들을 다시 만날 수 없는 것이다.

'선택의 여지는 없군. 조금이라도 가능성이 많은 쪽을 택할 수밖에…….'

켈리어스는 망연자실한 독고진을 다독여 줬다.

ㅡ그래도 나와 함께 있으면 가족들이 어떻게 사는지는 볼

수 있을 거다. 마력으로 그 정도는 가능하게 할 수 있어.

하지만 그에게 그 말은 그다지 위로가 되지 않았다.

'휴우, 얼마나 여유가 있는 거지?'

그의 힘없는 말에 켈리어스가 되물었다.

―무슨 여유?

'갑자기 내가 사라질 수는 없을 거 아냐. 얼마간이나마 여유가 있어야…….'

켈리어스의 안색이 더욱 어두워졌다.

―빠를 수록 좋다.

한편 평소완 달리 아무 말 없이 묵묵히 음식만 먹고 있는 독고진을 보며 소소는 기분이 뒤숭숭해졌다. 왠지 모르게 자꾸 불안한 기분이 들었다.

"가가?"

"으응?"

생각에 잠겨 있던 독고진은 소소의 부름에 살짝 놀란 듯 허둥지둥댔다.

"무슨… 일 있으시죠?"

"아니야."

독고진은 탁자에서 일어났다.

"더 안 드세요?"

"으응, 피곤… 하네."

그는 윗옷을 벗어 소소에게 건네준 후 침상 위에 올라가 누웠다. 제법 쌀쌀해진 날씨가 그의 기분을 더욱 우울하게 만들었다.

소소는 그의 옆에 나란히 누워 살며시 안겼다. 이유는 알 수 없지만 그의 얼굴에서 슬픔이 느껴졌다. 마치 어릴 적 처음 만났던 날처럼.

'휴, 그래, 언젠간… 어차피 언젠간… 헤어져야 할 사람들.'

그의 슬픔을 느낀 켈리어스도 쓴웃음을 지었다. 수많은 시간 동안 경험해 보지 못한 인간의 감정이라는 것을 그는 지금 느끼고 있었다. 하지만 그의 표정에서 약간의 죄책감 같은 것이 비치는 것은 착각이었을까?

―잘될 거야. 십이신장이 곧 관심을 돌릴 수도 있어.

독고진은 고개를 아주 살짝 저어 보였다.

'아니야. 아무리 생각해도 이건 아니야. 켈리어스, 방법이 없을까?'

―무슨 방법?

'내 힘으로, 내 의지로 극복할 수 있는 방법.'

켈리어스는 묘한 표정이 되었다. 이 인간이 이런 생각을 할 줄은 몰랐다. 신의 존재를 모르는 평범한 사람이라면 모를까 독고진은 천령에 가까운 인간, 그렇다면 신의 엄청난 힘을 충분히 실감할 수 있다. 멀리 갈 것 없이 자신의 힘만 해도 독고진으로서는 상상도 할 수 없을 만큼 압도적인 권능인데, 주신을 제외한 모든 신들 중에 가장 많은 권능을 가진 십이신장을 상대로 극복한다는 생각을 한다는 것은 쉬운 일이 아니었던 것이다.

—극복이라……. 극복…….

'내가 십이신장이라는 것들을 능가할 수 있으면 되는 것인가?'

그는 자조적인 목소리로 중얼거렸다. 하지만 그 말을 들은 켈리어스는 멍한 표정이 되었다.

—십이신장을 넘어선다라……. 십이신장은 태초부터 존재했던 괴물들이다. 네가 그들을 넘어선다는 것은 있을 수 없는 일이다.

그는 단언했다. 정말 티끌만큼의 확률도 없다고 그는 생각했다. 그리고 그것은 사실이었다.

'의지로 넘어설 수 없는 것은 없다. 네가 나를 도와라. 이제 나는…….'

갑자기 켈리어스가 그의 말을 끊는다.

—아, 네가 인간이기에 그나마 하나의 방법이 있다.

그 말에 독고진은 눈이 번쩍 뜨였다.

'그게 뭔데?!'

—카오스 석을… 네가 얻는 것이다.

'뭐?'

독고진은 당황스런 표정이 되었다. 카오스 석이라면 십이신장이 원하는 물건이 아니었던가?

　―잘 들어라. 카오스 석이라는 것에 대해 간단히 설명하겠다. 일단 카오스 석이라는 것은 군림자를 봉인한 봉인석을 일컫는 말이다.

　'계속해 봐.'

　―그리고 알려지진 않았지만 창조주는 카오스 석을 만들 때 하나의 이야기를 더 했었다.

　'그게 뭔데?'

　독고진은 급한 마음에 재촉할 수밖에 없었다.

　―카오스 석을 깨울 수 있는 자는 인간뿐이다. 정확히 말하자면 천령뿐이지. 내가 만든 인간은 곧 우주이다. 하지만 파멸이 될 수도 있는 것이 바로 인간이다. 카오스 석을 찾아내고 얻을 수 있는 인간 또한 많진 않겠지만, 카오스 석을 깨울 수 있는 인간이… 과연 나타날지도 모르겠구나. 카오스 석이 깨어난다면, 그것은 아마 인간이 얻은 그것을 너희들이 권능으로 깨운 것이겠지. 명심하거라. 그것이 곧 파멸이다. 만약… 정말 만약 인간이 카오스 석을 깨운다면 너희들은 나를 다시 볼 수 있을 것이다.

　켈리어스의 입에서 나온 말은 바로 창조주가 마지막으로 남긴 말이었다.

　'그거구나!'

　그의 탄성에 켈리어스는 쓸쓸한 표정을 지었다. 자신이 말해주긴 했지만 이것 또한 불가능이나 마찬가지였기 때문이다.

―해줄 말이 있다.

그의 말에 독고진은 멈칫한다.

'뭔데?'

―만용은… 부리지 마라. 일단은 최선의 방법을 사용한다. 아무리 운이 좋아봐야 네가 나와 함께 숨어서 십이신장의 이목을 피하는 것이 확률이 훨씬 높다. 냉정한 말일지 모르지만 그야말로 몇천, 몇만 배 더 높을 거야. 그러니까 일단은 내 제안대로 하자. 피치 못할 상황이 된다면 그때엔 내가 도와주마.

독고진은 수긍할 수밖에 없었다. 실감할 수는 없었지만 그도 잘 알고 있었기 때문이다. 자기가 얼마나 헛된 망상을 꾸고 있는지를.

'하루의 시간을 줘라. 내일까진 일단 모든 것을 정리해 보겠다.'

켈리어스의 입에서 탄식 어린 말이 나왔다.

―그래. 후!

켈리어스가 사라지자 독고진은 옆에 누워서 빤히 자신을 바라보고 있는 소소의 머릿결을 쓸어내려 주었다.

"가가, 무슨 일인지… 말해주실 수 없으세요?"

그녀는 불안했다. 독고진의 입에서 무슨 말이 나올까 두려웠다. 어떤 단서도, 어떤 사건도 없었지만 그저 막연히 불안한 것이었다.

"내일… 내일 말해줄게."

독고진의 입술이 소소의 작은 입술 위에 겹쳐졌다.

"오늘은… 그냥 아무 말 하지 말자."

"상공."

두 남녀의 몸은 점점 하나가 되어갔다.

그런 그들을 보는 켈리어스의 눈빛이 묘해졌다. 언제나처럼 장난스럽던 눈빛이 아니었다.

—그래, 나로서도 네가 카오스 석을 깨울 수 있게 되는 편이 더 좋을지도. 어차피 나는 그것만 보면 되니…….

의미심장한 중얼거림. 켈리어스의 붉은 눈동자가 번득였다.

*   *   *

독고진은 잠이 오질 않았다. 아무리 마음이 불편해도 밤잠만은 설친 일이 없는 그이건만, 사랑하는 가족들을 언제 다시 볼지 모른다는 사실은 견뎌내기 힘들었다.

일찍 일어난 독고진은 소소의 볼에 살짝 입을 맞춰준 후 침소를 나왔다. 새벽의 찬 공기가 그의 시린 가슴을 더욱 차갑게 식혀놓는 듯하다.

그는 천천히 발을 뗴었다. 그가 향하는 곳은 곽나연의 처소였다.

똑똑―

독고진은 중지로 곽나연이 자고 있을 처소의 문을 가볍게 두드렸다. 잠을 잘 때에도 일반인들보다 수배는 예민한 호위 무사답게 곧바로 안에서 곽나연의 목소리가 들려왔다.

"누구시죠?"

곤히 잠들어 있던 곽나연은 바깥에서 들리는 인기척에 우선 검에 손을 가져다 댔다. 무림맹 한복판에서 불미스러운 일이 일어날 일은 없겠지만 그녀의 오랜 습관이었다.

"나다."

독고진의 목소리에 곽나연은 화들짝 놀라서는 침소에서 후다닥 내려갔다. 거울을 보고 대충 머리를 빗어 올린 곽나연은 재빨리 문을 열었다.

"소가주님, 한밤중에 여긴 어쩐 일로……."

독고진은 아무 말 없이 천천히 실내로 들어갔다.

"피곤할 텐데 이렇게 불쑥 찾아와 깨워서 미안하구나."

독고진의 평소와 다른 목소리에 곽나연은 그를 빤히 쳐다 봤다.

"소가주님, 무슨 일 있으세요?"

그녀의 말에 독고진은 아무런 대답 없이 의자에 몸을 기대 앉았다.

"네게… 어려운 부탁을 하려고 한다. 들어주겠느냐?"

곽나연은 당황스러운 표정이 되었다. 평생 부탁이란 것은 안 하고 살 줄 알았던 사내의 입에서 나온 말이었기 때문이다.

"말씀해 보세요."

"후."

독고진의 입에서 길게 한숨이 나온다. 잠을 설치며 막상 이곳까지 오기는 했지만 입이 잘 떨어지지를 않는 것이다.

잠시 입만 달싹이던 그가 느릿느릿한 어조로 말을 하기 시작했다.

"내 소중한 사람들을 네가 지켜줬으면 한다."

곽나연은 어안이 벙벙해졌다. 갑자기 그게 무슨 당황스러운 소리인가? 독고진 자신의 능력으로도 충분히 가능한 일이 아니던가.

"소가주님의 소중한 사람들을… 지켜달라니요?"

여러 가지 감정과 의문 등이 뒤섞인 표정으로 말하는 곽나연을 보며 독고진은 쓴웃음을 지었다.

"내가 없는 동안… 내 가족들을 지켜달라는 말이다. 다른 사람은 몰라도 나는 네 성취를 잘 알고 있다. 십 년만 지나면 아마 넌 무림에서 최고에 꼽히는 여고수가 될 수 있을 거다."

그의 말에 곽나연은 한차례 뒤통수라도 얻어맞은 듯 멍해졌다.

"내가 없는 동안… 이라니요? 소가주님이 없……?"

그녀의 뇌리에서 계속 독고진이 말한 내가 없는 동안이라는 말이 맴돌았다.

"그래. 난… 한동안 보이지 않을 거다. 어쩌면 매우 긴 시간 동안……."

영원히라는 말이 입가에서 맴돌았지만 차마 꺼내지 못했다. 영원히라는 말을 한다면 정말 그렇게 될 것만 같았기 때문이다.

"그게 정말 무슨 말도 안 되는 말씀이세요!!"

지금이 밤이라는 것도, 옆 처소에서 다른 사람이 자고 있을 것이라는 것도 잊어버린 채 그녀는 소리쳤다. 그녀의 말처럼 독고진이 없다는 것은 그녀에게 말도 안 되는 것이었기 때문이다.

태어날 적부터 그는 그녀의 곁에 있었고, 어린 시절 또한 독고진은 그녀와 함께 보냈다. 폐관을 한 몇 년 동안 한 번도 그를 떠올리지 않은 적이 없는 그녀였다. 그런데 다시 보게 된 지 얼마나 지났다고 또 그녀의 눈에 잡히지 않겠다고 하는 것인가.

"후우!"

독고진은 아무 말 없이 창밖을 내다보았다. 구름 하나 없는 가을의 밤하늘은 그야말로 별들의 향연이었다. 눈이 부실 정도로 많은 별이 제각각 빛을 낸다.

"무슨 일이신데요? 일단 무슨 일인지는 알아야 기다릴 것 아니에요!"

그녀의 말에 독고진의 입가로 씁쓸한 미소가 스쳐 갔다.

그리고 독고진의 입에서 나온 말은 곽나연의 여린 가슴을 찢어놓았다.

"기다리지… 말거라."

쿵!

곽나연은 가슴이 내려앉는 듯한 소리마저 들리는 듯했다. 마른하늘에 날벼락이라더니, 딱 그 모양이 아닌가?

"안 돼요, 소가주님. 아니, 진 오라버니! 안 돼요! 싫어요! 어딜 가겠다는 거예요?"

툭.

독고진은 품에서 책자를 하나 꺼내 곽나연에게 던져 주었다.

"이게… 뭐예요?"

제목도 없는 책자. 곽나연은 떨리는 손으로 책자를 펼쳤다. 그러자 그녀의 눈에 들어오는 것은 매우 낯익은 필체였다.

"너에게 필요할 무론(武論)을 정리해 놓았다. 그리고 뒤편에는 묵월신검(墨越迅劍)의 나머지 초식을 정리해 놓았지. 하지만 주의할 것은 앞의 무론을 전부 이해하기 전에는 뒷장에 있는 묵월신검의 뒷초식들을 익히려고 해서는 안 된다. 익힐 수도 없을뿐더러 네가 알고 있는 많은 것들이 송두리째 흔들려 버릴지도 모르는 일이다."

하지만 독고진의 설명이 귀에 제대로 들어올 리 없는 곽나
연이었다.

"아니… 일단… 오라버니! 대체 왜 이러시는지부터 말씀
좀 해주세요! 예?"

"말을 해줄 수가 없구나. 나는 꼭 돌아올 게다. 하지만…
기다리지는 말거라."

곽나연은 돌연 독고진을 끌어안았다. 곽나연의 섬섬옥수
가 독고진의 허리를 꽉 붙들어 잡았다.

"무서워요. 내가 놓으면 이대로 오라버니가 사라질까 봐
두려워요."

그는 곽나연의 볼을 쓰다듬으며 말했다.

"이러지… 말거라. 나도 힘들다."

독고진의 눈에 눈물이 고인다.

"내 부탁… 들어주리라 믿는다. 그리고 마지막으로 하고
싶은 말은… 내 소중한 사람들 중에는… 너도 포함된다는 것
이다. 너 자신도 지키거라. 별일이야 없겠지만, 이 무림이라
는 곳이 한 치 앞도 내다볼 수 없는 곳이 아니더냐. 그래서 이
렇게 부탁하는 거다."

털썩—

곽나연은 그대로 자리에 주저앉아 버렸다. 그녀에게 독고
진의 말은 다시는 보지 못할 거라는 말로밖에 들리지 않았기
때문이다.

"아마도… 내일, 아니지. 오늘 중으로 떠날 것이다."

곽나연은 떨어지지 않는 입을 간신히 열었다.

"저야… 저야 그렇다 쳐도 가주님과 가모님, 그리고 소령 아가씨는? 오라버니가 전부라고 생각하는 소가모님은 어떻게 해요? 물론 오라버니께서… 그냥 이러실 리는 없겠지만… 이건 너무 잔인하잖아요."

독고진은 자조적인 웃음을 지었다.

"아버지와 어머니, 소령이에게는… 그저 몇 달간 다녀올 데가 있다고 말씀드릴 작정이다. 하지만 부인에게는 사실대로 말을 해야겠지."

곽나연은 주저앉은 채로 독고진의 다리를 꽉 잡았다. 아니, 아예 끌어안아 버렸다.

"안 돼요! 싫어요!"

독고진은 쏟아져 나오려는 눈물을 참으면서 곽나연의 팔을 떼어냈다.

"지금 당장 떠나는 것은 아니다. 떠나기 전에 말을 할 테니 일단 지금은 좀 자고 싶구나."

곽나연은 멀어져 가는 독고진의 뒷모습을 멍하니 바라볼 수밖에 없었다.

"이십 년이 다 되도록……."

그녀는 떨리는 목소리로 중얼거렸다.

"가슴속에 숨겨둔 말… 한 번도 하지 못했는데……."

표현은 하지 못했지만 곽나연은 독고진을 사랑했다. 어릴 적부터 독고진은 그녀에게 친오라비나 다름없는 가족이자 정신적 지주이며, 가슴속의 연인이었다.

"내일은… 할게요. 사랑… 사랑한단 말……. 그러니까… 제발 아무 말 없이 떠나지만 마세요."

곽나연은 끝없이 흐느꼈다. 주체할 수 없는 감정에 그녀의 가슴은 당장이라도 터져 버릴 것만 같았다.

그녀가 흐느끼다 쓰러진 자리, 허공에 균열이 생기면서 꼬마 아이가 나타났다. 칠흑갈이 새까만 흑발의, 그리고 마치 흑진주와도 같이 아름다운 눈동자를 가진 귀여운 아이였다.

―인간이라……. 인간…….

그리고 놀랍게도 그의 모습은 켈리어스와 흡사했다. 아니, 똑같았다.

그의 안색이 어두워졌다. 슬픔, 혹은 비슷한 감정을 느끼는 듯하였다.

―하아, 내가 이런 기분을 느끼게 만들다니…….

그의 주위로 묵빛의 기류가 모이기 시작했다.

―생각이 바뀌었다. 네가… 어떠한 영체도 하지 못했던 일을 네가 해냈다.

공간에 다시 균열이 생기기 시작한다. 그리고 그곳으로 빨려들어 가듯 소년이 사라진다.

―널 도와보겠다. 부디 날 실망시키지 말기를…….

　　　　　*　　　　　*　　　　　*

　대낮같이 환하다라는 과장된 표현이 어떻게 해서 생겨났
는지 실감할 수 있을 정도로 달빛이 환한 밤. 옷자락이 나풀
거리는 은빛 소복을 입은 여인이 이리저리 화려한 춤사위를
벌였다. 칠흑 같은 도화지에 박혀 있는 수많은 보석처럼 빽빽
하게 들어차 아름다운 빛무리를 연출하고 있는 별들 아래 춤
을 추는 여인의 모습은 그야말로 한 폭의 수려한 그림이었다.
　한참 동안 춤사위를 보여주던 그녀의 신형이 갑자기 멈춰
섰다.
　"한번 해보자."
　그녀의 두 손이 부드러운 곡선을 그리며 살며시 들어 올려
진다. 그리고 잠시 후, 놀랍게도 그녀의 양손에 푸른빛을 띤
강기가 어렸다. 웬만한 고수의 수준으로는 꿈도 꿀 수 없다는
바로 그 수강(手罡)이었다.
　"월광난참(月光亂斬)."
　그녀의 고운 입술 사이로 초식명인 듯 보이는 단어가 새어
나왔다. 그리고 느릿느릿하게 그녀의 양손이 움직이기 시작
했다. 육안으로 확인하는 데 전혀 무리가 없을 정도의 느린
손짓. 그런 손짓이 계속 이어졌다. 하지만 그 부드러운 몸짓
과는 상반되게 거기에서 나오는 결과물은 실로 대단했다.

불행(不幸)　89

파아아앙!

공간을 찢어발기기라도 할 듯 커다란 파공음이 빛무리와 함께 전면을 가로질러 갔다. 소름이 돋을 만큼 스산한 소리였다.

쿠구구궁!

지축이 흔들린다. 이것이 과연 인간의, 저 여인의 가녀린 몸뚱어리에서 나온 힘이라고 생각할 수 있을까?

쿠르르릉—

진동이 멈췄다. 달빛 아래 훤히 비춰진 광경은 그야말로 가관이었다. 빛무리가 지나간 자리는 그야말로 초토화되어 있었다.

"이 정도면… 성공이다."

길게 늘어뜨려진 칠흑 같은 머리카락 때문에 잘 볼 수는 없었지만, 분명 절세미인이 분명할 듯한 여인. 하지만 왜인지 그녀의 입에서 나온 목소리는 몇 마디 되지 않았지만 냉기가 풀풀 날릴 정도의 차가운 음성이었다.

"적월신무(赤月神舞), 과연 이런 것을 익히고 있는 내가… 행복한 것일까?"

여전히 차가운 목소리. 차이점이 있다면 이전까지의 음성에서는 감정이란 것을 전혀 찾아볼 수 없었지만, 이 음성에서는 그나마 감정이라는 것이 느껴진다는 것이다. 비록 슬픔에 젖은 감정이었지만.

"과연… 천주께서 진정 원하시는 건 무엇이라는 말인가."

그녀에 의해 만들어진 굉음이 지나간 후 내려앉은 풀잎 소리 하나하나가 전부 들릴 정도의 고요함. 그 안에서 그녀의 슬픔에 젖은 음성만이 바람을 타고 퍼져 나갔다.

*   *   *

"하하, 영풍 도장께선 좋으시겠습니다. 화산에 그리 걸출한 인재가 있는 줄 본인은 어제 처음 알았습니다."

항마검(抗魔劍) 영풍. 화산의 대장로이자 무림맹의 주요 인사인 그에게 단리철은 기분 좋은 인사를 건네고 있었다.

"허허, 맹주, 과찬의 말씀이시오. 아직 부족한 것이 많은 녀석이라오."

능사운이 자신의 친자식이라도 된다는 듯 주름진 노안에 인자한 미소를 띠며 웃음 짓는 영풍이었다.

"겸손의 말씀이십니다, 영풍 도장. 어제는 저도 정말 놀랐습니다. 화산이 명불허전이라더니 그 말이 틀림이 없습니다."

화산의 신진고수 능사운과 악가창의 정수를 이어받은 살혼신창 악문환의 대결은 무림맹의 주요 인사들에게도 깊은 인상을 남겼다. 어기상인의 경지에 이른 악문환의 창술이나 겨우 약관의 나이에 검막을 시전하는 능사운의 검술 모두 대

단한 것이었지만, 역시나 능사운의 능력이야말로 대단한 것
이라 할 수 있었다.

"허헛, 그 녀석이 정말 열심인 녀석이라 볼 때마다 크게 될
줄은 알고 있었지만, 본인의 예상보다도 훨씬 뛰어난 녀석이
더이다."

영풍이 겸연쩍은 표정을 지으며 능사운을 칭찬했다. 보통
은 본파의 제자를 추켜세우는 것이 썩 보기 좋은 것이 아니지
만, 그러한 느낌조차 들지 않을 정도로 능사운이 개막전에서
보여준 무위는 대단한 것이었다.

"아, 그나저나 맹주의 따님도 재능이 출중하다 들었소. 따
님도 제룡회에 출전을 하시는가?"

그 말에 이번에는 단리철의 얼굴에 흐뭇한 기색이 맴돌았
다.

"그렇습니다. 사교성도 없고, 평소 가내(家內)에만 틀어박
혀 있어 걱정을 많이 했는데 웬일인지 이번에는 자진해서 제
룡회에 나가 경험을 쌓겠다고 하더군요."

옆에서 듣고만 있던 청성의 장로인 유연(柳聯)의 입에서 기
분 좋은 웃음이 흘러나왔다.

"껄껄, 따님께서 혹시 마음에 드는 청년이 생긴 것은 아닌
지 모르겠소이다. 내 여식인 유수아, 이 녀석도 집안에만 틀
어박혀 있다가 갑자기 나가더니 덜컥 사내 녀석을 하나 데려
오는 게 아니겠소?"

단리철은 멋쩍은 표정이 되었다. 청성검후(靑城劍后)라 불리우는 유수아(柳洙兒)는 자신과 같은 배분의 여고수인데, 유연의 입에서 녀석이라는 말이 나오니 약간 묘한 기분이 된 것이다.

"그런 건가요? 하하! 어디 혼인이나 잘할 수 있을는지……."

"이 노납도 맹주의 여식의 미색에 대한 이야기는 익히 들어봤소. 이 노납의 귀에 들릴 정도의 미색이라면 어떤 대장부가 마다하겠소? 껄껄."

소림의 방장인 현오 대사(賢昈大師)의 사제 무무승(武舞僧) 현성 대사(賢成大師)의 농담이었다. 그는 괴승(怪僧)이라는 수식어가 붙을 정도로 기행을 많이 하고 다닌 스님이었는데, 이에 세인 중에는 삼괴에서 현성 대사까지 묶어서 사괴라고 부르는 이도 간혹 있을 정도였다.

"허허, 무무승께선 미색이 출중하다 알려진 웬만한 처자들은 다 꿰고 계시질 않소? 절색이라 알려진 맹주의 여식을 모르실 리가 없질 않소?"

천무 진인(天武眞人)의 농에 현성 대사는 그를 흘겨보았다.

"에잉, 천무 말코, 이 노납이 대체 뭘 그리 잘못했다고 계속 갈구시는 게요?"

화기애애한 분위기 속에 한동안 장로들의 담화가 이어지

는데, 문지방 바깥에서 시비의 목소리가 들려왔다.

"맹주님, 곧 첫 번째 비무가 시작된답니다."

"알겠다. 곧 나가마."

짧게 대답을 한 단리철은 장내를 둘러보며 천천히 일어났다.

"자, 모두들 나가십시다. 오늘은 또 어떤 인재가 이 단리 모의 두 눈을 즐겁게 해줄지 기대가 됩니다."

"하핫, 본인 또한 단리 맹주와 같은 생각이외다."

영풍 도장이 그에 동조하며 일어섰고, 장내에 있던 모든 이들이 천천히 바깥으로 나가기 시작했다.

*　　　*　　　*

"가가, 안색이 안 좋으세요. 어제부터 대체 무슨 일이세요? 말 좀 해주세요. 네?"

소소는 어제저녁부터 좌불안석이었다. 독고진의 근래에 없던 우울한 표정, 그리고 그녀의 직감이 말해주는 경고성이 그녀를 불안하게 만들고 있었다.

"당 매."

독고진의 나직한 목소리에 당소소는 재빨리 대답했다.

"예."

독고진은 부드러운 눈빛으로 소소를 바라보았다.

“오늘 비무 일정이 다 끝나면 말해줄게. 그만… 재촉해.”

소소의 안색이 살짝 창백해졌다. 이로써 그녀의 불안감이 사실로 드러났기 때문이다. 역시나 무슨 일이 있는 것이다.

“아, 알겠어요.”

두 사람은 비무대 쪽으로 시선을 돌렸다. 비무대 위로 두 사내가 걸어나오고 있었다.

소소는 착 가라앉은 분위기를 띄우기 위해 독고진에게 팔짱을 끼며 말을 걸었다.

“저기 두 사람 봐요. 체격 차이가 너무 나는데요?”

그녀의 말대로였다. 한 사람은 신장이 족히 칠팔 척은 될 듯한 거구였고, 다른 사내는 아무리 크게 잡아줘야 오 척이 간신히 될 만한 왜소한 체구였다.

“그렇구나.”

간단히 대답을 한 독고진은 두 사내에게 관심이 생겼는지 그들에게로 시선을 돌렸다. 그의 눈길은 먼저 거구의 사내를 향했다.

“음, 꽤나 상승의 외공을 익힌 흔적이 곳곳에서 보이는 사내구나. 하긴, 그렇지 않았다면 외공으로 예선을 뚫고 올라오는 것이 가능하지 않았을 터이지.”

익히는 사람에 따라 차이가 있기는 하지만 보통 외공은 상승의 단계로 접어들기가 쉽지가 않다. 외공에 관한 연구가 내가중수법에 비하여 턱없이 부족했기에 상승 무공이 많이 존재하지 않기 때문이었다. 게다가 상승의 외공을 접한다 하더라도 외공으로 고수가 되는 것에는 한계가 있었다.

"아, 외공을 익힌 사람이었군요. 어쩐지 몸이 우락부락하더라니."

소소는 독고진의 중얼거림에도 일일이 대꾸하며 분위기를 띄우려고 했다.

이번에는 그의 시선이 왜소한 사내를 향해 옮겨간다.

"이 녀석은 무기가 뭐지?"

중얼거리던 독고진은 그를 유심히 살피기 시작했다. 그리고는 허리춤에 살짝 삐져나와 있는 은빛 물체를 발견하고는 고개를 끄덕였다.

"아, 암기를 쓰는 녀석이었군."

그 말에 소소의 관심도 그 사내에게 쏠렸다. 그녀의 주무기가 편(鞭)이기는 하지만 암기 또한 일류라 알려져 있는 곳이 바로 당문이었으므로, 그녀 또한 어느 정도 암기술을 배웠던 것이다.

"음?"

갑자기 독고진은 고개를 살짝 갸웃거렸다.

"왜요?"

소소의 물음에 독고진은 살짝 손을 들어 보였다.

"잠시만."

독고진의 시야에 어느새 꺼내어져 사내의 손에 들려 있는 암기가 들어왔다.

'왠진 모르겠지만… 저 쇳덩어리에서 꽤나 많은 양의 기(氣)가 느껴지는데?'

속으로 중얼거린 그는 다시 암기를 유심히 살펴보기 시작했다. 이십여 장은 족히 되는 긴 거리에서 보는 것이었지만, 안력을 극대화시킨 그에게 문제될 것은 아니었다.

'은청 빛의 검날에 붉은색으로… 천류(天流)라고 쓰여 있다?'

순간 독고진의 뇌리를 스치는 것이 있었다.

"천류비화폭(天流緋華爆)!"

독고진의 입에서 자신도 모르게 낮은 목소리로 탄성이 새어나왔다. 비검의 검신에 새겨진 천류라는 붉은 글자는 바로 이 비검이 얼마 전에 독고진이 소소에게 언급했던 초대 암왕(暗王) 종리무무의 애병(愛兵) 천류비검이라는 증거였기 때문이다.

독고진의 탄성을 들은 소소가 놀란 표정이 되어 그를 쳐다보았다.

"천류비화폭이라니요? 무슨 말씀이에요, 가가?"

독고진은 신기한 것을 발견한 아이마냥 들뜬 얼굴로 소소에게 말했다.

"저 왜소한 사내가 쓸 무공이 바로 천류비화폭이야. 저 사내의 손에 들려 있는 비검이 바로 천류비검이라고. 잘 봐둬.

당 매에게 도움이 많이 될 거야. 천류비화폭은 아무 생각 없이 보면 어떤 무공인지 종잡을 수가 없어. 하지만 자세히 보면 비검이 움직이는 밑으로 가느다랗게 붉은 실이 보이는데, 그것은 천류비검 자체가 가지고 있는 기(氣)라고 할 수 있어. 이 기와 시전자의 내공이 감응하면서 무공을 시전하는 거지.”

독고진의 입에서 나오는 청산유수와 같은 말에 소소는 당황한 표정이 되었다.

“아니, 잠깐, 잠깐. 차근차근요. 일단, 저 비검이 천류비검이라구요?”

독고진이 대답한다.

“그래, 천류비검이야.”

“그럼 가가께서 저기 뭔지 잘 알아볼 수도 없는 반짝이는 물체에서 천류(天流)라는 붉은 글씨를 읽으셨단 말이네요?”

그는 머리를 긁적였다.

“뭐, 그런 거지.”

사실 안력을 집중하면 웬만한 것은 못 볼 것이 없는 독고진이었다.

“그런데 가짜일 수도 있지 않아요? 검신에 천류라는 글씨만 붉게 새긴……”

독고진은 딱 잘라 말했다.

“아니, 그건 아닌 것 같아. 저 검에서 적지 않은 기가 느껴지거든. 그런 모조품이라면 한낱 쇠붙이에서 기가 느껴질 리 없잖아?"

잘 보이지도 않는 물체에서 기까지 느꼈다는 독고진의 말에 할 말을 잃은 소소는 투덜거렸다.

"피이, 불공평해요."

뜬금없는 그녀의 말에 독고진이 되묻는다.

"뭐가?"

"그렇잖아요. 같은 시간을 살았어도 누구는 몇십 년 산 사람보다 더 낫고……."

독고진은 소소의 장난기 어린 말에 피식 웃고 말았다. 소소가 만약 독고진이 살아온 힘겨운 나날들을 안다면 이런 소리는 하지 못할 것이다. 독고진은 천부적인 재능을 타고난 대신에 그 누구보다도 힘겹고 고된 나날을 살아왔다.

"뭐, 꼭 그렇지도 않아."

그는 뒷말은 속으로만 중얼거렸다.

'근 이십 년간은 행복했지만 그전까지는 지옥 같은 나날이었다는 거. 그리고 앞으로도 내 가슴은 갈기갈기 찢어질 것 같다는 걸 생각한다면…….'

그의 속도 모르는 소소가 옆에서 배시시 웃었다.

"뭘, 그렇지도 않아요. 남들이 들으면 복에 겨워서 실없는 소리를 한다고 그럴걸요?"

두 사람이 대화하는 동안 준비가 끝났는지 비무가 시작되려 하고 있었다.

"자, 이제 시작하겠습니다. 비무대 위의 두 분께서는 서로를 향해 예를 취해주십시오."

그 말에 두 사람은 서로를 향해 포권을 취했다.

"이제 기수식을 취해주시기 바랍니다."

말이 끝나기가 무섭게 두 사람의 자세나 기도가 확연히 돌변했다. 거구의 사내는 쇠몽둥이라 해도 믿을 만큼 무식하게 커다란 박도를 들어 올렸고, 왜소한 사내는 천류비검을 양손에 들고 자세를 잡았다.

"시작!"

둥둥둥둥―

커다란 북소리가 울리며 비무가 시작되었다. 하지만 두 사람 중 어느 한 사람도 먼저 움직이려 하지 않았다.

"탐색전인가요? 보통은 북이 울리기가 무섭게 튀어나가던데……."

소소의 말에 독고진이 부연 설명을 해주었다.

"박도를 든 사내는 아까 말했다시피 외문기공을 사용하는 녀석이야. 게다가 보기만 해도 무거운 강철 덩어리까지 무기랍시고 들고 있어. 당연히 기동력이 떨어지겠지. 그래서 섣불리 먼저 움직이지 못하는 거야. 그리고 저 암기를 사용하는 녀석, 저 녀석이 움직이지 않는 이유는 당 매도 잘 알겠지?"

소소가 고개를 끄덕였다.

"예. 암기술은 한 번 실패하면 다시 암기를 날리는 데에 시간이 필요하니까요. 아무리 숙련된 고수라 하려도 찰나간의 시간은 걸리기 마련인데, 비슷한 실력자 간의 대결이라면 그 찰나의 시간이 충분히 치명적일 수 있다는 걸 알기 때문이겠죠."

"그래, 맞아. 아, 그리고 아까 내가 했던 말은 기억하지? 천류비도 아래로 보이는 붉은 선을 잘 보고 기억하라구. 모르고 보면 천류비검이 띠고 있는 붉은빛에 섞여서 잘 보이지 않지만 기를 느끼면서 본다면 충분히 알 수 있을 거야."

소소는 고개를 저었다.

"그래도 제 능력으로는 역부족이에요. 붉은 비슷한 것조차 보이지 않는걸요."

그 말에 독고진은 머리를 긁적였다. 너무 자신 위주로 생각한 것이다.

"그럼 그냥 비무 관전이나 해, 몇 가지 천류비화폭의 특징이나 살피면서. 천류비검의 비로(飛路)는 내가 외워둘게."

소소는 멋쩍게 웃었다.

"그래주시겠어요?"

소소는 내색하지는 않았지만 천류비화폭이라는 말에 무공에 대한 욕심이 동한 것이었다. 그것은 동류의 무공을 사용하는 무인으로서 절세의 것이라 할 만한 무공을 발견했을 때 느끼는 당연한 것이었다.

타탓—

결국 천류비검을 쥔 사내가 먼저 움직이기 시작했다. 과연 비검술을 연마한 무인답게 경공술은 수준급이라 할 수 있었다.

"차핫!"

기합성을 지르며 상대의 눈을 현혹시키기 위해 엄청난 속도로 움직이는 그를 보며 사내는 박도를 움켜쥐고 전신의 신경을 바짝 끌어올렸다.

피피핑—

작은 파공성. 언제 움직였는지 알 수 없었지만 이미 한 쌍의 천류비도 중 한 자루가 사내의 미간을 향해 쇄도해 오고 있었다.

쉐에엑—

커다란 몸집에 걸맞게 그의 박도가 만들어내는 파공음은 거칠고 과격했다.

순간 박도를 휘두르던 그의 두 눈이 당황한 빛으로 물들었다. 비검이 날아올 궤도를 정확히 예측하고 박도를 휘둘렀는데, 당연히 들려야 할 비검과 박도가 부딪쳐서 나는 쇳소리가 들리지 않았던 것이다.

그리고 뒤통수에서 느껴지는 살기에 그는 얼른 박도를 휘두르던 방향 그대로 한 바퀴 돌리며 반대로 올려쳤다.

까앙—!

쉿소리와 함께 비도가 튕겨져 나가 회수되었다.

"오오, 저 녀석, 임기응변이 괜찮은데?"

독고진의 말이었다. 그의 말처럼 거한의 임기응변은 그 거대한 몸집에서 나왔다고는 믿을 수 없을 만큼 대단한 것이었다. 만약 그가 상황 판단을 잘못하여 휘두르던 박도를 회수하여 다시 뒤편을 향해 휘둘렀다면, 이미 천류비검은 그의 두개골에 커다란 구멍을 내어놓은 상태였을 것이다.

한편 비도가 움직이는 것을 전혀 볼 수 없었던 소소는 연신 투덜거린다.

"뭐가 임기응변이란 거예요? 하나도 모르겠구만."

독고진은 그녀의 말을 못 들었는지 어느새 비무에 몰입하고 있었다.

'저 거한의 임기응변도 대단하지만 역시 천류비화폭, 전설이라 할 만한 비검술이라는 건가? 놀라워. 비검이 처음 거한의 도와 부딪치려는 순간 살아있는 생명체처럼 허공에서 궤도를 꺾었어.'

그는 속으로 중얼거리며 흥미진진하게 비무를 지켜보았다. 그는 무공에 몰입해 있는 상황만큼은 다른 어떤 것에도 신경 쓰지 않았다. 지금 그에게 다른 자잘한 것들은 물론, 지금 그가 처해 있는 상황마저 잊고 있었다.

한차례 공방을 펼친 두 사내의 사이로 더욱 경직된 기류가 흐르고 있었다. 서로의 실력이 생각보다 뛰어나다는 것을 알았으니 더욱 긴장할 수밖에 없었다.

"하아앗!"

거한의 우락부락한 체구에서 거대한 함성이 질려져 나온다. 순간, 그는 허공을 향해 도약했다. 집채만 한 몸집에서 나온다고는 도저히 믿을 수 없는 엄청난 빠르기였다.

"흐으읍!"

갑작스러운 거한의 도약에 당황한 그는 양팔을 횡으로 돌리며 거도를 막아내었다.

채채챙—

찰나간에 대여섯 번은 되어 보이는 공방이 오고 갔다. 정확히 말하자면 거대한 박도는 내질러진 것뿐이었고, 천류비검이 그것을 대여섯 번 쳐서 막아낸 것이었다.

"이제야 대략 뭐가 뭔지 알 것 같네요. 저 단검을 든 사람이 박도를 여러 번 쳐낸 거죠?"

독고진의 고개가 끄덕여졌다. 하지만 그의 눈은 여전이 비무대 위를 향하고 있었다.

콰쾅—

자그마한 비검과 거대한 박도가 부딪치면서 만들어진 소리라고는 생각할 수 없을 만큼 커다란 굉음이 울려 퍼졌다.

한차례 굉음과 함께 두 사람은 이 장 정도의 거리를 놓고 다시 대치하였다.

"저 녀석, 실수했어."

독고진의 중얼거림이다.

"그렇군요."

그가 지칭하는 사람이 누군지 알겠다는 듯 고개를 끄덕이는 소소였다. 사실 그것은 당연한 이치였다. 긴 사거리를 가진 암기술을 사용하는 사람과 박도를 사용하는 사람이 대련 중에 거리가 벌어졌다면, 싸움에서 누가 유리해졌는지 정도는 세 살배기 어린아이도 판단할 수 있을 것이다.

"흐읍!"

천수비도를 든 사람의 입에서 짧은 기합성이 새어 나왔다.

"오호!"

독고진의 눈이 그의 두 옷자락에 고정되었다. 천수비검 아래에서 반짝이는 붉은빛을 발견한 탓이었다. 어지간해서는 볼 수 없는 희미한 불빛이었지만 그의 눈에는 또렷이 보였다.

소소는 모르겠다는 표정으로 그저 비무대 위를 응시하고만 있었다.

'이제부터가 진국이다. 드디어 천류비화폭을 쓰려 하고 있어.'

독고진은 씨익 웃었다. 아마도 그의 지금까지의 상대는 천류비화폭이 아니더라도 얼마든지 손쉽게 제압할 수 있었을 것이다. 하지만 이번 상대는 천류비화폭이 아니라면 그가 이기는 것은 불가능할 만큼 강했다.

그는 천수비도를 만지작거리며 긴장된 눈빛을 띠었다. 천류비화폭이 마공은 아니더라도 사도(邪道)의 인물이라고 알려진 종리무무의 무공이므로, 밝혀지면 그다지 이로울 것이 없었기에 극도로 조심하려는 것이었다.

만약 천류비화폭이 사파의 종리무무가 아닌 다른 이의 무공이었다면 꺼낼 생각조차 할 수 없었을 것이다. 그나마 종리무무는 사파의 인물 중 드물게 의기와 패기있는 고수였고, 정파에서도 그를 존경하는 후기지수들이 있을 정도로 뛰어난 인물이었기에 조심스럽게라도 천류비화폭을 사용할 수 있는 것이었다.

"타하앗!!"

그의 발이 비무대 위의 대리석을 박차고 뛰어 올라갔다. 그리고 그의 양손이 가슴 위로 교차되었다.

쉐애액!!

소름 끼칠 정도로 날카로운 파공성과 함께 두 자루의 천류비검이 거한을 향해 쇄도해 갔다.

그 순간 거한의 입꼬리가 살짝 말려 올라갔다. 아마도 처음과 같은 방식의 공격이라 생각하고 비웃는 듯했다.

후욱—

무거운 소리를 내며 그의 박도가 움직인다. 그 순간 그의 신형이 살짝 뒤로 빠졌다. 두 비도가 목표하는 것은 자신의 정수리일 것이다. 정수리를 두 비검이 교차할 때 박도로 쳐내면 되는 것이다.

피핑—

비도와 박도가 부딪치는 소리가 들려왔다. 하지만 거한의 표정은 순간 사색이 되어버렸다.

"이, 이런!"

그가 간과한 것이 있었다. 그는 분명 첫 번째 공방에서 자신이 튕겨낸 비도를 그가 별 힘도 들이지 않고 회수하는 것을 보았다. 그것을 단지 비도술이라고만 생각한 그의 오판이었다.

두 천류비검은 마치 하나의 생명체가 된 듯 넘실거리며 거한의 요혈을 찔러갔다.

그것을 보고 있는 독고진의 눈빛이 살짝 빛났다.

'바람, 바람이었어. 아까 저 비검이 살아 있는 생명체처럼 움직였던 건. 바람의 흐름을 따라 움직인 거였다. 목표물이 움직이면서 생긴 바람을 타고 틈새로 빨려들어 가는 거다.'

그는 천류비검의 요체를 단숨에 파악했다. 물론 그것이 다는 아니었지만, 몇 번 본 것만으로 그것을 파악해 낸 사람이 있다는 것을 창시자인 종리무무가 보았다면 어이없는 표정을 지었을 것이다.

'하지만 어떻게 저게 가능한 거지? 천류비검을 직접 보아야 알 수 있을 텐데……'

그가 생각하는 사이 비무는 막바지에 다다르고 있었다. 천류비검이 이미 그의 지척에 다다른 것이다.

순간 독고진의 왼손이 살짝 튕겨졌다.

피잉—

작은 파공성과 함께 그의 손가락을 떠난 지풍이 천류비검과 거한 사이를 헤집고 지나가더니 순간 천류비검과 한 치가량 떨어져서 빛나던 붉은빛은 힘을 잃었고, 비검 또한 단순한 쇳덩어리마냥 바닥으로 떨어졌다.

거한은 어안이 벙벙한 표정이 되었고, 비검을 날린 사내는 경악에 가까운 표정이 되어 얼굴이 굳어버렸다.

독고진은 재빨리 두 사람에게 전음을 보내었다.

"내가 아니었다면 그대는 죽은목숨이었소. 패배를 인정하고 박도를 내려놓으시오."

독고진은 순간 나름대로는 기발한 생각이 든 듯했다.

'이 녀석, 제법 쓸 만한 녀석이다. 내가 목숨을 구해줬으니 몇 가지는 부탁할 수 있겠지.'

그는 곽나연 하나로도 성에 차지 않았는지 호위무사(?)를 더 두고 싶은 듯했다.

한편 독고진의 전음을 들은 거한은 대충 상황 파악을 하고 박도를 바닥에 내려놓았다.

차랑—

무거운 쇳소리와 함께 거한의 박도가 대리석 위로 떨어졌다.

"내가… 졌소."

무슨 영문인지 감조차 잡지 못하고 있는 사내에게 독고진이 전음을 보내었다.

"그대의 천류비검은 내가 와해시켰소. 저 사내의 목숨을 구하고자 한 것이었으니 너무 언짢게 생각진 말았으면 좋겠소. 그에겐 내가 전음을 보내어 패배를 인정하라 한 것이니 놀랄 것 없소."

뒤죽박죽인 말이었지만 이해하는 데는 무리가 없었는지 사내는 거한을 향해 포권을 취하며 고개를 숙였다.

"좋은 도법이었소."

거한 또한 마주 포권을 취해 보였다.

"대단한 비검술이었소."

관중석에서 환호가 울려 퍼졌다. 어떻게 된 것인지 제대로 본 이는 몇 없었지만, 저 자그마한 사내가 고명한 비검술을 사용하여 거도의 사내를 제압한 것은 틀림이 없었기 때문이다.

"혹시… 저 비검술이 어떤 건지… 아시는 분 계시오?"

천무 진인(天武眞人)은 내색하지는 않았지만 속으로 경악하고 있었다. 그의 능력으로 천류비검이 움직이는 궤도를 보지 못했을 리 없었다. 그는 비검이 덩치 큰 사내의 박도를 살아 있는 듯 유유히 피해 다니는 것을 보았기 때문에 놀랄 수밖에 없었다. 그의 눈에는 아무리 보아도 이기어검(以氣御劍)

의 수법으로밖에는 보이지 않았다.

천무 진인의 당혹스럽다는 듯한 말에 무무승(武舞僧)이 동조하였다.

"빈승도 처음 보는 비검술이오. 설마 저 나이에 이기어검을 자유자재로 사용할 수 있을 경지는 아닐 테고……."

그는 말끝을 흐렸다. 그의 말처럼 저 나이에 이기어검을 마음대로 쓸 수 있다는 것은 어불성설이다. 하지만 그로서도 이해할 수 없는 것이, 그의 상식으로는 적어도 이기어검의 수법이 아니라면 저렇듯 비검을 허공에서 조종할 수는 없는 것이었기 때문이다.

두 노인의 말에 나머지 무림맹의 장로들은 침묵하였다. 그들 또한 천류비화폭을 보았고, 그것이 무엇인지 전혀 감이 오질 않고 있었기 때문이다.

다만 단리철은 고개를 갸우뚱하고 있었다.

'어디선가 들어본 적이 있는 수법이다. 시전자의 손을 떠나 특별한 내공 없이 자유자재로 상대를 공격하는 비검술이라…….'

그는 분명 과거의 기록에서 천류비화폭에 대한 것을 본 적이 있을 것이다. 만약 그가 조금 더 자세히 비무를 보았더라면 그 역시 이 비검술이 천류비화폭이라는 것은 대번에 알아챌 수 있었을 것이다. 하지만 그를 비롯한 무림맹의 장로들은 이야기를 나누느라 처음부터 면밀하게 살피지 못하였고, 마지막 부분만을 정확히 지켜본 것이었기 때문에 알 듯 모를 듯 생각이 나질 않는 것이었다.

단리철이 애써 과거의 기억을 더듬어가며 혼란스러워하고 있을 때, 독고진은 방금 전에 비무를 벌인 두 사람에게 전음을 보내고 있었다. 전음은 같은 내용이었다.

"내가 누군지 궁금하다면 비무장 서쪽에 있는 쪽문으로 오시오. 관병이 머물고 있는 처소가 있고, 꽤나 커다란 연못이 있는 곳이니 찾기는 쉬울 거요."

전음을 보내놓은 독고진은 벌써 시작된 다음 비무를 관전하고 있는 소소에게 속삭였다.

"당 매, 나 잠시만 어디 좀 다녀올게."

갑작스런 말에 소소는 두 눈을 동그랗게 뜨고는 되물었다.

"어딜 가세요? 오늘은 소령 아가씨의 비무도 있는 날이잖아요."

"아아, 금방 올 거야. 여기서 비무 관전이나 하고 있어."

말을 남긴 독고진은 순식간에 사라졌다. 소소로서는 당황스러울 뿐이었다.

"오늘 아침까지만 해도 눈에 띄게 안색이 안 좋던 분이… 저렇게 싱글벙글 웃으며 어딜 가시는 거지?"

거기까지 생각이 미치자 소소는 다시 불안해진다.

"그런데 대체 무슨 일이 있다는 건지……."

독고진의 슬픈 눈빛을 떠올리며 소소는 고개를 저었다.

“돌아오시면 꼭 물어봐야겠어.”

*　　　*　　　*

“크으음, 왜 이렇게 오래 걸리지?”

독고진은 자신이 빨리 온 것은 생각도 하지 않고 혼잣말로 투덜거렸다.

“커다란 녀석은 아마 내 부탁을 들어줄 것 같은데, 종리무무의 전인 녀석도 꼬시는 게 가능할까?”

역시나 독고진의 생각은 그것이었다. 몇 시진 채 남지 않은 시간이었지만, 그동안 가족을 위해서 무언가 해놓지 않으면 안 될 것 같다는 생각에 불안했던 것이다.

그가 볼 때에 두 사람은 앞으로 발전 가능성도 대단하고, 여러모로 좋은 인재들이었다.

“전인 녀석이 먼저 오는군.”

중얼거린 그는 고개를 천천히 돌렸다. 천류비화폭을 시전하던 왜소한 사내였다. 그는 도착하자마자 이곳저곳을 두리번거렸다. 자신을 부른 이가 눈앞에 보이는 독고진이라고는 생각할 수 없었기 때문이다.

“어딜 보시오?”

독고진의 나직한 말에 그는 독고진을 빤히 바라보았다.

“나를 부른 게……?”

그의 말에 독고진은 고개를 끄덕였다.

"그렇소. 나요."

독고진의 대답에 그의 얼굴에는 불신의 빛이 역력해졌다.

"정말 그대가 내 비도법을 파훼한 사람이란 말이오?"

그는 도무지 이해할 수가 없었다. 많게 봐줘야 약관 정도 될 듯한 사내에게 자신의 천류비도가 와해되었다는 것이 믿어질 리 없었다.

"그런데 면구는 왜 쓰고 있는 것이오?"

독고진의 말에 그는 흠칫한다. 그 말대로 그는 얼굴에 인피 면구를 착용하고 있었기 때문이다.

"어떻게… 알았소?"

독고진은 피식 웃었다.

"천류비화폭을 지풍 한 번으로 파훼시킨 나요. 얼굴을 약간 역용하고 그 위에다가 면구까지 뒤집어쓴 것을 알아본다는 것이 그렇게 놀랄 일이오?"

독고진은 좀 강하게 나가기로 했다. 자신이 고수라는 점을 부각시켜야 한다. 독고진은 그에게 몇 가지 가르침을 준 후 그에게 부탁을 할 생각이었다.

할 말을 잃고 멍하게 있는 그에게 독고진은 한마디 더했다.

"원래 세상일이라는 게 순리대로만 돌아가는 법은 아니라오."

애매모호한 소리를 하며 독고진은 고개를 돌렸다. 때마침 나머지 한 사람이 오고 있었다.

그는 두 사람을 발견하고는 흠칫했다. 그들에게 다가온 그는 천류비검의 사내에게 먼저 말을 걸었다.

"여기는… 어쩐 일이시오?"

그는 멋쩍게 웃는다.

"보시다시피 당신과 같은 이유요. 이 사람의 전음을 받고 왔소이다."

"음?"

거한의 입에서 묘한 어조의 신음이 새어 나온다. 그의 말인즉슨 자신을 부른 절세의 고수가 바로 이 청년이라는 게 아닌가? 그는 대답을 바라는 눈짓으로 독고진을 바라보았다.

"그 말이 맞소. 내가 당신을 보자고 하였소이다."

그 말에 거한은 일단 고개를 숙여 보였다. 목숨을 구해준 것에 대한 고마움의 표시였다.

"아까는 고마웠소."

그래도 한 번쯤은 의심을 할 법한데, 독고진의 말을 믿으며 진심으로 감사를 표하는 것이 우직한 모습이었다. 독고진은 그것이 마음에 들었다.

독고진은 두 사람을 보며 입을 열었다. 일단 자신의 정체를 밝히는 것이 순서였다.

"나는 독고세가의 소가주 독고진이오."

독고진의 말에 두 사람의 표정이 기이하게 변했다. 지금까지 그에게서 들은 말들 중에 가장 기가 막힌 일이 아닌가? 반로환동이라도 한 전설의 노고수가 아닌가 하는 의심마저 들었던 이가 겨우 무림세가의 하나인 독고세가의 소가주란다. 어찌 당황스럽지 않겠는가?

먼저 입을 연 것은 천류비검의 사내였다.

"지금까지 당신의 말, 행동이 내가 본 그대로라면… 독고세가는 머지않아 천하제일가가 되겠군."

그의 말은 조금도 농이 섞이지 않은 것이었다. 그가 독고진에 대해 본 것은 얼마 없었지만, 그 정도만으로도 충분히 충격적이었던 것이다.

독고진은 두 사람을 번갈아 보며 다시 입을 열었다.

"자, 이제 두 사람의 성함을 알고 싶소. 존함이 어떻게들 되시오?"

이번엔 거도의 사내가 먼저 대답한다.

"막부동(寞簿桐)이라 하오."

그리고 천류비검의 사내가 머리를 긁적이며 답한다.

"비무가 시작될 때에는 어딜 가 계셨소? 나는 일비(佾飛)라 하오."

일비의 말의 의미는 비무가 시작할 때에 호명하는 자신들의 이름을 기억해 내지 못하는 독고진에게 투덜거리는 것이었다. 독고진이 그런 것에 신경을 쓸 턱이 없었지만.

"막부동 소협, 일비 소협이라고 부르면 되겠소?"

두 사람은 동시에 고개를 끄덕였다.

"사실은 내가 두 사람에게 한 가지 제안을 하려고 이렇게 불렀소. 말하자면 거래인가?"

그 말에 일비는 궁금하다는 눈빛으로 그를 쳐다보았고, 막부동은 한마디를 꺼내었다.

"거래라니, 당치 않소. 난 어차피 독고 소협에게 빚이 있으니 갚아야 하지 않겠소."

독고진은 속으로 살짝 웃었다. 막부동은 그가 본 그대로였던 것이다.

"일단 내 말을 들어보시오."

두 사람의 시선이 독고진의 입을 향한다.

"이런 말을 하긴 낯뜨겁지만, 내 무공 수위가 그대들보다 월등히 높다는 것은 그대들도 잘 알 것이오."

그들은 고개를 끄덕였다. 무인으로서 타인이 자신보다 더 강하다는 것을 대놓고 말한다면 발끈하는 것이 정상이겠지만, 두 사람과 독고진의 격차는 너무나 확연한 것이었기에 저절로 수긍한 것이었다. 독고진이 지풍 한줄기로 비검의 궤도를 흐려놓은 것도 그렇거니와 그가 두 사람에게 보낸 전음은 육합전성(六合傳聲)이었는데, 육합전성은 소리가 사방에서 울리도록 하여 시전자의 소재를 파악하지 못하도록 하는 고급의 전음 수법이다. 이를 자연스럽게 시전할 정도가 되려면 최소 구파의 장로 정도의 능력이 되어야 하기 때문이다.

“내가 두 사람의 무공에 도움을 주겠소. 지금과 확연히 차이가 날 수 있을 정도가 될 것이오. 아, 물론 사제지연을 맺자는 소리는 아니오. 그냥 그대들의 무공이 나아질 수 있도록 도움을 주겠소.”

그 말에 두 사람은 어리둥절한 표정이 되었다. 의외의 제안이었기 때문이다.

사제지간, 또는 혈연지간이 아닌 타인에게 무공을 전수해 준다는 것은 정말 드물고, 또한 파격적인 제안이었기 때문이다. 하지만 그들이 간과하고 있는 것이 있었다. 독고진은 가전무공이나 자신의 무공을 전해주겠다는 것이 아니었다.

그는 폐관을 할 때에 연무동에 안장되어 있는 수많은 비급을 전부 독파했다. 그리고 그것들 중 몇 가지 상승 무공을 자신이 한 번씩 손본 일이 있는데 그것들을 전해주려는 것이었다.

먼저 입을 연 것은 일비였다.

“조건은… 무엇이오?”

일비의 목소리가 떨려 나왔다. 무인에게 있어서 무공 수위를 올리는 것만큼 절박한 일이 어디 있겠는가? 하지만 그것만으로는 일비의 감정이 격양된 것을 설명하기는 힘들었다. 그에게는 다른 사연이 있는 듯했다.

“내 부탁을 하나 들어주는 것.”

다시 일비가 재촉하였고, 막부동은 침묵으로 일관하고 있었다.

"그러니까 그 부탁이 무엇이냔 말이오."

독고진은 살짝 뜸을 들이고는 다시 입을 열었다.

"나는 그대들이 비무대 위에서 보여주었던 것들이 전부가 아님을 알고 있소."

그 말에 두 사람의 안색이 살짝 변했다. 독고진의 말처럼 그들은 자신들의 진신무공을 전부 사용하지는 않았던 것이다.

"내가 그대들을 돕는다면, 그대들은 충분히 몇 년 내로 무림백대고수에 이름을 올릴 수 있을 것이오."

그 말에 두 사람은 경악했다. 그들의 숨겨진 실력을 감안한다 하더라도 아직 무림백대고수라는 이름은 요원한 것이었기 때문이다. 하지만 독고진과 같은 고수가 허언을 하지는 않을 터. 허언이나 하려고 예까지 불러내지는 않았을 것이다.

"계속해 보시오."

독고진의 말이 다시 이어졌다.

"그대들이 독고세가를 도와주었으면 좋겠소."

막부동과 일비는 다시 멍한 표정이 되었다. 독고진이 지금 무슨 말을 하는 것인지 도무지 감을 잡을 수가 없었기 때문이다.

"아니, 우리가 그런 거대세가의 무얼 도울 수 있다는 말이오? 독고세가가 무슨 어려움에라도 처해 있소?"

일비의 말에 그는 고개를 절레절레 저었다.

"지금이야 아무런 일도 없지."

더욱 머릿속이 꼬이는 느낌을 받은 일비의 입이 다시 열렸다.

"그럼 앞으로 생길지 안 생길지도 모를 일을 위해서 우리에게 그런 제안을 한다는 말이오? 너무 뜬금없는 게 아니오? 게다가 우리가 꼭 필요한 것도 아니질 않소. 독고 소협의 능력이라면 충분히 독고세가를 반석 위에 올려놓을 수 있을 듯한데……."

그의 반응은 당연한 것이었다. 대체 무엇이 부족해서 독고세가에서 자신과 막부동에게 그런 제안을 한다는 말인가?

자신 같은 경우 아무리 종리무무의 천류비화폭을 이어받은 전인이라 하더라도 그렇게 큰 도움이 될 정도의 고수는 아니지 않은가? 독고진의 말대로 백대고수의 일인에 이름을 올린 후라면 몰라도.

"나는 곧 떠나오."

일비는 어리둥절한 표정이 되었다. 뜬금없이 떠난다는 게 무슨 소리인가?

"떠난다니? 무슨 소리요?"

독고진은 신경질적으로 뒤통수를 긁적였다. 잠시 잊고 있던 슬픔이 떠오른 탓이었다.

"그건 정확히 말해줄 수가 없소. 하지만 정말 멀리… 그리고 오랜 시간 동안을 떠나 있을 것이외다. 아, 오랜 시간이 될지 금방 올지는 나도 알 수 없겠소. 정말 운이 좋다면 바로 다음날 돌아올 수도 있는 것이 될 터이니.”

여전히 수긍할 수 없었지만 일비는 자신이 이해할 수 없는 문제라 생각하고 고개를 끄덕였다.

“그럼 독고 소협께서는 지금까지 잘 돌아가던 세가가 소협이 없다 해서 타 세력에 위협받을지도 모른다고 생각하는 것이오?”

역시 일리있는 말이었다. 독고진이 없다 해서 지금까지 오랜 시간 번창하던 세가가 무너질 리는 없었다. 하지만 독고진은 불안한 이유가 있었다.

일전에 그는 켈리어스에게 자신에게 위협될 만한 존재를 찾아봐 달라 부탁한 일이 있었는데, 그때 그에게서 들은 몇몇 암중의 단체들이 마음에 걸렸던 것이다.

“다른 건 묻지 말아주시면 고맙겠소. 만약 세가에 아무런 일도 없다면 그대들은 아무런 조건 없이 나에게서 필요한 것만 얻어갈 수 있는 것이오.”

독고진과 일비의 대화를 듣던 막부동이 처음으로 입을 열었다.

“독고 소협, 그 정도의 일이라면 나에게는 부탁을 할 것도 없었소. 내가 소협이 독고세가의 사람이었다는 것을 아는 한 독고세가가 위험에 처한 것을 그냥 방치할 수는 없을 것이기 때문이오. 나는 은원을 분명히 하는 사람이오.”

독고진은 고개를 끄덕이며 대답했다.

“고맙소, 막부동 소협. 그렇다면 소협께선 내 제안을 받아들인 걸로 알고 있겠소.”

막부동은 무엇인가 한마디를 더 하려 하다가 그만두고 고개를 끄덕였다.

“그럼 일비 소협은 어떻게 할 것이오?”

잠시 침묵을 지키던 일비의 입이 천천히 떨어진다.

“사실 나에게 새로운 무공이란 필요치 않소. 독고 소협도 알다시피 나의 무공은 천류비화폭이오.”

그 말에 막부동만이 놀란 표정이 되었다. 하지만 이내 평정을 되찾았다. 천류비화폭이라면 자신이 그렇게 무력하게 당한 것도 납득이 간다.

“물론 알고 있소. 하지만 내가 느낀 바로는 소협의 천류비화폭은 완전한 것이 아니오. 그렇지 않소?”

독고진은 비무대 위에서 일비가 시전한 천류비화폭을 떠올렸다. 그의 기억으로 천류비화폭은 비검들이 시전자의 기와 감응하여 완벽히 시전자의 통제하에 움직이게 되는 비검술로 기억되어 있었다. 정확히 말하자면, 천류비검이 아니라 그것이 타고 다니는 바람을 통제하는 것이었고. 하지만 그가 보기에 일비의 천류비화폭은 그저 바람에 비검들을 맡겨놓은 수준에 불과했다. 일비의 성취가 낮아서 그런 것이라 생각할 수도 있겠지만, 그가 볼 때에 그것은 일비가 익히고 있는 천류비화폭이 완전한 무공이 아니라는 반증이었다.

한편 일비는 내색하지는 않았지만 속으로는 경악하였다. 독고진이 본래 천류비화폭이라는 무공을 알고 있었던 것이 아닌가 하는 의심마저 들었다.

“천류비화폭이 만약 완전한 것이 아니라 하더라도 그대가 도와줄 방도가 있을 리 없지 않소?”

독고진은 잠시 생각했다. 아무리 그라 하더라도 한 번 보고 그 문제점을 극복해 낼 방안까지 찾아내는 것은 무리였다.

“크흠, 솔직히 나도 그 부분에 대해선 큰 도움을 줄 수 없을 것 같소. 하지만 내 능력이 닿는 한 조언을 해주겠소.”

독고진의 말에 잠시간 생각을 하던 일비는 입을 열었다.

“당신의 제안을 받아들이겠소. 단, 조건을 조금 바꿨으면 좋겠는데…….”

“어떻게 말이오?”

일비의 입이 다시 열린다.

“당신에게서 받을 도움은 당신이 돌아온 뒤로 미루겠소. 그때 가서 내가 한 가지 부탁을 하겠소. 무리한 부탁은 아닐 것이오.”

이번엔 독고진이 약간 의아하다는 듯한 표정을 지었다.

“분명 난 언제 돌아올지 모른다 하였소. 당신은 내게 대가를 받지 못할지도 모르오. 그래도 그렇게 하시겠소?”

일비는 망설임없이 고개를 끄덕였다.

"무슨 영문인지는 모르겠지만… 여하튼 좋소. 두 분께는 정말 고맙소."

독고진은 정중히 포권을 취해 보였다. 어쨌든 그로서는 불안감을 조금이라도 덜어낸 셈이었다.

"고맙다는 말은 내가 해야 할 말이오."

막부동의 말이었다.

그의 말이 끝나자 일비 또한 한마디 하였다.

"여기 막부동 소협에게 날렸던 천수비도는 솔직히 소협의 생명에 위협을 가하려 쏘아보낸 것은 아니었소. 갑자기 생각대로 통제가 되지 않아 당황하던 차에 독고 소협이 비무에서 피를 보는 것을 막아주셨으니 나 또한 고맙소이다."

독고진은 두 사람에게 웃어 보인 후 막부동에게로 가 얇은 서책 한 권을 내밀었다.

"이것은 광무도법(廣茂刀法)이라는 것이오. 비록 그대가 외공을 수련한 무인이라고는 하지만, 내공이나 외공이나 초식의 형(形)에 있어서는 많은 차이가 있지 않으니 이것을 한번 참고하여 보시오."

독고진이 건넨 광무도법이라는 도법은 그가 폐관하던 당시 개조했던 무공 중 꽤나 아끼는 비급으로, 수중에 항상 가지고 다니던 것이었다. 광무도법은 전전대라 할 수 있는 오래전에 활약했던 무인의 도법으로써 그 성분조차 불분명한 도법으로 독고세가의 연무동에 보관되어 있던 것이었는데, 그가 읽어본 후 몇 가지 사항을 개조시켜 놓은 것이었다.

비급을 받은 막부동은 살짝 움찔하였다.

"내게 줘도 하등 문제될 것이 없는 물건이오?"

가전무공이 아니냐는 말일 것이다.

"물론이오. 그런 걱정은 마시고 한 번쯤 참고하시오."

무슨 말을 해야 할지 몰라 가만히 있는 두 사람에게 독고진은 살짝 웃어 보이며 말했다.

"나는 그럼 부인에게 가봐야 하오. 아마 오늘 이후로 나를 다시 보기 힘들지도 모르오. 그럼."

말을 마친 독고진은 경공을 극성으로 전개하여 두 사람의 시야를 벗어났다. 잔영이 어른거릴 정도의 쾌속한 신법이었다.

"허… 참."

일비의 입에서 감탄인지 한숨인지 모를 탄성이 흘러나왔다.

"뛰는 자 위에 나는 자가 있다더니, 지금 내 눈을 믿어야 하는 건지……."

막부동의 말이었다. 두 사람은 못 볼 것을 본 사람마냥 한동안 멍하니 독고진이 사라진 자리를 응시하고 있었다.

第四章
여심 (女心)

죽은 자의 영혼과 사람의 심혼(心魂)을 다루는 흑마법사 무림에 환생하다!

마왕의 힘을 배워 9클래스의 마법 경지를 넘어서고, 절대의 무공 경지에 들다!

그를 기다리는 건 무림사에 더없을 멸겁의 종말, 새황 오대천의 살혼마신!

“잘하고 오세요, 오라버니.”

영령의 말에 소운은 씨익 웃어 보이며 고개를 끄덕였다.

“그래, 걱정 말거라.”

그리고 어느새 돌아온 독고진과 팔짱을 끼고 기대어 있던 소소는 그 자세 그대로 손끝 하나 움직이지 않고 소운에게 말했다.

“남궁 소협, 잘하고 오세요.”

소소의 모습에 어처구니없다는 듯 고개를 절레절레 흔드는 소운이었다.

“예, 소저. 소저도 다음에 시합이 있는 것으로 알고 있습니다. 잘하십시오.”

소소는 살짝 일어나서 소운에게 인사를 해 보이고는 재빨리 독고진의 팔에 찰싹 달라붙었다.

“당신, 왜 이래? 안 하던 짓을 하고. 사람들 보기 민망하게.”

정확히 말하자면 안 하던 짓은 아니다. 단지 사람이 많은 곳에서 안 하던 짓일 뿐이었다.

“상관없어요. 얼마든지 보라지요.”

소소가 이러는 이유는 따로 있는 것이 아니었다. 독고진이 잠시 자리를 비웠을 때 안색이 창백해진 곽나연이 뛰어와서 독고진이 어디 간 것이냐고 물어본 후 독고진이 이야기한 것을 대략적으로 말해 버렸기 때문이다.

“당신에겐 정말 미안해. 그런데 있지… 이런다고 해서 해결되는 문제가 아니라니까.”

소소는 누가 보든 말든 독고진의 팔을 꼭 끌어안은 채 놓으려 하질 않았다.

“안 돼요. 그런 게 어딨나요? 나도 데리고 가요. 상공이 갈 곳이 아무리 힘든 곳이라 해도 상공이 없는 이곳만큼 힘들겠어요? 부탁이에요. 가지 말아요. 갈 거면 나도 데리고 가요.”

눈물까지 글썽이며 매달려 있는 그녀에게 뭐라 할 말이 없어진 독고진은 한숨을 내쉬었다.

“일단 저 비무나 보자. 남궁 소협의 활약상이나 보자고. 그

애기는 비무가 다 끝난 후에 해.”

　여전히 팔을 놓지 않은 채로 아무런 말도 하지 않고 있는 그녀를 보며 독고진은 쓴웃음을 지으며 비무대를 향해 고개를 돌렸다. 그러자 그의 눈에 비무대 주위에서 경호를 서고 있는 곽나연의 모습이 들어왔다. 한 번 독고진이 사라진 뒤라 곽나연은 서라는 경호는 안중에도 없고 독고진의 자리만을 계속 힐끔힐끔 쳐다보고 있었다.

　“휴우.”

　이래저래 한숨밖에 나오지 않는 그였다. 그라고 왜 힘들지 않겠는가. 시간이 갈수록 마음만 두 배 세 배 급해졌고, 침은 바싹바싹 말라가는 기분이었다.

　“자, 이번 비무는 남궁세가의 소가주이신 남궁소운 소협과 진주언가의 소가주이신 언남풍 소협의 대련이 되겠습니다.”

　두 사람은 비무대 위로 올라간 후 마주 포권을 취했다. 북부세가연맹인 진주언가(晉州彦家)와 중부세가연맹인 남궁세가(南宮世家)는 썩 좋은 관계가 아니었지만, 일단은 같은 정파의 무림맹 소속이므로 서로를 향해 예를 갖추었다.

　“남궁세가의 소가주인 남궁소운이라 합니다. 한 수 지도 부탁드립니다.”

　소운의 정중한 인사에 언남풍 또한 마주 고개를 숙였다.

　“남궁세가의 검을 견식케 되어 영광입니다.”

　두 사람의 인사가 끝나고 곧이어 진행자의 목소리와 함께 비무의 시작을 알리는 북이 커다랗게 울렸다.

둥— 둥— 둥—

두 사람이 사용하는 병기는 양쪽 모두 검. 누가 먼저랄 것 없이 두 청년의 발검은 동시에 이루어졌다.

"하얏!"

기합성과 함께 두 사람의 신형이 뒤엉켰다.

챙— 채채챙—!

순식간에 십여 합을 나눈 두 사람은 다시 이 장여의 간격을 두고 물러섰다. 탐색전이 끝난 것이다.

'후, 이 정도라면 예상 이하군. 북부세가연맹에서 팽가의 도를 제외한다면 가장 강맹한 것이 언가의 권과 검이라 들었는데……'

소운은 속으로 웃음 지었다. 최근 능사운의 개막전을 비롯해 몇몇 뛰어난 비무를 보았고, 독고진과 며칠간 함께 지내다 보니 자신의 무공에 대한 자신감을 잃었던 것이다.

"차핫!"

그의 손에 느껴진 경력과 언남풍의 검에서 느껴지는 예기로 보아 확실히 그의 상대가 아니라고 판단한 그는 망설임없이 초식을 전개하였다.

"창궁무애검법(蒼穹無涯劍法)의 진수를 보여드리겠소이다."

창궁무애검법은 남궁세가의 모든 검법의 가장 기초가 되

는 검법이자 근간이 되는 무리를 담고 있는 검법으로, 기초 검법이라고 사람들이 무시하는 경우가 있었다. 하지만 그것은 한참 잘못된 생각이었다. 검의 대종사라 할 수 있는 수많은 고수들에 의해서 중검(重劍)의 이상과 가장 가깝다는 말을 들을 정도로 극찬을 받는 무공이 바로 이 창궁무애검법인 것이다.

까가강―!

남궁세가의 검법은 중검으로 유명하다. 물론 도(刀)에 비한다면 파괴력이 떨어지기야 하겠지만 검으로써는 정말 대단한 패도를 가진 검이 남궁세가의 검이었다.

까앙―!

묵직한 소리와 함께 소운의 검이 언남풍을 압박했다. 남궁세가의 검은 보통 중검이 가지는 단점인 떨어지는 쾌속함과 화려함을 초식의 정교함으로 보완한 검이라 할 수 있었기에 쉽사리 허점을 찾아볼 수가 없었다.

"크큭―"

소운의 검에 실려 있는 경력을 견뎌내지 못한 언남풍의 손아귀가 찢어지며 핏물이 고였다.

푸른 검기가 서린 소운의 검이 패도적인 베기 초식에서 차츰 부드럽게 변해갔다.

채채챙―!

이번엔 가벼운 쇳소리가 울려 퍼졌다. 그와 함께 초식의 형(形) 또한 부드러운 곡선을 그리며 그를 압박해 갔다.

채재쟁― 챙―!

힘겨워 보이기는 해도 어찌어찌 소운의 검세를 막아내던 언남풍의 검세가 눈에 띄게 약해져 가고 있었다. 그의 옷자락은 군데군데 검에 베어져 있었고, 그의 살갗 또한 적지 않은 자상을 입고 있었다.

채앵―!

타탓―

검격을 더 이상 견뎌내지 못한 언남풍이 큰 움직임으로 소운의 검을 한 번 쳐낸 후 뒤로 일 장가량 물러났다. 하지만 그것을 놓칠 소운이 아니었다.

"고혼일검(孤魂一劍)."

고혼일검은 남궁세가의 유명한 상승 검법 중 하나였다.

소운의 검에 맺혀 있던 푸른 빛이 점차 짙어지더니 어지러이 허공을 수놓기 시작했다.

"하앗!"

콰과과광!!

커다란 폭발음과 함께 언남풍의 신형이 비무대 바깥으로 튕겨져 나갔다. 그것을 본 소운은 검을 한 바퀴 돌려서 검집에 꽂았다.

착―

잠시간의 정적.

이내 장내는 요란한 환호성으로 가득 찼다.

"와아앗!! 역시 남궁세가의 검이다!!"

"꺄아악!! 너무 멋지다!!"

이곳저곳에서 요란한 소리들이 들려왔다. 그중에는 소운의 깎아놓은 듯한 외모에 반해 그를 추종하는(?) 여인들의 비명 소리도 적지 않았다.

그 모양을 지켜보던 독고진은 작은 소리로 투덜거렸다.

"남궁형은 겉멋이 잔뜩 들었군. 굳이 저렇게 하지 않더라도 제압할 수 있을 텐데……."

작은 그의 중얼거림을 들은 소소는 살짝 웃었다.

"그래도 반응은 좋은데요, 뭘. 그나저나 남궁 소협, 제가 생각했던 것보다 훨씬 뛰어난데요? 아마 가가께서 임, 독맥을 뚫어주시기 전의 저였더라면 남궁 소협을 상대하지 못했을 거예요."

말을 하면서도 그의 팔을 꼭 붙들고 있는 소소를 보며 독고진은 피식 웃었다.

"자아, 다음 비무는 어떤 분들이실까?"

대답을 바라고 한 말은 아니었지만 옆에서 소소의 대답이 들려왔다.

"정말 아가씨의 친오라버니가 맞아요? 이번 비무는 소령 아가씨가 출전하잖아요. 어떻게 동생의 첫 비무 날짜도 몰라."

소소의 핀잔에 뒷머리를 긁적여 보인 독고진은 비무대 아래로 시선을 향했다. 소령이 검을 손질하다가 독고진이 자신을 보고 있는 것을 발견하고는 살짝 눈인사를 했다.

"상대는 누구래?"

그 말에 소소의 안색이 살짝 일그러진다.

"모용 소협이요. 아시죠? 자꾸 저한테 치근덕거리던."

독고진은 씨익 웃었다.

"뭐, 잘됐네. 그 녀석은 안 그래도 내가 한번 손봐주고 싶었는데. 내가 장담할 수 있는데, 그 녀석은 절대 소령이의 상대가 못 돼."

그는 장난기 어린 미소를 지으며 소령에게 전음을 보냈다.

"모용광이라는 녀석, 네 상대 말이야. 아주 죽지 않을 정도로만 눌러주거라. 이 오라비가 장담할 수 있는데, 그 자식이 비록 후기지수 사이에선 괜찮은 실력일지 모르겠다만 절대 네 상대가 되지 못할 테니까 자신감을 가지고 싸우면 풀어가기가 쉬울 거야."

갑작스런 그의 전음에 소령 또한 장난스레 웃음 지어 보였다. 그녀도 독고진이 모용광을 왜 싫어하는지 알고 있었기 때문이다.

"이번 비무는 독고세가의 독고소령 소저와 모용세가의 소가주인 모용광 소협의 대련이 되겠습니다. 이번 제룡회의 첫 번째 남녀 대결이군요."

관중석에서 다시 환호성이 터져 나왔다. 남녀 대결인만큼 많은 관심이 모아졌기 때문이다.

두 사람은 비무대 위로 천천히 올라섰다.

보통 비무대회에서는 한 경기가 끝나면 적어도 반 각의 여유는 두고 다음 비무를 진행하지만, 제룡비무대회는 경기 규모가 규모인만큼 빠른 진행을 위해 여덟 사람의 참가자가 남을 때까지는 바로바로 비무를 진행한다.

"두 분은 서로를 향해 예를 취해주십시오."

소령과 모용광은 서로를 향해 포권을 취했다.

"모용세가의 소가주인 모용광이오. 독고가의 검을 견식케 되어 영광이오."

모용광은 말을 하면서 따로 소령에게 전음을 보냈다.

"소저는 외모는 곱상한데 마음씨는 곱지 못한가 보오. 아무리 오라비가 못났기로서 오라비를 밀어내고 이곳에 나오다니."

그 말에 소령은 어이가 없는 표정이 되었다. 이자는 자신의 오라버니를 몰라도 너무 몰랐다.

"소녀 또한 모용가의 검을 견식케 되어 영광입니다."

인사를 마친 두 남녀는 이 장여의 간격을 두고 물러난 후 서로를 향해 기수식을 취했다.

"오라버니를 욕되게 할 만큼 잘난 실력인지 보겠어요."

소령의 전음에 모용광은 살짝 안색을 찌푸렸다. 그러나 여전히 시종일관 여유로운 표정이었다.

“그럼, 시작하겠습니다!”

둥— 둥— 둥—

비무의 시작을 알리는 북소리가 장내 가득 울려 퍼졌다.

“내가 삼 초를 양보하겠소. 먼저 오시오.”

모용광의 말이었다. 그는 자신이 있었다.

한편 그 말을 들은 소령은 안색을 살짝 찌푸렸다.

‘뭐, 저런 게 다 있어?’

소령은 검을 들어 올리더니 허공에 휘휘 저었다.

“자, 삼 초식은 지났어요. 어디 한번 와보세요.”

소령의 말에 모욕을 당했다고 생각한 모용광의 얼굴은 불그락푸르락해졌고, 장내는 웃음바다가 되었다.

“와하하! 저 아가씨, 정말 재치있다!”

“그래, 여자라고 무시하면 쓰나? 어디 한번 잘해보시오, 소저!”

이곳저곳에서 들려오는 말에 모용광은 더욱 안색이 일그러졌다.

“그대가 자초한 일이오. 나를 원망하지 마시오.”

타탓—

흥분한 모용광이 발을 구르며 무서운 속도로 발검하였다.

“차핫!”

모용광의 흥분한 표정을 본 소령의 안색은 살짝 일그러졌다.

'이거 아주 형편없는 녀석이군. 소소 언니에게 들은 것 이하야.'

흥분한 묘용광이 검을 내지르는 속도나 파괴력은 그가 가능한 최대한의 것일 터. 소령은 그의 최대한의 검세가 그다지 위협적이지 않자 더욱 자신감을 얻었다.

채채챙―!

두 사람의 검이 맞부딪치며 맑은 쇳소리가 울려 퍼졌다.

"오라비를 밀어내고 나왔다더니 실력이 제법 되는구나."

모용광의 말에 어이가 없어진 그녀는 자세를 달리했다. 공세를 취하려는 것이었다.

"그런 말은 저를 이기고 나서 하시죠."

소령의 검이 하얗게 빛나기 시작했다. 그녀는 독고진에게서 사사한 백월린검(白月燐劍)을 펼치려 하는 것이었다.

"하앗!"

기합성과 함께 소령은 빠르게 몸을 날려 검을 찔러가기 시작했다. 백월린검은 환검인만큼 다른 검식들과 달리 찌르기 초식이 주를 이루었다.

채재쟁! 챙!

하얀색 검광(劍光)들이 그녀가 찔러가는 검을 중심으로 난무하기 시작한다.

"흐읍!"

소령의 검이 환검일 것이라는 생각을 하지 못한 모용광은 당황하기 시작했다. 그녀의 검이 수많은 잔영을 남기며 그를 압박해 오자 그는 혼란에 빠지기 시작했다.

채챙―!

그녀는 기세를 잡은 후 사정없이 몰아치기 시작했다.

챙― 챙―!

처음에는 대부분 막히던 그녀의 검이 조금씩 조금씩 모용광에게 자상을 입히기 시작하였다.

"크으윽!"

모용광은 돌아버릴 지경이었다. 이쪽에서 막아내었다 싶으면 어느새 반대편을 찔러오는 검격이 보였고, 또 그것은 어느새 잔영으로 남겨지고 다른편의 살갗이 베어져 있었기 때문이다.

환검의 특성상 큰 동작을 할 수 없었기에 치명적인 상처를 입히지 못하는 것뿐이었지, 모용광은 누가 보더라도 큰 수세에 몰리고 있었다.

"하아압!"

이대로는 안 되겠다 싶었는지 모용광은 기합성을 내지르며 검을 크게 휘둘렀다.

후우웅―

살을 주고 뼈를 취하려는 수법. 어차피 소령의 검세는 비교적 약하여 커다란 상처를 입지 않을 것이니 차라리 약간의 피해를 감수하고 소령에게 치명타를 입히려는 수법이었다.

하지만 그의 얕은 수에 당하기엔 임, 독맥이 뚫린 소령의 감각이 너무도 뛰어났다.

그의 수작을 알아차린 소령은 실소를 지으며 검을 움직였다.

까가강ㅡ!

모용광의 검세를 빗겨낸 소령은 그대로 검을 흘려서 그의 목을 향해 찔러갔다. 너무 큰 동작을 취한 나머지 당황한 모용광은 검을 돌릴 생각조차 하지 못하고 임기응변으로 목을 비틀어 검을 피해내었다.

하지만 완전히 피해낼 수는 없었는지 그의 목덜미에 살짝 핏물이 고였다.

"이… 이……!"

감정에 북받친 나머지 모용광은 말을 잇지 못했다.

"으아앗!"

이성을 잃은 그는 감정을 주체하지 못하고 검을 휘두르기 시작했다. 그에 소령이 당황하고 있는데 그녀의 뇌리로 독고진의 전음이 들려왔다.

"소령아, 당황할 것 없다. 저 녀석이 패배를 자초하는 거야. 침착하게 막아내다가 빈틈이 보이는 즉시 네가 쓸 수 있는 가장 강한 초식을 찔러 넣어버리거라."

그 말에 자신감을 얻은 소령은 침착하게 모용광의 검세를 막아내기 시작하였다. 흥분해서 그런지 검에 실린 경력은 무시할 수 없을 정도로 강했지만, 두서없이 휘두르는 검이라 막아내는 것은 오히려 더 쉬웠다.

채채챙!

쉴 새 없이 검을 막아내던 소령은 다시 환검을 펼치기 시작하였다. 그러자 그녀의 예상대로 이성을 잃은 모용광은 더욱 당황하기 시작했다.

"이, 이런!"

모용광의 검세가 순간 흔들리자 소령은 그 틈을 놓치지 않고 검을 찔러갔다.

소령의 검에서 흘러나오던 백색 광채가 더욱 짙어졌다. 햇빛이 쨍쨍한 대낮인 데도 불구하고 발광하는 것이 보일 정도의 엄청난 밝기의 광채였다.

"환린난무(幻燐亂舞)!!"

환린난무는 백월린검의 마지막 초식은 아니었지만, 그녀가 아는 가장 화려하고 파괴력있는 초식이었다. 소령은 있는 힘을 모두 짜내어 환린난무를 전개했다.

쉐에에엑!

날카로운 파공음이 울려 퍼지며 소령의 검에서 빛나던 백색 광채가 일시에 반월 모양의 날카로운 문양이 되어 모용광을 향해 쇄도해 갔다.

씨이잉—!

그 반월 문양의 백색 검기는 당황하여 아무런 방비도 하지 못한 모용광의 옷자락을 수십 갈래로 찢어놓고 지나갔다. 만약 그것들이 모용광을 노렸다면, 그는 이미 한 덩이 고기 조각이 되어 있을 터였다.

촤촤촤착!

그의 옷은 순식간에 누더기 조각이 되고 말았다. 옷이 다 벗겨질 정도로 찢어놓은 것은 아니었지만, 걸레 조각이라고 해도 믿을 만큼 그가 입고 있는 것은 이미 옷의 형상을 잃은 상태였다.

땡그랑—

모용광의 손에 들려 있던 검이 바닥으로 떨어졌고, 그는 패배했다는 사실보다도 치욕감에 바닥에 주저앉고 말았다.

"……."

잠시 장내는 물을 끼얹은 듯 조용해졌다.

"에… 이로써 이번 비무는 독고소령 소저의 승리를 선언합니다!"

심판관의 승자 선언이 울려 퍼지자 그제야 관중석에서는 환호성이 울려 퍼졌다.

"와아아아앗!! 대단하다!! 마지막 초식! 정말 멋졌다!!"

"환린난무? 정말 대단하다!"

이곳저곳에서 난리법석을 떨어댔다. 이번 비무대회에서 외관상으로는 가장 화려한 초식이 환린난무였기 때문에 눈에 보이는 것을 전부라고 믿는 일반 무사들에게 소령의 화려한 무공은 충격, 그 자체였다.

“십 년만 있으면 검후가 탄생하겠다!!”

“와아아앗!!”

하지만 관중석에서 가장 놀란 표정을 짓고 있는 것은 다름 아닌 독고명이었다. 그는 딸의 무위를 보고 할 말을 잃은 듯했다.

‘아니, 저건 대체 무슨 무공이란 말인가? 본가의 무공에는 저런 것이 없거늘… 진아(震兒)는 소령이에게 대체 무얼 가르쳐 놓은 거지?

독고명은 자신의 아들 독고진을 힐끔 쳐다보았다. 독고진의 표정에도 놀라움 비슷한 것이 어려 있었다. 하지만 그가 놀란 것은 독고명과는 다른 의미에서였다.

“허참, 내가 꾹꾹 눌러주라고 전음까지 보내긴 했지만… 이건 정말 의왼데? 소령이가 저렇게 과격한 면이 있었나?”

독고진의 말에 하루 종일 시무룩한 표정만을 짓고 있던 소소는 간만에 환한 웃음을 지으며 대꾸했다.

“제가 허구한 날 소령 아가씨한테 모용 소협 욕을 좀 했거든요. 정말 속시원하네.”

소소의 말에 독고진은 쓴웃음을 지었다. 소소는 그가 생각했던 것보다 모용광에 대해 훨씬 많은 반감을 가지고 있는 듯했다.

“그나저나 검후라구? 이거 나연이가 섭하겠네.”

독고진은 빙그레 웃었다. 그의 생각에 검후라는 칭호는 조만간 곽나연에게 돌아갈 것 같았기 때문이다.

＊　　　　＊　　　　＊

"후후, 구 회주(構會主), 혈사(血史)의 서막(序幕)을 장식할 준비는 잘되어가고 있소이까?"

둥글고 아담한 원형 탁자. 다과와 찻잔 두 잔을 사이에 두고 두 중년인이 담소를 나누고 있었다.

얼핏 본다면 평화롭기 그지없는 모습이었지만, 조금만 신경을 써보더라도 두 사람 모두 얼굴이 굳어 있음을 알 수 있었다.

"흑살단(黑殺團) 일곱, 무영단(無影團) 두 개 조, 거기에 악량(惡梁)이라는 녀석의 친위대까지 투입시켰는데 자꾸 어딘지 모르게 불안하다는 느낌을 떨쳐 버릴 수가 없구려."

미남형의 외모를 한 중년인은 연신 고개를 저어댔다. 무언가 생각대로 잘 되지를 않을 때에 짓는 표정이었다.

"흑살단에 무영단 두 개 조? 무영단 두 개 조면 회주가 그렇게도 자랑하던 무영멸절진(無影滅絶陣)을 두 번이나 펼칠 수 있는 전력이 아닌가? 나로서는 오히려 너무 과하다는 생각이 드는데, 게다가 악량이라는 녀석도 내 기억에 남아 있는 걸로 봐서 쓸 만한 녀석일 것 같고. 너무 많으면 오히려 은밀

히 움직이기 힘들어지지 않소? 어차피 처음부터 전면전을 하
는 것은 천주님의 계획이 아니니… 신맥만을 절단한 후 최대
한 빨리 빠져나와야 하는 것이 그들의 임무인데……."

전체적으로 굵직굵직하게 생긴, 우락부락하다기보다는 사
내답게 생긴 중년인이 자신의 거도를 만지작거리며 이해할
수 없다는 표정을 지었다. 그가 알기로 이 정도의 전력이면
계획보다도 훨씬 상회하는 전력이었기 때문이다.

"휴우, 그러게 말이외다. 신맥들을 끊어놓지 못한다면 우
리가 중원 진출을 한다는 것은 사실상 불가능하다고 봐도 무
방하니… 내가 너무 긴장을 한 듯싶소."

두 남자는 도무지 알 수 없는 말들을 계속 주고받았다.

"어려운 일은 아니지만 이번 일이 차지하는 비중이 너무도
크니 구 문주께서 그럴 만도 하시오."

도갑을 툭툭 건드리며 하는 그의 말에 사내는 흰 치아가 다
드러나도록 씨익 웃어 보였다.

"가주께서 그리 말씀하시니 이 구 모도 힘이 나는구려."

"후후, 그런데 정말 잘되어야 할 터인데 걱정이올시다. 처
음부터 우리가 전면에 나설 수만 있다면 순식간에 다 쓸어버
릴 수 있을 텐데 말이오."

사내는 수긍하는 표정으로 고개를 끄덕였다.

"그거야 그렇지만……."

사내가 말을 흐리자 그는 기분 좋게 웃어 보이며 솥두껑만

한 손아귀로 그의 등을 두들기며 격려의 말을 했다.

"어차피 구 문주께서 하실 건 전부 하셨소이다. 이제 남은 것은 하늘에 맡기는 수밖에 없질 않소?"

그 말에 사내는 호탕하게 웃어 보이며 농담조로 한마디 던졌다.

"하핫, 우리가 이제부터 가야 할 길이 역천(逆天)의 길이 될 터인데 과연 하늘이 우리를 도와주겠소?"

*　　　*　　　*

"쿨럭쿨럭! 컥, 커억!"

연신 기침을 해대던 모용광은 피 한 모금을 토해내고는 인상을 있는 대로 찌푸렸다.

"소가주님, 괜찮으십니까! 안색이 많이 안 좋아 보이십니다.

말은 그렇게 했지만 모용광과 독고소령의 비무를 처음부터 끝까지 다 지켜본 막묘는 웃음을 참아내느라 배가 아파올 지경이었다.

그를 웃긴 것은 비무의 내용이 아니라 비무에 나가기 전 모용광이 그에게 잘난 척하며 했던 말이 생각나서였다.

"후후, 눈 똑똑히 뜨고 잘 보거라. 내 오늘 모용가의 검이 얼마나 대단한 것인지를 네게 보여주마."

이 말뿐이면 그렇게까지 웃기지 않았을지도 모른다. 하지만 그가 촐싹대며 한 말은 그것뿐만이 아니었다.

"독고가의 쓰잘데기없는 잡서나 읽어대며 무공을 익힌 그런 허접한 년에게는 내 옷자락을 건드리는 것조차 허용하지 않을 것이니 걱정 말거라."

옷자락을 건드리는 것조차 허용하지 않기는커녕 지금 그가 입었던 옷은 수없이 많은 바람 구멍이 나 그가 게워내는 피를 닦는 데 사용하는 걸레 쪼가리가 되어 있었다. 오히려 옷자락조차 건드리지 못한 쪽은 모용광이었던 것이다.
"쓰읍, 내 그년이 익힌 검이 환검일 줄은 꿈에서도 생각지 못했다. 그 야비한 년이 내가 패도적인 검술을 사용한다는 것을 미리 알고 부러 환검을 익힌 것일 게다."
분명 환검이 모용세가의 중검을 상대하기에 수월한 검술인 것은 맞는 말이었다. 하지만 모용광이 보여준 경기 내용은 그런 점들을 감안한다 하더라도 한심, 그 자체였다.
"하지만 인정해야 할 건 인정해야겠지. 비록 정당하게 대련하면 나를 넘어서진 못하겠지만, 고년의 검세가 매서운 것은 사실이다."

 FOR GOD

인정하기는 대체 뭘 인정했다는 것인가? 계속 혼자 씨부렁거리는 모용광에게 막묘는 무어라고 한마디 해주고 싶은 것을 극한의 인내심으로 참아내고 있는 중이었다.

"소가주님, 말씀을 더 하실 수록 내상이 악화됩니다. 말씀을 삼가시고 푹 쉬십시오. 이미 지나간 기회를 돌려놓을 수도 없는 노릇이고, 우선 몸이나 추스르십시오."

장황(?)한 말이었지만 간단히 요약하자면, 닥치고 잠이나 자라는 소리였다.

하지만 눈치라고는 쥐꼬리만큼도 없는 모용광은 계속 떠들어대었다.

"이제 내가 떨어졌으니 분명 그 비겁한 년이 우승할 게다. 두고 보거라. 아무리 꼼수를 썼다고는 하지만, 나를 누를 정도의 실력이라면 어지간한 녀석들로는 상대도 되지 않겠지."

막묘는 모용광의 사혈을 지그시 눌러주고 싶은 충동을 가까스로 참아내었다. 잠시나마 이런 녀석에게 바보 취급(?)당했던 자신이 한심해서 미칠 지경이었다.

더 이상 듣고만 있다가는 피가 거꾸로 솟을 것 같았기에 그는 모용광을 한번 설득해 보기로 결심했다.

"소가주님, 그래도 그 소저가 쓴 마지막 초식은 정말 대단하지 않았습니까?"

그 말에 모용광은 일그러진 표정 그대로 피식 웃었다. 그 모양을 본 막묘는 다시 배를 움켜쥐어야만 했다. 일그러진 얼굴에 살짝 삐져나온 실소는 그야말로 희극적인 표정을 연출하고 있었기 때문이다.

"환린난무라던가? 그 번쩍번쩍하던 검식을 말하는 거냐? 겉보기에만 화려하지, 그런 눈속임쯤은 내 일검으로 상대할 수 있을 것이다."

자신이 지금 무슨 말을 하고 있는지 자각이나 하고 있는 건지……. 막묘의 감정은 이제 살인 충동에서 측은지심으로까지 바뀌어가고 있었다. 그의 얕은(?) 지식으로 아무리 생각해보아도 지금 모용광의 상태는 비무의 처절한 패배에서 온 정신이상이라고밖에는 설명이 되지 않았기 때문이다.

그가 모용광의 직속 무사가 된 지는 얼마 되지 않았어도, 모용세가의 무사로서 그에 대한 이야기는 자주 들었다. 그런데 아무리 생각해도 그의 이런 면에 대해 들은 기억은 없었다. 전임 무사도 그에게 이런 말을 해준 적은 없었다.

결론은 역시 정신 이상이었다.

"소가주님."

진지한 그의 목소리에 모용광은 의아한 표정으로 되물었다.

"응?"

막묘는 더욱 진지한 목소리로 한마디 더 했다.

"제발 한숨 푹 주무십쇼. 더 악화되기 전에 주무셔야 한단 말입니다!"

그 말을 들을 모용광은 흐뭇한 표정을 지으며 대답했다.

"역시 날 생각해 주는 건 너밖엔 없구나."

피범벅이 된 그의 얼굴을 쳐다도 보지 않던 아버지를 생각
한 모용광은 씁쓸한 웃음을 짓더니 금방 곯아떨어졌다.

많이 피곤했는지 코까지 골며 자고 있는 그를 보며 막묘는
한숨을 쉬었다.

"내일은 소가주님이 다시 대모용세가의 소가주님으로 돌
아오셔야 할 텐데……."

막묘가 아는 모용세가의 소가주가 누구인지는 그만이 알
고 있을 것이다.

*   *   *

"이제 말해보세요. 대체 무슨 일이 있는 거죠? 떠난다니,
그게 무슨 말씀이세요?!"

처소로 돌아온 소소는 독고진을 끌어다가 자신의 앞에 세
워놓고 다그치듯 질문했다. 독고진은 뭐라 말을 해야 할지 몰
라 머뭇거렸다.

"그게… 그냥 말 그대로다. 나… 떠나야 할 것 같아."

그 말을 들은 소소의 안색이 점점 창백히 질려갔다.

"어디로요? 얼마나요?!"

비명이라도 지르듯 말하는 소소에게 독고진은 쓴웃음만을
지어 보였다.

“당 매는 설명해 줘도 알 수 없는 곳, 그리고…….”

소소는 그의 말을 딱 잘라 버렸다.

“제발 모른다고는 하지 말아줘요!”

독고진은 씁쓸한 표정을 지으며 소소의 긴 머릿결을 천천히 쓸어내려 주었다.

“그래, 당 매의 말이 맞아. 얼마나 걸릴지는 알 수 없어. 어쩌면… 영원히 보지 못할지도 모르지.”

털썩—

다리에 힘이 풀린 소소는 그 자리에서 주저앉고 말았다.

“왜… 왜 그런 거죠? 안 가면 안 되나요? 가지 마세요, 가가.”

그녀의 커다란 두 눈에선 눈물이 그칠 줄을 모르고 흘러내렸다. 솔직히 그녀로서는 당황스럽기 그지없었다. 그냥 아무런 예고도 없이 갑자기 어디론가 가야 한다니……. 게다가 기약도 없이 떠나겠다니……. 이야말로 청천벽력(靑天霹靂)과 같은 말인 것이다.

“당 매, 내가 해줄 수 있는 말은 하나뿐이야. 잘 들어.”

“…….”

소소는 그저 눈물만을 흘리며 아무런 대답도 하지 않았지만, 독고진은 허리를 숙여 주저앉아 있는 소소를 꼭 껴안아주고는 말을 이었다.

“내가 만약 지금 가지 않는다면… 정말 영원히 가족들을 못 보게 돼. 하지만 지금 떠난다면 몇 년이 지나도 꼭 돌아올 테니까……."

그도 더 이상 말을 잇지 못했다. 더 말을 했다가는 쏟아지는 눈물을 참아내기 힘들 것 같았기 때문이다.

독고진의 차가운 눈망울에서 한줄기 눈물이 볼을 타고 흘러내려 왔다.

"전… 모르겠어요. 가가께서 왜 이러시는지. 하지만 전 가가를 믿어요. 금방 돌아오실 거라고… 믿을게요."

독고진은 소소를 더욱 세게 끌어안았다. 다시는 보지 못할지도 모른다고 생각하니 소소를 감고 있는 팔에 힘이 저절로 들어갔다.

"그래, 날 믿어. 꼭 금방 돌아올게."

독고진은 처소에서 나왔다. 그는 소령이 머물고 있는 곳으로 발길을 돌렸지만 발길이 쉽게 떨어지지를 않았다.

'후우! 령아에겐 또 뭐라 말해야 할지…….'

속으로 중얼거린 그는 한참을 머뭇거리다 결국에는 발걸음을 돌렸다. 곽나연이 있는 처소였다.

하나밖에 없는 동생의 마음을 아프게 하고 싶진 않았다. 그래봐야 아픔을 늦추는 것에 불과할 테지만.

황룡각(黃龍閣) 건물은 편복도식으로 지어졌기 때문에 창이 한쪽 방향으로 늘어져 있었다. 그래서 그런지 달빛이 환하게 건물 내부를 비춘다.

저벅저벅—

독고진은 천천히 걸었다. 왠지 모르게 걸으면 걸을수록 점점 더 걸음이 느려지는 그였다. 달빛에 비쳐 늘어진 희미한 그의 그림자가 느릿느릿 그를 따라왔다.

탁—

독고진은 곽나연의 처소 앞에서 멈춰 섰다. 그리고 손을 들어 문을 두드리려는 순간,

"소가주님, 들어오세요."

안에서 곽나연의 목소리가 들려왔다. 발소리를 듣고 그임을 알아챈 것이다. 독고진은 손을 내리고 멋쩍은 표정으로 문을 열었다.

드르륵—

독고진이 안에 들어서자 곽나연이 그를 쳐다보았다. 그녀는 초조한 낯빛으로 탁자 앞에 앉아 있었다. 아마도 독고진을 기다리고 있었으리라.

"오셨… 어요?"

독고진은 고개를 살짝 끄덕였다.

"그래, 기다리고 있었구나."

곽나연의 고개가 천천히 끄덕여졌다.

"잠시만 기다리세요."

갑자기 일어난 곽나연은 바깥으로 나갔다. 독고진은 탁자 앞에 앉은 채로 팔짱을 끼고 눈을 감았다. 곽나연에게 할 말을 정리 중인 것인지 그의 표정에는 복잡한 감정이 뒤엉켜 있었다.

잠시 후, 처소로 돌아온 나연의 손에는 찻잔이 두 잔 들려 있었다.

"그게 뭐야?"

독고진의 말에 곽나연은 착 가라앉은 목소리로 대꾸했다.

"이별주요."

독고진의 얼굴에 잠시 당황스러운 표정이 스쳤다.

"이별주? 술? 술을 왜 찻잔에 따라와?"

"곡차도 차라구요."

곡차라는 말은 술을 표현하는 은어의 일종이었다.

곽나연은 그저 묵묵히 찻잔을 내밀었다. 독고진은 얼떨결에 찻잔을 받아 탁자 위에 내려놓았다.

"결국 가시는 건가요? 소가모님께는 말하셨겠군요."

"그래, 말했다."

독고진의 대답에 곽나연은 찻잔에 찰랑거리는 곡차를 홀짝이며 말했다.

"소가모님께서 안 말리시던가요? 혈이라도 짚어놓고 나오신 건 아닌가요?"

그녀의 말에 독고진은 쓰게 웃었다.

"나를… 믿는단다."

잠시 무슨 말인지 이해하지 못하던 곽나연은 신경질적으로 입을 열었다.

"소가모님도 참 잘나셨군요. 정말 대단하시네. 그런 게 사랑의 힘인가요? 믿는다구요? 소가주님을?"

독고진은 아무런 말도 할 수 없었다. 곽나연과 차마 눈을 마주치기도 힘들었기 때문이다.

"하아, 소가주님은 고집 한번 세시군요. 굳이 가시려는 이유가 뭐예요?"

독고진의 입이 서서히 떨어졌다. 대략적인 이유만은 곽나연에게도 말해줘야 할 것 같았기 때문이다.

"지금 가지 않는다면… 정말 다시 볼 수 없게 된다. 하지만 지금 내가 간다면 언젠간 다시 돌아올 수 있을 거야. 그래서… 가는 거다."

그 말에 곽나연은 할 말을 잃은 듯 멍해졌다. 대체 독고진이 무슨 말을 하는 것인지 알 수가 없었다.

"그러니까… 소가주님도 지금 어쩔 수 없이 가신다, 그런 말씀이신가요?"

독고진은 고개를 끄덕였다.

"당연하지. 내게 세가의 식솔들보다 중요한 게 어디 있겠니."

곽나연은 감정이 북받쳐 오르는 것을 느꼈다. 그녀의 두 눈에 눈물이 고였다.

"정말 소가주님은… 알 수 없는 사람이에요."

"……."

독고진이 아무 말 없이 가만히 있자 곽나연의 말이 다시 이어졌다.

"어릴 적부터 소가주님은 별났어요. 전 소가주님이 과연 저보다 한 살이 많은 사람이 맞는지 의심해 본 적이 한두 번이 아니었다구요. 생각하는 것이며, 말하는 것이며."

곽나연은 말이 그렇다는 이야기였지만, 사실이 그런 독고진은 속으로 살짝 뜨끔했다.

"이번에도 제가 이해할 수 없는 무언가가 있겠죠?"

그는 곽나연을 물끄러미 바라보았다.

곽나연 또한 그에겐 정말 소중한 사람 중 하나였다.

"그렇다고 대답해요! 얼른!"

독고진의 입에서 한숨이 새어 나왔다.

"후, 그래."

그녀의 말이 다시 이어졌다.

"언제나 그랬듯 소가주님께서 하실 일이 잘못될 리가 없겠죠. 가세요. 그리고 빨리 돌아오세요. 저도 믿겠어요."

독고진은 곽나연을 살짝 품에 안아 등을 다독여 주었다. 그에게 곽나연은 친동생만큼이나 소중한 사람이었다.

"그래, 나연아. 미안하다. 이 오라비가 미안해."

곽나연의 눈에서도 결국 눈물이 흘러내렸다. 독고진의 품에 안겨본 것이 거의 십 년 만인 듯싶었다. 어릴 적부터 그녀가 기억하는 독고진의 품은 정말 따뜻한, 그녀의 모든 것을 감싸주는 안식처였다.

그녀는 입을 열었지만 아무 말도 할 수 없었다. 감정에 겨워 목소리가 나오지를 않았다. 그녀는 속으로 슬프게 되뇌었다.

‘오라버니라는 말도… 충분히 제겐 과분하지만… 저는… 당신을…….’

곽나연은 눈을 천천히 감았다. 이대로 시간이 멈추어 버렸으면 했다.

‘독고 가가라고 불러보고 싶었어요. 상공이라고… 불러보고 싶었어요. 마음속으로는 수백, 수천 번도 넘게 불러본 말이지만… 입 밖으로 낼 수는 없는 말이네요. 결국… 사랑한단 말도 못하겠군요.’

마음속에서 묻힌 수많은 말을 뒤로하고 곽나연의 입에서 마지막으로 한마디가 흘러나왔다.

“빨리… 돌아오세요.”

“그래, 약속하마. 꼭 빨리 돌아오마.”

독고진은 그녀를 떼어내었다. 곽나연의 얼굴은 눈물로 범벅이 되어 있었다.

“부탁이나 하나 해야겠다.”

곽나연은 눈물을 닦으며 되물었다.

“예?”

“아버지, 어머니, 그리고 소령이에겐 네가 적당히 잘 말해주었으면 하는구나. 금방 돌아올 것이다. 꼭… 그리 될 것이야.”

곽나연은 고개를 끄덕였다.

"그렇게… 할게요, 오라… 버니."

*　　　*　　　*

"후우, 이젠 어떻게 하면 되겠냐?"

독고진은 황룡각 뒤편의 정원의 한쪽에서 가부좌를 틀고 앉은 채로 중얼거렸다.

사실 그것은 중얼거림이 아니었다. 켈리어스에게 하는 말이었던 것이다.

켈리어스는 독고진의 눈앞에 둥둥 떠 있었다. 그의 표정에도 슬픔이라는 종류의 감정이랄 만한 것이 서려 있었다. 그는 독고진과 많은 부분을 공유하게 되면서 감정 또한 공유하게 된 것이었다.

―눈을 감고 운공을 시작해라. 소주천을 한 번 할 때쯤 눈을 떠보면 모든 것이 변해 있을 것이다.

그의 말대로 독고진은 눈을 감고 운공을 시작하였다. 체내에 기를 담지 않고 있는 그였지만, 운공은 정신을 맑게 해준다. 그는 자연의 기를 받아들여 운공하는 것이었기 때문에 운공을 하고 나면 체내의 탁기가 조금씩 씻겨 내려가는 것이었다.

소주천을 완성할 때쯤 독고진은 환경이 변해 있다는 것을 깨달았다. 허공에 떠도는 기가 방금 전까지와는 비교도 되지 않을 정도로 충만했기 때문이다.

―눈을 떠봐.

켈리어스의 말이 들려왔다. 소주천을 끝낸 독고진은 그렇지 않아도 눈을 뜨려던 참이었다.

그의 눈에 들어온 환경은 작은 방인 듯 보이는 아담한 공간이었다.

"이곳은 어디지?"

켈리어스는 피식 웃으며 말했다.

―또 다른 차원.

그 말에 독고진은 인상을 살짝 찌푸렸다.

"그것쯤은 나도 안다. 대략적인 것만이라도 말해 달라는 것이다."

켈리어스는 머리를 긁적였다. 어떻게 설명을 해주어야 할지 막막했기 때문이다.

―나는 원래 잠시 공간을 생성해 너를 그곳을 데려가려 했다. 하지만 그곳은 내가 임시로 창조한 공간이니만큼 마나량이 매우 부족하지. 그래서 무작위로 차원 이동을 시킨 것이다.

독고진은 고개를 끄덕였다. 일단 지금은 그런 것이 중요한 것이 아니었다.

―다행히도 이곳은 마나량이 매우 충만한 곳이더군. 네가 원래 있던 곳과 비교하자면 한 두세 배는 될 만큼. 네가 있던 곳도 마나량이 꽤나 충만한 곳이라고 할 수 있겠지만, 이곳에 비한다면 훨씬 떨어진다.

"그럼 나는 이제 이곳에서 무얼 하나?"

켈리어스는 씨익 웃었다.

─이제 네 의지력을 대폭 상향시키는 것만이 남았다. 극마멸법의 나머지 남은 법술을 모두 전해줄 테니 그것들을 모두 익혀라.

그의 말에 독고진은 의아하다는 듯한 표정을 지었다.

"아니, 극마멸법은 일전에 다 익힌 것이 아니었어?"

켈리어스는 고개를 끄덕였다.

─내가 일전에 알려주었던 극마멸법은 본래 분량의 반 수준에 불과했다. 그 이상은 마나가 부족해서 그 차원에서 익히는 것이 불가능했지. 이곳이라면 다 익히고도 남음이 있을 것이다.

잘 이해는 되지 않았지만 독고진은 고개를 끄덕였다.

그가 나직한 목소리로 켈리어스를 불렀다.

"켈리어스."

─왜?

독고진의 입이 다시 열린다.

"너는 일전에 분명 천령만이 십이신장을 넘을 수 있는 유일한 방법이 있다 했다."

켈리어스는 과거를 상기하며 멋쩍게 웃었다.

─후후, 그랬지.

독고진의 말이 이어졌다.

“그 방법을 알려줘. 나는 이대로 기다리고 있지만은 않겠다.”

그 말에 켈리어스는 대소(大笑)했다.

―하하핫! 그래, 그런 기개가 필요하다. 하지만 아직 때가 아니다. 넌 아직 천령이 되지도 못했어. 천령이 되고 나면 말로 설명하기는 애매하지만 우주의 흐름이 느껴질 것이다. 그때가 되면 내가 모든 것을 말해주마. 지금은 말해준다고 네가 알 수 있는 것도 아니다.

살짝 실망의 빛을 띠던 독고진은 안색을 고치고 고개를 끄덕였다.

“그래, 그럼 지금 내가 할 수 있는 것은 최대한 빨리 의지력으로 탁기를 몰아내는 일이겠군.”

켈리어스는 기분 좋은 표정으로 대답한다.

―바로 그거다. 그럼 이곳에서 수련을 하고 있어라. 나는 바깥으로 나가서 필요한 것들을 준비해 오겠다. 일전에 말했듯 이곳은 내가 관할하는 차원이라서 금방 구할 수 있을 거다.

켈리어스의 말에 독고진은 고개를 한차례 끄덕이고는 바로 다시 가부좌를 틀고는 눈을 감았다.

그런 그의 모습에 살짝 미소 지은 켈리어스는 순식간에 어디론가로 사라졌다.

第五章
수련(修鍊)

죽은 자의 영혼과 사람의 심혼(心魂)을 다루는 흑마법사 무림에 환생하다!

마왕의 힘을 배워 9클래스의 마법 경지를 넘어서고, 절대의 무공 경지에 들다!

그를 기다리는 건 무림사에 더없을 멸겁의 종말, 새황 오대천의 살혼마신!

FOR
GOD

"그래? 진아가 급히 어딜 다녀오겠다고 했다고?"

독고명의 말에 곽나연은 고개를 끄덕였다.

"예, 가주님. 소가주님께서 급히 가시느라 말씀드리지 못했다며 저한테 부탁하고는 가셨습니다."

독고명은 안색을 살짝 찌푸렸다.

"크음, 그래도 그렇지, 이 아비에게 말도 안 하고 사라지다니……."

그의 투덜거림에 그의 옆에 앉아 있던 유하령이 웃으며 말했다.

"호호, 이 이도 참. 그 애도 이제 이립이에요. 성인이라구요. 일일이 우리에게 보고를 해야 할 나이는 지났잖아요?”

유하령의 말에 독고명은 뒷머리를 살짝 긁적였다.

“그런가? 그런데 나연아.”

“예, 가주님.”

“진아는 혼자 갔느냐?”

그 말에 곽나연은 독고진의 쓸쓸해 보이던 뒷모습을 생각하며 천천히 고개를 끄덕였다.

“예.”

“허허, 나연이 너라도 데리고 다녀오지. 아무리 진아가 무예가 뛰어나다 하더라도 강호란 한 치 앞을 내다볼 수 없는 곳이거늘.”

독고명의 말을 듣는 곽나연은 속으로 중얼거린다.

‘그러게 말이에요. 저라도 좀 데리고 가주시지.’

“어쨌든 알았다. 진아가 지금 어딜 갔다니 너는 이제 할 일이 없겠구나.”

그의 말은 곽나연이 독고진의 직속 호위임을 말하는 것이었다.

“예, 가주님.”

독고명은 멋쩍은 표정으로 말을 이었다.

“그럼 내가 부탁 하나 하마.”

곽나연은 순간 당황했다.

“부탁이라뇨, 가주님. 하명하세요.”

FOR
GOD

　부탁이라는 말에 기겁한 곽나연이 허둥지둥하자 독고명은 웃음 지었다.

　"비록 네가 본 가의 가신이라고는 하지만, 나는 너를 언제나 친혈육과 같이 생각하고 있었단다."

　유하령 또한 옆에서 조용히 고개를 끄덕였고, 곽나연의 얼굴은 살짝 붉어졌다.

　"진아가 없는 동안 너는 새아기의 호위를 맡아주었으면 좋겠구나. 진아에게서 네 무예 실력이 출중하다는 이야기는 많이 들어왔다. 나 또한 보아왔으니 대략 알고 있고. 네가 새아기의 호위를 잠시나마 맡아준다면 나는 조금이라도 더 마음이 놓일 듯하구나."

　곽나연은 고개를 끄적였다. 독고명의 말이 없었더라도 그녀는 그렇게 할 생각이었던 것이다.

　"그렇게 하겠습니다, 가주님."

　잠시 곽나연을 물끄러미 바라보던 독고명은 생각난 것이 있었는지 손뼉을 탁! 쳤다.

　"아, 그리고 내가 너에게 한 가지 물어볼 것이 있다."

　"말씀하세요, 가주님."

　"어제 소령이가 사용했던 검술 말이다. 내가 아무리 생각해도 본 가에는 그런 비슷한 무공도 찾아볼 수가 없거든. 분명 진아가 가르친 무공일 터. 너는 혹시 진아가 그 무공을 어떻게 얻었는지, 그 무공이 무엇인지 알고 있느냐?"

곽나연은 빙그레 웃었다. 독고진에게서 사사한 묵월신검(墨越迅劍)이 생각났기 때문이다.

"소령 아가씨께서 쓰신 무공은 백월린검이라는 거예요."

독고명은 고개를 갸우뚱했다. 처음 들어보는 이름이었기 때문이다.

"백월린검? 내 아무리 생각해도 처음 들어보는 무공이구나."

곽나연은 웃음 지으며 말을 이었다.

"그러실 수밖에요. 소가주님께서 창안하신 무공이니까요."

그 말에 독고명은 할 말을 잃었다. 무공을 창안한다는 것은 엄청난 의미를 가지고 있는 것이다. 독고진이 벌써 무(武)에 관한 대종사의 경지에 이르렀다는 것에 경악하지 않을 수 없는 것이다. 게다가 그가 보았던 백월린검이 허접한 무공도 아니지 않았는가?

"허어참, 진아가 창안한 무공이라구? 진아가 그리 말하더냐?"

"예, 소가주님께서 그리 말씀하셨어요. 폐관해 계실 때 창안하셨던 무공이라고……."

독고명의 얼굴에는 놀라움과 자랑스러움의 감정이 뒤섞여서 떠올랐다.

"허허, 선재(善哉)로다. 우리 진아가 뛰어나다는 사실이야 익히 알고 있었지만, 번번이 이 아비를 놀라게 하는구나."

기분 좋은 웃음을 지으며 유하령과 이야기하는 그를 물끄러미 보던 곽나연은 조심스레 입을 다시 열었다.

"가주님, 소가주님께서 창안하신 무공에 대해 더 드릴 말씀이 있습니다."

그 말에 껄껄 웃던 독고명은 반색하며 곽나연에게로 시선을 돌렸다.

"허, 그래, 말해보거라."

곽나연의 말이 이어졌다.

"일단 소가주님께서 창안하신 무공의 무공명은 패월쌍무라 하셨습니다."

독고명은 의아한 표정으로 반문했다.

"아니, 조금 전에는 백월린검이라 하지 않았더냐?"

곽나연은 웃음 지었다.

"패월쌍무의 무공명에 쌍(雙)이라는 글자가 들어가질 않습니까?"

독고명은 모르겠다는 표정을 지으며 곽나연의 다음 말을 기다렸다. 사실 쌍이라는 글자가 들어가는 무공이 한두 개던가? 패월쌍무가 두 가지 무공을 접합시킨 하나의 무공이라는 것과 쌍이라는 글자는 잘 연결이 되지 않는 것이 당연했다.

"패월쌍무는 백월린검이라는 환검술과 묵월신검이라는 쾌검술로 이루어진 쌍검술입니다."

곽나연의 말을 들은 독고명은 적지 않게 당황한 듯 보였다.

그의 무공 상식으로는 도저히 이해할 수 없는 말이었기 때문
이다.

"흐으음, 나연아."

"예, 가주님."

"알아들을 수 있게 다시 한 번 설명을 해보거라. 내 상식으
로는 도저히 이해가 되지를 않는구나. 너의 말을 그대로 해석
하자면 두 가지 무공이 하나의 무공을 이루고 있다는 것인데,
그것이 대체 무슨 말이더냐?"

그럴 줄 알았다는 듯 곽나연의 말이 다시 이어졌다.

"믿기지 않으시겠지만 소가주님께서 맨 처음 저와 소령 아
가씨에게 패월쌍무를 보여주실 때, 양손으로 각각 다른 무공
을 펼치셨습니다. 그중 하나가 백월린검이며, 다른 하나가 묵
월신검이었구요."

독고명은 머리가 지끈지끈 아파왔다. 곽나연의 말이 머리
로는 이해가 되었지만 도무지 실감할 수가 없었기 때문이다.

"그래, 그러니까… 음… 진아가 양손으로 각기 다른 검술
을 펼쳤다… 뭐, 이런 이야기지?"

"예, 가주님."

"그리고, 너도 진아에게 패월쌍무를 전수받았겠지?"

곽나연은 고개를 끄덕였다.

"예. 저는 묵월신검을 사사했습니다."

그녀의 말에 독고명은 살짝 실망하는 표정이 되었다.

"그렇다면 네가 패월쌍무라는 것의 진체를 보여줄 수는 없 겠구나."

곽나연의 고개가 다시 한 번 끄덕여졌다.

"예. 소가주님께서 말씀하시길, 백월린검과 묵월신검 두 검술 모두 경지에 이르면 파월검(破月劍)이라는 것을 전수해 주시겠다 하셨습니다. 이 파월검을 익혀야 온전한 패월쌍무 를 펼칠 수 있다 하셨구요."

그녀의 설명에 독고명은 모르겠다는 듯 고개를 내저었다.

"그럼 혹시 무공을 정리해 놓은 무공서라도 진아가 만들어 놓았더냐?"

"예. 소가주님께서 저와 소령 아가씨께 각각 먼저 일러준 묵월신검과 백월린검을 경지에 올려놓기 전에는 펼쳐 볼 생 각도 하지 말라 하셔서 그저 보관하고 있다가 가주님께 보여 드리려고 가져왔습니다."

곽나연은 품에서 누런 서책 한 권을 꺼내어 독고명에게 건 네주었다. 패월쌍무(覇月雙舞)라는 독고진의 친필만이 휘갈 겨 쓰여 있는 수수한 책자였다.

"그래, 이것이로구나. 이것을 한번 숙부님과 추 대주와 함 께 읽어보도록 하겠다. 너는 이만 물러가 보거라. 오늘 네 덕 에 놀라운 사실을 하나 알게 되었구나."

곽나연은 천천히 일어나 고개를 숙여 보이고는 말했다.

"그럼 소녀는 이만 물러가겠습니다."

"아참, 그런데 나연아, 이 책자가 없더라도 수련이 가능하겠느냐?"

"예?"

반문하는 그녀에게 독고명은 웃으며 다시 말하였다.

"네가 쉬임없이 연무장에서 무공을 수련한다는 사실을 잘 알고 있다. 그게 바로 패월쌍무를 수련하는 것이 아니더냐. 이 책자가 없어도 수련에 지장이 없는 것인지를 묻는 게다."

그의 배려에 곽나연은 마음이 따뜻해져 오는 것을 느꼈다.

"예, 가주님. 다시 그 책자를 봐야 할 단계가 오면 말씀드리겠습니다. 그리고 제가 알기로 소령 아가씨께도 같은 책자가 한 권 더 있으니 필요할 때 잠시 아가씨를 뵈면 됩니다."

예를 취하는 그녀를 보며 독고명은 인자하게 웃어 보였다.

"그래, 피곤할 텐데 어서 가서 쉬거라."

"그럼 물러가 보겠습니다."

드르륵—

고개를 숙여 보인 후 처소 밖으로 나가는 그녀를 보며 독고명은 껄껄 웃었다.

"진아 말이오. 우리 아들이지만 정말 잘난 녀석인 것 같소."

그의 장난스러운 말에 유하령의 입에도 살포시 미소가 걸린다.

"소녀야 무공을 잘 몰라서 무슨 말인지 알 수 없지만, 진아가 가가의 핏줄인데 잘나지 않았을 리 있겠어요?"

두 사람은 서로를 마주 보며 기분 좋은 웃음을 지어 보였다.

*   *   *

우우웅—

공간이 일그러지며 붉은 머리를 한 꼬마 아이가 그 속에서 거짓말같이 나타났다. 그는 바로 켈리어스였다.

어쩐 일인지 그는 본체로 물질계에 현신해 있었다.

그런 그를 발견한 독고진은 다녀온 일이 어떻게 되었냐는 것을 묻기도 전에 의아한 표정을 짓는다.

"켈리어스, 어떻게 된 일이야?"

독고진은 그의 옷자락을 만져 보더니 다시 말을 이었다.

"영체가 아니네? 이곳은 현신해도 되나 보지?"

놀라는 그를 보며 켈리어스는 씨익 웃어 보였다.

"이곳은 적발을 가진 인간도 수없이 많더군. 이 모습으로 거리를 활보해도 주목받거나 의심받을 일은 전혀 없더라구."

그제야 수긍이 간다는 듯 독고진은 고개를 끄덕였다.

"자, 그건 그렇다 치고, 나갔던 일은 어떻게 됐어?"

켈리어스는 바닥에 철퍼덕 소리를 내며 주저앉았다.

"에고고, 수백 년 만에 땅바닥을 디뎌봤더니 삭신이 다 쑤

시네."

말도 안 되는 소리를 지껄이는 그를 싹 무시하며 독고진은 다시 재촉했다.

"어떻게 됐냐니까?"

그의 재촉에 켈리어스는 툴툴거리며 말했다.

"알았어, 알았어. 뭐부터 말해줄까? 가장 궁금한 거부터 물어봐."

독고진은 잠시 생각하더니 지체없이 말을 꺼냈다.

"일단 이곳이 어디야? 그러니까 이 동네에서 여기의 위치가 대략 어떤 종류의 것이냐, 이런 말이다."

이해했다는 듯 켈리어스는 고개를 끄덕인다.

"우선 이곳의 명칭은 마탑이다. 여기는 마탑이라는 곳의 구석 꼭대기에 있는 다락방이고. 무슨 일인지는 모르겠지만, 이곳은 누구도 들어올 수 없도록 아래쪽에 마법사들이 마법진까지 깔아놓았더군."

"마탑이 뭐 하는 곳인데?"

"이 차원계의 마법사들이 모인 최고의 마법 길드이다. 이곳은 대륙과는 완전히 떨어진 섬이지."

그의 설명에 독고진은 놀랍다는 듯한 표정을 지어 보였다.

"짧은 시간에 그런 것까지 알아낼 수 있어? 마왕이라는 것이 역시 대단하긴 대단하군."

그의 감탄에 켈리어스는 피식 웃었다.

"이곳저곳 구경하느라 늦었지. 이런 곳을 파악하는 것은 반나절도 걸리지 않는다."

그 말에 독고진의 인상이 살짝 일그러졌다.

"나한테 무슨 좋은 소리를 들으려고 지금 그딴 소리를 하는 거냐?"

켈리어스는 뜨끔했다. 초조하게 그를 기다린 독고진으로서는 화낼 만도 한 것이었다.

"미안하다, 미안해. 아, 그리고 이 차원에 대해서 네게 몇 가지 설명해 줄 것이 있다."

추궁을 회피(?)하며 다른 쪽으로 말을 돌리는 그를 보며 독고진은 실소를 흘리고 말았다.

"후후, 말해봐."

"너는 모르겠지만, 차원에도 등급이 있다."

"등급?"

독고진의 반문에 켈리어스는 고개를 끄덕였다.

"그래, 등급. 등급에 따라 차원에 존재하는 마나량이 차이가 나지."

그의 말에 독고진은 무언가 생각났다는 듯 입을 열었다.

"그럼 이 차원이 내가 어제까지만 해도 머물렀던 차원보다 훨씬 마나량이 많은 것이 바로 그 등급이라는 것 때문인가?"

"바로 그거다. 하지만 내가 이 차원에 등급이 있다는 것을 말한 이유는 따로 있다."

독고진은 재빨리 되물었다.

"뭔데?"

"생령들 중 등급이 가장 높은 생령은 바로 드래곤이다. 전 차원을 통틀어도 헤아릴 수 있을 만큼의 개채만이 존재하는 것이 바로 드래곤이지."

갑자기 생뚱맞은 소리를 하는 켈리어스에게 독고진이 핀잔을 주었다.

"그게 무슨 소리야? 갑자기 웬 드래곤?"

독고진이 말을 끊자 켈리어스는 기분이 나쁜지 시큰둥한 표정이 되었다.

"끝까지 들어봐. 이 드래곤이라는 녀석은 만만치 않은 녀석인데, 이 녀석들은 최상위의 차원에만 서식하고 있어."

무슨 말인지 알았다는 듯 독고진이 고개를 끄덕였다.

"그래서 그 드래곤이라는 것들이 이 차원에는 존재한다, 뭐, 이런 걸 말하고 싶은 거지?"

켈리어스는 고개를 끄덕였다.

"그래. 그런데 말하는 것이 드래곤을 모른다는 듯한 투다? 네가 태어난 차원은 드래곤이 존재했던 차원이라고 알고 있는데?"

켈리어스의 말이 맞았다. 독고진이 태어난 차원, 독고진이 헤르시카이던 시절에 그는 분명 드래곤에 대한 이야기를 들어본 일이 있었다.

"맞아. 드래곤이라는 말이야 들어봤지. 하지만 직접 본 적이 없는 것은 물론이고, 그에 대해 아는 것이 전무한 것이나 마찬가지이니……."

독고진의 말도 일리가 있었다.

"그래, 이쯤에서 결론만 말하자면… 드래곤을 조심하라는 이야기다. 드래곤과 마찰이라도 빚게 된다면 넌 네 본신의 능력을 전부 꺼내야 할 것이고, 그렇게 된다면 너는 십이신장에게 발각될 수밖에 없다."

독고진은 수긍하는 표정을 지었다. 그도 대충 예상하고 있었던 이야기이기 때문이다.

"마지막으로 한 가지 더 알려줄 사실이 있다. 나도 처음 알게 된 사실이다."

켈리어스가 뜸을 들이자 더욱 궁금해진 독고진이 그를 재촉했다.

"이 차원에 너 외에도 천령에 거의 근접한 인간이 하나 더 존재한다. 전 차원이 생긴 이래 열 번도 탄생한 적이 없는 천령이 동시대에 둘이 생길 가능성이 생긴 것이다. 게다가 정확히 말하자면, 너보다도 더 천령에 근접한 인간이."

하지만 독고진은 마음에 와 닿지 않는 듯 별 감흥이 없어 보였다.

"별 관심 없고, 그래서 그것이 나에게 득이 되는 건지 실이 되는 건지만 말해줘."

켈리어스는 헛웃음을 짓고 말았다. 사실 독고진의 반응은 당연한 것이었다. 일단 독고진은 발등에 떨어진 불부터 끄고 봐야 했기 때문이다.

"그게 너에게 득인지 실인지는 잘 모르겠다."

그 말을 들은 독고진의 표정이 묘하게 변했다.

"에?"

켈리어스가 자신의 말을 다시 한 번 확인시켜 주었다.

"천령에 근접한 인간이 하나 더 존재한다는 것이 네게 득인지 실인지는 나로서도 아직 잘 모르겠다는 이야기다."

독고진의 안색이 눈에 띄게 구겨졌다.

"그게 대체 무슨 소리야? 마왕이 모르는 것도 있어?"

"물론이지. 정말 뭐라 설명하기 모호하다."

"그래도 한번 설명해 봐. 모호하다는 게 무슨 의미야?"

독고진으로서는 답답하기 그지없었다. 또다른 천령의 존재가 득인지 실인지를 물어본 것은 그냥 지나가는 말로 한 것이었는데, 의외로 자신과 관련이 된다니 또 다른 골칫거리가 생긴 것이었다.

"그러니까… 일단 천령에 근접한 녀석이 한 차원에 둘이 존재하면 십이신장의 눈에 띄기 더 쉬워진다. 이유야 당연히 천령의 기운이 더 강하게 띄게 되니 그런 것이고……."

그의 말을 끊고 독고진이 다그치듯 말했다.

"그럼 실이잖아! 대체 뭐가 아리송하다는 거야?"

"그래, 여기까지는 확실한 실(失)이야. 하지만 만약 네가 십이신장에게 발각된 후라면 이야기가 달라지지."

"응?"

독고진은 발각된 이후의 일은 별로 생각해 본 적이 없었다. 십이신장을 넘어설 것이라는 무모한 생각은 해본 일이 있었지만, 그것도 어디까지나 그들의 이목을 피하기 위해서였다. 발각당한 후 그들과 맞서기 위해서가 절대 아닌 것이다. 정말 마른하늘에 날벼락을 열 번 연속으로 맞고 살 확률보다도 훨씬 적은 확률로 독고진이 십이신장의 능력에 근접한다 쳐도 십이신장은 열둘이지 하나가 아니다. 그들과 맞설 수 없다는 것이 독고진의 생각이었던 것이다.

"내가 일전에 이야기했듯이 십이신장은 천령을 발견하게 되면 그에게 카오스 스톤을 구해오라고 지시할 것이다. 이 카오스 스톤은 너도 들어서 알겠지만, 그들의 이상을 실현하기 위해 필수적인 요소 중 하나이다."

"알고 있어."

켈리어스의 말이 다시 이어진다.

"하지만 바로 이 카오스 석에 천령이 십이신장을 넘을 수 있는 열쇠가 들어 있다."

그 말에 독고진은 눈이 번쩍 뜨였다. 그가 가장 듣고 싶어 했던 이야기가 지금 켈리어스의 입에서 나오고 있는 것이다.

"계속해 봐."

"카오스 석이 지닌 힘, 그것은 군림자를 깨우는 데 사용될 수도 있지만 메시아의 탄생을 위한 단서 또한 지니고 있다."

"메… 시아?"

독고진의 가슴속에 메시아라는 단어가 새겨지듯 스며들었다. 왜인지는 모르겠지만 그는 메시아라는 말에서 알 수 없는 힘을 느꼈다.

"그래, 메시아. 메시아가 되는 길이 바로 십이신장을 넘을 수 있는 유일한 길이다. 그것도 네가 인간이기에 가능한 일이지."

독고진은 머릿속이 복잡해졌다. 하지만 모든 의문점은 일단 생각지 않기로 했다. 가장 중요한 것은 메시아가 되는 것이 십이신장을 넘는 유일한 길이라는 것이었다.

"메시아는 태초에 존재했던 둘의 메시아 외에는 아직 한 번도 탄생한 적이 없다. 카오스 석에서 단서를 얻어낸 천령만이 메시아가 될 수 있는데, 당연하겠지만 그 길이 쉽질 않아. 지금까지 천령이 탄생한 적조차 손에 꼽을 정도인데, 메시아가 탄생할 수 있었을 리 없지."

"그런데 네가 말한 것을 들어보면 천령이 하나 더 존재한다면 메시아가 되는 길이 더 쉬워진다. 뭐, 이런 말 같다?"

"그래, 메시아의 관문은 두 사람까지 한번에 도전할 수 있다고 들었다. 나야 정확히 모르겠지만, 혼자 하는 것보단 둘이서 같이하는 것이 훨씬 수월하지 않겠나?"

독고진은 생각에 잠겼다. 그가 생각해도 또 다른 천령이 득이 될지 실이 될지 알 수는 없었다.

"아직은… 정말 하나도 모르겠군. 머릿속이 복잡해."

켈리어스는 독고진의 심정이 이해가 될 것도 같았다. 아마도 아무것도 할 수 없다는 사실에 대한 무기력함이 독고진의 상태일 것이다.

"차근차근 풀어나가라. 길은 있을 거다."

켈리어스가 해줄 수 있는 말은 이것뿐이었다. 어쨌든 이제부턴 독고진 스스로가 해결해 가야 하는 것이었다.

독고진은 마음을 다잡았다. 켈리어스의 말은 얼핏 들으면 아무런 의미도 없는 말 같았지만, 지금의 그에게는 정말 와닿는, 그리고 믿고 싶은 말이었다.

"그래, 길이 없을 리가 없다. 한번 해보자."

*　　　*　　　*

"허어, 이거야 원. 정말 이번 제룡회는 그 어느 때보다도 수준이 월등한 것 같소이다."

매화검(梅花劍) 단천학(丹踐鶴)의 말에 좌중은 모두들 고개를 주억거렸다.

"십여 년 전과 비교하더라도 확연히 뛰어나질 않소이까?"

이어지는 천무 진인(天武眞人)의 말에도 아무도 반박하는 이가 없었다.

십 년 전의 제룡회 또한 대단히 높은 수준으로 평받았던 비무대회였는데, 이보다 확연히 뛰어나다는 말에 아무도 이의가 없는 것을 보면 이번 제룡비무대회의 수준이 확실히 대단하긴 대단한 것이다.

종남의 일대장로 중 일인인 분뢰검(分雷劍) 화운(華韻)의 입이 천천히 열렸다.

"노부는 비무가 진행되는 것을 보면 볼수록 놀라움을 숨길 수가 없었소이다. 특히 몇몇 후기지수는 이 노부 칠십 평생에 처음 보는 기재였소."

화운의 말에 이번에는 곤륜 장문인의 사제인 무청 진인(無淸眞人)이 그에 동조했다.

"화운 노도뿐만이 아니오. 본도는 근 보름 동안 평생에 놀랄 것들을 한번에 다 놀라고 있는 중이오. 개막전부터 시작해서 얼마 전엔 독고세가의 여식이라던 소저에 남궁가의 소가주, 게다가 오늘은 무당검룡까지 빈도는 정말 눈을 의심해야 했소."

무청 진인의 말이 끝나자 화산의 장로들과 무당의 장로들은 흐뭇한 표정이 되었다. 무당검룡이라는 별호로 불리우고 있던 무당의 대제자 청운은 오늘 첫 비무에서 혁련세가(赫連世家)의 소가주를 상대로 선전하였으며, 능사운 또한 오늘 있었던 두 번째 비무에서 일 초에 상대를 제압하는 신위를 보여

주었기 때문이다.

장로들의 대화를 듣고만 있던 현성 대사(賢成大師)의 입이 천천히 열렸다.

"그런데 독고세가의 여시주가 썼던 무공, 혹시 어떤 무공인지 아시는 분 있소이까? 빈승은 그것이 가장 궁금하구려."

그의 말에 잠시 장내는 찬물을 끼얹기라도 한 듯 썰렁해지고 말았다. 독고진이 창안한 무공을 아는 사람이 구파의 장로 중 있을 턱이 없었기 때문이다.

"맹주, 여기 계신 다른 분들도 마찬가지겠지만 맹주께서는 독고세가의 여시주께서 펼친 검법의 진가를 정확히 보셨을 것이라 생각하오. 맹주의 견해를 들어볼 수 있겠소?"

단리철은 잠시 생각하는 듯하더니 천천히 입을 떼었다. 사실 그는 소령의 백월린검을 보는 내내 속으로 놀람을 거듭하고 있었다. 검에 관한 한 절대자 중 일인이라 불리우는 그가 보기에도 백월린검의 초식은 현 무림에 알려진 환검(幻劍) 중에서도 최고의 것이라 할 만했기 때문이다.

그가 듣기로 독고세가의 가전무공 중 이런 것이 있다는 것은 금시초문이었다.

"제 좁은 소견으로는 독고가의 소저가 사용했던 그 환검의 초식은 그 정교함과 화려함, 그리고 위력에 있어서 그 어떤 무공에도 밀리지 않을 만큼 대단한 것이라고 생각합니다."

단리철의 말에 현성 대사는 동의했다.

권(拳)과 장(掌)으로 유명한 곳이 바로 소림이다. 하지만 소림에도 최상승의 검도가 하나 있다고 알려져 있다.

달마삼검이 바로 그것인데, 이 달마삼검을 익힌 몇 안 되는 무승 중 하나라 알려진 현성 대사가 검에 대한 조예가 깊지 않을 리 없었다.

그는 비무를 관전하면서 만약 자신이 소령의 상대였다면 어떤 초식으로 막아내었을지를 상상해 보았다. 물론 그와 소령의 내공이 같다는 전제를 두어도 막는 데는 커다란 무리가 없었다. 상상 속이어서가 아니라 소령의 무(武)에 관한 지식이나 경험, 초식의 운용 등이 현성 대사에 비해 현저히 떨어질 수밖에 없기 때문이다.

하지만 소령의 손에서 서투르게 펼쳐지던 저 검식이 제대로 된 이해를 바탕으로 극성으로 펼쳐졌다면…….

그는 소령이 마지막에 쓴 초식이었던 환린난무를 상상해 보았다. 그녀가 사용했던 환린난무는 각각의 검기에 실린 힘과 정교함이 많이 떨어졌지만, 그것을 단리철 정도 되는 고수가 펼쳤다고 생각했을 때 그는 솔직히 달마삼검으로도 막을 방도가 떠오르지 않았다.

이것이 의미하는 바는 적지 않았다.

간단히 현성 대사가 느낀 것을 정리하자면, 백월린검의 초식이 소림의 전설상의 검법이라 알려진 달마삼검에 비하여도 떨어지지 않는다는 것이었다. 물론 현성 대사도 달마삼검을 극성으로 익히지는 못하였지만, 상승 오의까지 대부분 익힌 그였기 때문이다.

"그 어떤 무공에 비해서도 떨어지지 않는다니! 허허, 빈도 또한 그때 유심히 보았으나 그 정도라고 느끼지는 못하였는데, 맹주께서 허언을 하실 리는 없으니……."

종남의 장로 화운의 말이었다. 그 또한 소령과 모용광의 비무를 유심히 보았지만, 솔직히 소령의 검세가 대단하다는 생각까지는 했어도 화려함에 치중한 비효율적인 검법으로 치부해 버렸기 때문이다.

"흐으음, 맹주님의 말씀처럼 그 여아가 사용했던 무공이 그처럼 대단하다면, 자칫 독고세가에 내분이 일어날 수도 있겠구려."

거의 중얼거림에 가까운 무청 진인의 말이었다. 그의 말인즉슨 독고세가의 여식인 소령이 그렇게도 뛰어나다면, 그녀와 독고진을 두고 세가 내의 세력 싸움이 일어날 수도 있을 것 같다는 이야기였다. 물론 제룡회에 독고진이 나오지 않고 소령이 나왔으니, 소령이 독고진보다 뛰어날 것이라는 전제를 깔아두고 한 생각이었다.

"자, 그거야 뭐, 독고세가 내부의 일이지 않습니까. 이제 그 이야기는 그만 하십시다. 모두들 해야 할 일이 많질 않습니까."

단리철의 말에 웅성거리던 장내가 조용해졌다. 아무리 비무대회가 진행되는 도중이라고는 하지만, 축제 기간이라고 맹의 일거리가 사라지는 것은 아니었기 때문이다.

'흐음, 다음에 혜아와 함께 독고세가에 한번 다녀와야겠군. 이거 궁금해서야 원.'

역시나 무인의 피는 숨길 수 있는 것이 아니었다. 그의 끝없는 무공에 대한 열망이 백월린검에 대한 호기심으로 나타나고 있는 것이었다.

'그나저나 내일이면 혜아도 첫 비무를 하게 될 터인데……'

그는 눈에 넣어도 아프지 않을 자신의 외동딸 단리혜를 생각하였다.

그녀를 생각하는 단리철의 입가에는 절로 미소가 드리워졌다.

＊　　　＊　　　＊

"쳇, 내가 왜 이런 심부름이나 해야 되는 거냐?"

투덜거리는 켈리어스의 앞에서 독고진은 그가 가져다준 스테이크와 감자를 열심히 먹고 있었다.

"배가 고픈 걸 어쩌냐. 일주일은 한계다."

독고진은 일주일가량 음식이라는 것을 입에 대본 일이 없었다. 거의 천령에 가까워져 반영체라 할 수 있는 그의 육신이 그것을 가능케 했다. 하지만 아직까지 음식을 먹지 않는 것은 무리인 듯싶었다.

음식을 입 안에서 우물거리며 말하는 그를 보며 켈리어스는 혀를 찼다.

"끌끌, 천령이 되면 음식 따위는 먹지 않아도 된다. 이 몸이 이런 잔심부름이나 해야 되는 상황은 네놈의 노력 여하에 따라 타개될 수 있단 말이다. 음식을 먹으면 탁기만 도로 쌓일 텐데……."

켈리어스의 말은 틀린 것이 없었다. 본래 음식물을 섭취하게 되면 체내에 탁기가 쌓이게 되는데, 감자는 그렇다 치고 쇠고기 같은 육류는 특히 탁기가 많이 쌓이게 된다. 우화등선을 하고자 수련하는 도인들을 보면 체내에 쌓이는 탁기를 줄이기 위해 선식만을 하지 않는가?

"그래도 먹고 싶은 것은 어쩔 수 없다, 켈리어스."

계속 고기를 뜯으며 말하는 독고진을 보며 켈리어스는 고개를 절레절레 저으면서 방바닥을 뒹굴었다.

독고진이 허구한 날 음식을 먹어대는 것도 아니고, 일주일에 한 번 정도는 그렇게 많은 영향을 끼치지 못하기에 그냥 내버려 두는 켈리어스였다.

순식간에 스테이크와 감자를 전부 먹어치운 독고진은 그 자리에 털썩 엎어지더니 켈리어스를 툭툭 건드렸다.

"켈리어스, 마법구 좀 꺼내봐."

그의 말에 켈리어스는 두말없이 품속에서 마법구를 꺼냈
다.

위이잉—

그가 마법구에 손을 대자 마법구에서 푸른빛이 감돌더니
새하얀 빛이 발광했다. 마법구의 빛을 받은 한쪽 벽면에 하나
의 영상이 떠올랐다.

"호오!"

영상은 비무의 시작 장면이었다.

"저 소저가… 음… 단리 소저였지. 단리 소저도 비무에 출
전했군."

비무가 시작되려 하고 있었다. 단리혜와 상대인 듯 보이는
한 여인이 비무대 위로 올라갔다.

"단리 소저도 꽤나 뛰어나다고 알고 있는데……."

그는 중얼거리며 영상을 뚫어져라 응시하고 있었다. 그는
제룡회의 비무 중 대부분의 비무를 모두 보았다.

그의 수련 시간은 정신력을 키우기 위한 영상 시간과 탁기
를 제거하기 위해 운기하는 시간으로 나뉘는데, 운기하는 시
간에는 비무를 보면서 하더라도 별 문제될 것이 없었기 때문
이다.

"끄으응, 소리까지 들리면 좋으련만……."

독고진이 중얼거리는 소리를 들은 켈리어스는 피식 웃었
다.

"아무리 나라도 자른 차원의 영상을 실시간으로 이곳에 옮겨놓는 것은 불가능하다. 그나마 이 마법구가 있기에 가능한 일이었지. 그런데 소리까지 옮겨온다는 것은 정말 불가하다 말할 수 있다."

"그래도 그렇지, 마왕이라는 녀석이……."

켈리어스는 실소를 흘리며 대꾸하였다.

"아무리 마왕이라도 각 차원계의 주신을 무시한다는 건 불가능하다. 다른 차원의 영상을 가져온다거나 하는 행동을 이 차원계의 주신이 좋아할 리가 없지."

그의 말에 독고진은 무슨 소리냐는 듯 켈리어스를 빤히 쳐다보았다.

"각 차원의 주신이라니? 주신은 전 차원을 통틀어 하나가 아니었나?"

독고진이 따지듯 묻자 켈리어스는 잠시 생각하더니 뒷머리를 긁적였다.

"네가 말하는 주신은 아마 대리자인 듯싶다."

"대리자라니? 그건 또 무슨 개뼉다구 같은 소리야."

또다시 머리가 아파오는 독고진이 약간의 신경질이 섞인 어투로 따지듯 물었다.

"창조주의 대리자를 말하는 거다. 창조주를 제외하고는 모든 신의 위에 있는 자."

"저번에 너는 그 대리자를 주신이라고 말했던 것 같은데?"

켈리어스는 멋쩍게 웃어 보였다.

"신계에서는 그를 주신이라고 부른다. 그 수많은 각 차원계의 주신은 거의 볼 일이 없으니 그냥 모든 신의 위에 있는 그를 주신이라고 부르는 거지."

"끙. 그냥 저거나 보련다."

독고진은 고개를 돌려 영상을 바라보았다. 한창 비무가 진행 중이었다.

"단리 소저가 제법인데? 저 정도면 내가 생각했던 것보다 훨씬 뛰어나."

켈리어스는 독고진이 무슨 말을 하든 시큰둥한 표정으로 영상을 쳐다보고 있었다. 그로서는 고작 인간들의 대련에 관심을 가질 이유가 없었던 것이다.

"저것이 검왕의 무공인가?"

독고진은 중얼거리면서 비무를 지켜보았다. 단리혜가 펼치고 있는 무공은 검왕의 독문 무공인 창천검(蒼天劍)이라는 것으로서 위력보다는 한줄기 섬전과도 같은 극쾌를 자랑하는 쾌검이었다.

"오오, 켈리어스, 너도 보이지? 기의 흐름만을 따라서 초식을 전개하는 것만이 능사는 아니었어. 검로를 저런 식으로 이용할 수도 있다니……."

그의 얼굴에 오랜만에 감탄하는 표정이 떠올랐다.

"기의 흐름과 부딪치는 반탄력을 이용한 검술이군. 머리를 잘 굴리긴 했네. 저렇게 하면 속도 하나는 정말 괜찮게 나올 테니까."

독고진은 고개를 끄덕였다. 그는 자신이 창안한 검술인 패월쌍무를 생각했다.

"패월쌍무에 저것을 접목시킬 수는 없을까?"

그의 말에 잠시 생각하던 켈리어스는 천천히 입을 열었다.

"음, 아무래도 백월린검에 저것을 접목시키는 것은 무리겠고, 묵월신검이라는 것에 한번 응용해 봐라."

독고진의 고개가 다시 한 번 끄덕여졌다. 그의 생각도 같았기 때문이다.

백월린검의 초식은 기의 흐름을 끊어놓는 것을 원리로 하는 검술이었다. 중간 중간 기의 흐름을 끊으면서 그 반탄력으로써 폭발을 일으켜 화려함을 연출하고 환영을 만들어내는 것이 백월린검인데, 기의 흐름을 정면으로 막아 그 폭발력으로 쾌검을 구사하는 창천검의 묘를 접목시킬 데가 없는 것이 당연했다.

하지만 묵월신검은 그 검로 자체가 기의 흐름이라 할 만큼 기의 흐름을 최대한 활용할 수 있는 방향으로 초식을 만들어놓은 것이었으며, 기의 흐름에서 받는 가속으로 인한 쾌검이 바로 묵월신검의 묘용이었다. 기의 흐름과 함께 가속을 얻은 묵월신검이 순간 검로를 바꿔 폭발력을 얻는다면, 오히려 창천검보다 더한 빠르기가 나올지도 모를 일이었다.

독고진은 갑자기 운기를 멈추고 일어섰다.

"왜 그래?"

켈리어스가 놀라서 묻자 그는 그저 씨익 웃어 보이며 방의 구석에 놓여 있던 그의 검 두 자루 중 한 자루를 집어 들어 검집에서 빼내었다.

"지금 해보려고?"

켈리어스의 말에 독고진은 대답 대신 검을 다잡았다.

"으음."

켈리어스의 눈빛이 살짝 빛났다. 독고진이 어떻게 할지 매우 궁금한 눈치였다.

켈리어스는 인간들의 검술 따위에는 관심이 없었다. 하지만 독고진이 창안했다 할 수 있는 패월쌍무에는 관심이 갔다. 그 이유인즉슨 다른 검술과는 달리 패월쌍무는 극도의 의지력을 필요로 하는 검술이며, 그런 만큼 수련을 거듭할수록 의지력도 향상될 수 있는 검술이었기 때문이다.

패월쌍무가 극도의 의지력을 필요로 한다는 것은 다른 것이 아니라 양손으로 서로 다른 검로를 정교하게 펼칠 수 있어야 한다는 것 때문이었다. 두 검이 호흡을 맞춰 완벽한 패월쌍무의 초식들을 재현해 내려면 그야말로 머리에 쥐가 날 만큼의 집중력을 요하는 것이기 때문에 고도의 의지력이 필요할 수밖에 없었다.

그리고 결정적으로 패월쌍무는 다른 인간들이 창안한 검

법과는 근본적으로 다를 수밖에 없었다. 기를 거의 정확히 보고 느끼는 그가 만들어낸 초식은 그저 감으로 기의 흐름을 파악해 가며 검로를 짜깁기하여 만든 다른 무공들에 비해 다른 것들은 다 제쳐 두고라도 정교함에 있어서만큼은 비교할 수가 없는 것이었다. 검세의 균형에 있어서 약간의 틈이라도 있다면 바로 무너질 수 있는 것이 고수들 간의 비무인 것을 감안한다면, 패월쌍무는 감히 가장 훌륭한 검술이라 할 수 있었다.

차착—

그는 좌수에 검을 들고 자세를 잡았다. 상대적으로 우수에 비해 수련이 덜 된 좌수로 검을 펼치는 것이 정신력 향상에 더 많은 도움이 되었기 때문이다.

"흐읍."

숨을 들이쉰 그는 순간 호흡을 멈췄다. 그리고 모래알 하나 떨어지는 소리마저 들릴 만큼 조용해진 방 안에 독고진의 검이 만들어낸 파공성이 천둥이 치듯 커다란 소리가 되어 들려왔다.

쉐에에엑—

소름이 끼칠 정도로 날카로운 파공성을 내며 대각선으로 허공을 그어가던 독고진의 검이 순간, 커다란 굉음을 내며 방향을 틀었다.

퍼어엉—!

기와 기의 충돌이 만들어낸 폭발음. 하지만 중요한 것은 폭발음 따위가 아니었다.

"역시."

어느새 검을 회수한 그는 검집에 검을 꽂았다.

착―

그리고 독고진이 뒤돌아서자 그의 검이 휘둘러진 자리에 놓여 있던 작은 자갈 하나가 가루가 되어 흩날렸다.

지독할 정도로 빠른 쾌검이었다.

"성공이군. 이론상으로만 가능한 것은 아니었어."

독고진의 중얼거림에 켈리어스는 고개만을 절레절레 저었다. 그의 안력으로도 잔영이 남아 보일 만큼 빠른 검의 속도에 기가 질린 것이었다.

이런 검을 맞상대하여 피해낼 수 있는 인간이 과연 있을까? 피해내는 것은 고사하고 어떻게든 막아내어 살아남을 수 있는 인간조차 손에 꼽을 것이다. 만약 독고진이 전력을 다하여 펼친다면, 아마 같은 천령이 아닌 이상 인간으로서 이것을 받아낼 수 있는 이는 없을 것이라고 켈리어스는 확신했다.

"흐음, 내 생각이 바뀌려 하고 있다."

다소 엉뚱한 켈리어스의 말에 독고진은 고개를 갸웃했다.

"뭐가?"

"검술 말이다. 내가 일전에 천령이 되고 나면 검술은 버리

 FOR GOD

라 했지?"

독고진은 고개를 주억거렸다. 분명 기억이 나는 말이었던 것이다.

"분명 그랬지. 검술은 접고 영력을 이용한 법술에 주력하라고 했던 것 같다."

켈리어스의 귀여운 얼굴에 살짝 미소가 얹혔다.

"정확하다. 하지만 생각이 바뀌었다."

"그러니까 생각이 어떻게 바뀌었는데?"

답답하다는 듯 재촉하는 독고진을 보며 켈리어스는 씨익 웃어 보였다.

"그 검술을 한번 발전시켜 봐라."

그 말에 독고진의 표정이 살짝 변했다. 정말 의외였기 때문이다.

"검술? 검이 네놈 같은 신들에게 박히기나 할까?"

켈리어스는 실소를 흘렸다. 그의 생각도 일리가 있었기 때문이다.

"후후, 네가 그렇게 만들어야지."

독고진은 당황한 표정이 되었다. 대체 뭘 어떻게 만든단 말인가? 적어도 보편적인 사상을 가지고 있다면, 인간인 그의 능력으로 신을 능가할 수 있는 어떤 것을 만들어낼 수 없다고 생각해야 하는 것이 당연했다.

"내가 어떻게?"

“잘!”

켈리어스의 간단명료한 답변에 독고진의 안색은 더욱 일그러졌다.

“그렇게 무책임한 말이 어딨냐?”

“흐음.”

잠시 눈을 감고 있던 켈리어스는 자세를 바로 하고 앉았다.

“한 가지 해줄 말이 있다.”

“어떤?”

“신계에 있는 수천억 년도 넘은 룬에 새겨져 있는 문구이다.”

독고진은 켈리어스의 다음 말을 기다렸다. 그는 몹시 궁금한 눈치였다. 그도 그럴 것이 수만, 수억도 아닌 수천억 년 전에 새겨진 문구라는데 궁금하지 않은 것이 더 이상해 보일 것이다.

“모든 인간은 곧 모든 피조물이나 다름이 없지만, 다른 모든 피조물은 인간이 될 수 없다.”

“응? 그게 무슨 말이지?”

켈리어스는 고개를 천천히 저어 보였다. 그 또한 그 문구의 의미는 알 수 없었기 때문이다.

“이 문구는 거의 암호에 가까운 고대의 문자로 쓰여진 것이다. 대략적으로 해석한 문장이 저것인데, 저 해석이 얼마나 정확한지도 알 수 없을뿐더러 뭘 말하려는 것인지는 누구도 정확히 설명하지 못했다.”

그는 잠시 숨을 고르더니 이어 말했다.

"만약 저 해석이 정확한 것이라는 가정하에 문장이 말하고 자 하는 것을 생각한다면, 터무니없긴 하지만 인간이 가장 위 대한 피조물이라는 결론이 나온다."

"어째서 그렇지?"

독고진의 반문에 켈리어스는 입맛을 다시며 대답했다.

"쩝, 그러니까 조금만 생각해 보면 그런 결론이 나온다. 인 간은 다른 모든 것을 대신할 수 있지만 다른 것들은 인간이라 는 존재를 대신할 수 없다… 라……. 이렇게 보면 분명 인간 이 가장 위대한 존재라는 뜻 아닌가?"

"그게 그렇게 되나? 어쨌든 그 문구를 통해서 네가 하고 싶 은 말이 뭔데?"

독고진은 멋쩍은 듯 웃으며 말했다. 그 또한 켈리어스가 그 문구를 말한 이유를 대충 알 수 있었기 때문이다.

"인간이 가장 위대한 족속이라는 데는 전혀 동의할 수가 없지만, 어쨌든 그런 문구가 괜히 있는 것은 아닐 것이다. 나 또한 인간의 능력에 가끔 놀랄 때가 있으니까."

"그래서 나한테 자신감 뭐, 그런 비슷한 걸 심어주려고 그 런 거냐?"

"그래, 어디 한번 해봐라. 적어도 너는 내가 보아온 인간 중에는 가장 가능성있는 인간 같아 보이니."

第六章
선전(善戰)

죽은 자의 영혼과 사람의 심혼(心魂)을 다루는 흑마법사 무림에 환생하다!

마왕의 힘을 배워 9클래스의 마법 경지를 넘어서고, 절대의 무공 경지에 들다!

그를 기다리는 건 무림사에 더없을 멸겁의 종말, 새황 오대천의 살혼마신!

"휴우."

단리혜는 곽나연을 불러서 앉혀놓고는 한숨을 쉬었다.

사실 그녀는 며칠째 독고진이 보이지 않자 괜히 조바심이 났다. 수도 없이 관중석을 두리번거려도 독고진을 볼 수가 없었던 것이다.

하지만 자신의 뒤숭숭한 마음을 누구에게 하소연할 수도 없었고, 혼자서 삭이고만 있다가 더 이상 참기가 힘들었는지 곽나연을 부른 것이었다.

"왜 그래? 얼마 전 비무에선 정말 멋지던데, 뭐 안 되는 일이라도 있어?"

곽나연의 말에 그녀는 다시 한 번 한숨을 푹푹 내쉬었다.

"에휴."

그런 그녀를 이해할 수 없었는지 곽나연은 의아한 표정으로 물었다.

"무슨 일 있는 거야?"

단리혜는 고개를 절레절레 흔들었다.

"아니, 그런 건 아냐. 그냥 마음이 뒤숭숭한 게 좀 그렇네."

곽나연은 고개를 끄덕였다. 뭐, 마음이 안 좋은 것이야 언제든 있을 수 있는 일이 아니던가?

단리혜는 말을 돌리는 척하면서 그녀에게 독고진에 관한 것을 물었다.

"아참, 그런데 독고 소가주님 말야. 항상 당 소저 곁에 계시더니 얼마 전부터 본 적이 없네? 어디 가셨어?"

말을 하면서도 그녀는 곽나연이 혹여 자신의 마음을 알아챌까 가슴이 콩닥콩닥 뛰었다.

한편 그녀의 말에 곽나연은 표정이 살짝 굳어졌다.

안 그래도 그녀의 머릿속을 떠나지 않았던 독고진의 모습이 더욱 선명하게 아른거리기 시작한 것이다.

"글쎄, 어딜 가신다 하고 잠시 떠나셨어. 나도 어딘 줄은 모르겠네. 아마 비무대회는 끝나야 돌아오실 텐데, 돌아오시면 단리세가에도 한번 들르시라고 말해줄까?"

곽나연의 장난기 어린 말에 그녀의 얼굴이 홍시마냥 붉어

FOR GOD

졌다.

"얘는! 그냥 궁금해서 물어본 거야. 그런 말씀 드리지 마."

그녀의 과민 반응에 곽나연은 피식 웃었다. 서로에 대해 누구보다도 잘 아는 사이인만큼 곽나연이 단리혜의 훤히 보이는 속내 정도를 간파하지 못했을 리 없었다. 그녀의 마음속에 독고진이 들어앉아 있다는 건 이미 예전부터 알고 있었다.

"그래그래. 그나저나 창천검(蒼天劍)은 많이 수련했나 보네? 역시 검왕 어르신의 무공이라 그런지 정말 대단하더라."

곽나연의 칭찬에 단리혜는 어색하게 웃어 보였다.

"고마워. 너도 비무대회에 나왔으면 잘했을 텐데……."

그녀의 말에 곽나연은 씁쓸한 웃음을 지어 보였다. 그녀라고 왜 나가고 싶지 않았겠는가? 수없이 갈고닦은 묵월신검을 또래의 기재들 사이에서 한번 시험해 보고 싶은 것이 그녀의 당연한 마음이었다.

"나야 뭐… 내 생각은 말고 네 걱정이나 해. 곧 두 번째 비무가 될 텐데 상대가 남궁소운 소협이라고 하지 않았어? 첫 번째 상대와는 차원이 다를 거야, 아마."

그것은 단리혜도 수긍하는 사항이었다. 솔직히 그녀로서도 소운이 구사하는 남궁세가의 검법이 부담스러웠다. 남궁세가의 검법은 그녀의 쾌검과는 상성의 관계인 중검이란 것이 가장 큰 이유였다.

보통 쾌검은 환검에 강하고, 환검은 중검에 강하며, 중검은 쾌검에 강하다. 이는 각각의 검술이 가지는 특징 때문이었다.

게다가 소운의 실력은 후기지수 중에도 거의 으뜸이라 할 만했으니 단리혜로서는 힘들 수밖에 없었다.

"뭐, 어떻게든 되겠지. 어차피 난 우승에 관심있는 게 아니고 경험을 쌓고 싶어서 제룡회에 출전한 거니까."

곽나연은 기분 좋게 웃었다.

"그래, 최선을 다하기만 하면 되는 거지, 뭐. 후회 남지 않게만 해."

그녀의 격려에 단리혜는 한결 긴장이 풀리는 것을 느꼈다.

*　　　*　　　*

"제장들은 오늘부터 보름간은 자신을 잊어라."

싸늘한 어투. 감정이란 눈곱만큼도 찾아볼 수 없을 정도로 냉막한 음성이 허공에 울려 퍼졌다.

"예!"

낮고 굵은 목소리들이 하나가 되어 울려 퍼졌다. 비장감마저 감도는 분위기였다.

악량(惡梁)은 최근 들어 눈코 뜰 새 없이 바빴다. 하오문이라는 초거대 조직의 이인자로서 그가 처리해야 할 일은 보통 때도 헤아릴 수 없을 정도로 많았지만, 요즘처럼 긴장된 적은 없었다.

문주가 오래전부터 직접 추진한 계획. 보통 대부분의 일은 자신에게 일임하다시피 하는 문주가 직접 감시, 감독하며 처리에 만전을 기하라고까지 할 정도의 일이라면, 그가 하오문에 입문하여 지금까지 해왔던 그 어떤 일들보다 중요하다 할 수 있는 것이었기 때문이다.

악량이 문주에 대하여 아는 것은 그다지 많지 않다. 가늠할 수 없는 무공에 냉혹하고 철두철미한 성품, 전 문주를 일수에 죽인 후 단숨에 하오문 전체를 장악해 버린 경악할 만한 능력의 소유자. 그것이 그가 아는 전부라고 할 수 있었다.

'이번 일은 정말 왠지 모르게 불안하다. 이 악량이 하는 일인데 실패야 있을 리 없겠지만……'

그는 자신을 다독이며 마음을 다잡았다. 그는 언제나 자신감에 차 있었으며, 일 처리 또한 놀랍도록 뛰어났다. 전폭적인 철랑의 신임이 괜한 것이 아니었던 것이다.

'세상은 우리 하오문에 대해 너무 모른다. 아니지. 철랑(鐵狼) 구견(構甄), 이 남자에 대한 정보가 전무한 것이겠지.'

그는 속으로 중얼거렸다. 현 하오문의 문주이자 자신의 유일한 상관인 구견은 정말이지 보면 볼수록 놀라운 사내였다.

지금 그의 앞에 정렬하여 있는 이 흑의무인들만 하더라도 그렇다. 이들은 구견이 하오문을 장악하면서 문파 내의 전 분타에서 직접 인재들을 뽑아 무공을 가르쳐 양성한 무인들이었다. 구견은 이 인재 중 뛰어난 열둘을 뽑아 흑살단(黑殺團)

이라 명명하였고, 그 나머지 백여 명의 인재를 무영단(無影團)
이라 명명하였는데, 이들의 전력은 정말 대단하다 할 수 있었
다.

그들은 개개인이 하오문의 부문주인 자신과 비교하더라도
크게 손색이 없었다. 특히 흑살단 열둘은 악량보다도 확연히
우월한 무예를 지니고 있었다. 악량의 무공이 초절정에서도
정상을 바라보고 있다는 것, 즉 웬만한 구파의 장로들과 견주
어 손색이 없을 정도의 성취라는 것을 감안한다면 이들은 일
개 단(團)으로서는 무림에서 세 손가락에 꼽힐 것이다. 적어
도 악량이 알고 있는 범주 내에서는 그랬다.

아마 이곳이 하오문이 아니었다면 악량은 부문주 자리에
있지 못했을지도 모른다. 무림문파의 특성상 수장이 자신보
다 무공이 높은 수많은 수하들을 거느리는 것은 있을 수 없는
일이었기 때문이다. 하지만 이곳은 하오문이었다. 하오문의
진정한 무서움은 막대한 정보량과 정보의 활용 능력, 두뇌 회
전이 빠른 악량이 부문주 자리에 있는 것을 토달 수 있는 이
가 있을 리 없었다.

"이번 일이 얼마나 중요한지는 제장들 또한 나 못지않게
잘 알고 있을 것이다. 문주님께서 그대들을 직접적인 일 처리
에 투입하신 것은 손에 꼽을 정도로 적다. 게다가 그것도 너
희 중 한둘, 많아야 네다섯을 투입하신 것이 전부였다."

숨소리 하나하나가 다 들려올 정도로 조용한 가운데 악량

 FOR GOD

의 말이 다시 이어졌다.

"하지만 이번엔 무영단의 오분지 이에 가까운 전력, 게다가 흑살단은 반도 넘는 숫자가 투입되었다. 이것이 무엇을 의미하는지는 제장들도 잘 알 것이다."

잠시 숨을 돌린 그의 입이 다시 열린다.

"오늘부터 오 일간은 무영멸절진(無影滅絶陣)을 완성하는 데 주력한다. 제장들은 이미 무영멸절진을 완성했다고 생각할지 모른다. 그리고 그 생각이 크게 틀리진 않다. 하지만 본인은 세상에 완성이라는 단어는 존재하지 않는다고 생각한다. 어디, 어느 위치에 자신이 있든 분명 앞으로 나아갈 길은 존재한다. 험준한 산은 높이 올라갈수록 길을 찾기가 힘들다. 하지만 찾기가 힘들 뿐이지 길이 없는 것은 아니라고 생각한다. 그 어렵고 힘든 고난의 길을 헤치고 산의 정상에 올랐다고 가정하자. 그러면 대부분의 사람들은 '산을 정복했다' 라고 말할 것이다. 하지만 우리는 다르다. 눈감고도 산의 정상에 오를 수 있을 때까지 끊임없이 반복하여 걸어야 한다고 생각하는 것이 문주님의 생각이자 나의 지론이다."

악량은 그들을 둘러보았다. 믿음직스러운 모습들이다.

"자! 흑살단은 나를 따라오고, 무영단 두 개 조는 각각 무영멸절진을 수련한다! 실시!"

착—!

동시에 수십의 흑의인이 그를 향해 예를 갖추었다.

"존명(尊命)!!"

*   *   *

"후우."

소소는 천천히 비무대 위로 올라갔다. 그녀 역시 비무를 하
는 족족 연전연승을 하고 있었다. 지금까지의 상대 중에 그다
지 뛰어난 이는 없었지만, 그녀가 너무 압도적으로 승리했기
에 많은 이들의 주목을 받고 있었다.

그녀는 자신의 상대를 응시했다. 점창의 최고 후기지수로
알려진 용문현(龍刎睍)은 지금까지의 상대 중에서는 가장 뛰
어났지만 그녀는 그다지 걱정되지 않았다. 그만큼 자신의 무
공에 자신이 있음이기도 하였고, 상대의 무구인 검에 비하여
자신의 무구인 편이 유리했기 때문이다.

"사천제일의 꽃과 손을 섞어볼 수 있어 영광이오."

이전에는 이런 입에 발린 소리라도 들으면 기분이 살짝 좋
아지곤 했던 소소였지만, 오늘은 우울한 마음에 더욱 짜증만
밀려올 뿐이었다.

"점창의 검을 견식케 되어 소녀 또한 영광이에요."

소소는 와락 신경질이라도 내고 싶은 것을 꾹꾹 누르며 웃
는 낯으로 인사했다.

두 사람의 상견례가 끝나자 진행자의 목소리가 크게 울려

퍼졌다.

“자, 그럼 두 분, 기수식을 취해주십시오.”

착—

챙—

두 사람은 각각의 무구인 편과 검을 꺼내 들고 서로를 향해 겨누었다.

“비무가 시작되겠습니다!”

둥— 둥— 둥—

황룡고(黃龍鼓)가 울리며 비무가 시작되었다. 하지만 두 사람 모두 서로를 견제하기만 할 뿐 선공을 취하지는 않았다. 점창의 대표적인 검법인 사일검법(射日劍法)만 보아도 알 수 있듯 점창의 검은 빠름을 추구하는 쾌검이었다. 쾌검을 상대로 섣불리 선공을 하는 것은 틈만을 내어주는 꼴이 되고 만다. 아무리 편이 검에 비해 유리하다 하더라도 긴장을 늦춰서는 안 되었다.

“소저의 편의 무서움을 이미 확인한 바 있으니 선공하겠소. 양해해 주시길.”

타탓—

그는 땅을 박차고 도약했다. 검을 찔러오는 그를 보며 소소는 속으로 못마땅한 마음이 들었다.

‘입은 좀 가만히 있으면 안 되나? 저렇게 말한다고 멋져 보이는 것도 아닌데…….’

별것도 아닌 일을 가지고 연신 속으로 투덜대는 그녀였다.

쌔애액—

소소는 겉으로는 여유를 부리고 있었지만 꽤나 긴장한 상태로 그의 검극(劍極)을 주시하고 있었다. 쾌검을 상대로 검극을 시야에서 놓친다면 치명적인 타격으로 돌아올 수 있었기 때문이다.

챙— 끼이잉—

듣기 거북한 쇳소리가 울려 퍼졌다. 소소의 철편과 검이 맞물리면서 긁히는 소리였다.

“후웁.”

그녀는 숨을 한 번 크게 들이쉬고는 자세를 다잡았다. 확실히 자신의 실력이 그보다 우위에 있기는 했지만, 찰나의 실수만으로도 뒤집어질 수 있을 정도의 실력 차였기 때문이다.

“휘룡난천(暉龍亂天)!”

소소의 입에서 초식명이 흘러나옴과 동시에 그녀의 편이 꿈틀대기 시작했다.

“으음.”

그것을 본 용문현은 신음을 흘러냈다. 예사롭지 않은 기운이 그녀의 철편에 휘감기고 있었기 때문이다.

“하앗!”

그녀는 기합성을 내지르며 도약했다.

팟—

그녀의 편에 맺힌 하얀 빛무리가 점점 강해졌다. 그것의 위험성을 직감한 용문현 또한 검을 더욱 강하게 움켜쥐고는 자세를 잡았다.

한편 그것을 보던 당한천은 크게 놀라는 중이었다.

"호오, 휘룡난천이라……. 소소가 벌써 저 정도의 경지에 올랐다는 말인가?"

그의 감탄에 옆에 앉아 있던 제갈사하(諸葛沙霞)가 그의 팔을 잡아당기며 물었다.

"휘룡난천, 소녀는 처음 들어보는 무공인데요? 소소 아가씨께서 휘룡난천을 전개하시는 것이 대단한 것인가요?"

그녀의 물음에 당한천은 빙긋 웃어 보였다.

"휘룡난천은 본 가의 원로원에 거하시는 종고조부(從高祖父)님 중 유일하게 편을 사용하시는 당일기 어르신께서 창안하신 무공이야. 아직 세상에 나간 적이 없으니 부인이 모르는 것도 당연하지."

당일기는 당가의 편법(鞭法)의 발전에 가장 큰 기여를 한 인물로서 당가의 전전대 고수 중 유일하게 생존하는, 실질적으로 세가 내의 최고 배분의 인물이었다.

"아, 그분께서 창안하신 무공이군요? 가내에서 몇 번 뵌 적이 있어요."

당한천은 고개를 끄덕인 후 자신의 동생을 응시했다. 동생의 자질이 뛰어난 것은 알고 있었지만 벌써 휘룡난천의 초식

을 사용할 수 있게 되었다는 것은 의외였다. 초식의 이해도
이해지만 휘룡난천은 내공 소모가 극심했기 때문이다.

쐐애애액—

소소의 편이 화려한 잔영을 남기며 용문현을 향해 쇄도해
갔다. 보기에도 매우 위력적인 초식이었다.

파파팡—

철편과 용문현의 검이 부딪치며 굉음을 만들어냈다. 쇠끼
리 부대끼는 소리치고는 둔탁했는데, 그것은 기파의 충돌 때
문이었다. 용문현의 검에도 검기가 씌워져 있었던 것이다.

"크윽." ,

휘룡난천을 정면으로 막아내던 그의 입가에 살짝 핏물이
고였다. 휘룡난천은 그의 예상을 훨씬 상회하는 위력의 초식
이었던 것이다.

"태을분광검(太乙分光劍)!"

더 이상 정면으로 막아내는 것은 무리였던지 그는 검을 강
하게 앞으로 뻗어내었다. 정면으로 큰 동작의 초식을 뻗어내
그 반탄력으로 뒤로 물러나 숨을 고를 심산이었던 것이다.

콰과광!!

점창의 검법의 진수라 불리우는 태을분광검의 위력 또한
만만한 것이 아니었다. 소소는 더 이상 휘룡난천을 유지했다
가는 내력이 고갈될 것임을 직감하고 초식을 회수하였다.

촤르르륵—

기다란 그녀의 편이 회수되면서 하늘을 수놓던 백색의 빛무리가 천천히 소멸되었다.

주르륵—

용문현의 입꼬리에서 한줄기 핏물이 흘러내렸다. 결국 막아내기는 했지만 적지 않은 내상을 입은 것이었다. 전력을 다했어도 내상을 피할 수는 없었겠지만, 속으로 약간이나마 방심하고 있던 그였기에 소소의 전력을 다한 휘룡난천에 치명적인 타격을 입은 것이었다.

"대단하오."

진심이 묻어 나오는 목소리였다. 소소는 그를 물끄러미 쳐다보았다. 더 하겠느냐는 무언의 물음이었다.

용문현은 자신의 검을 다잡았다. 패색이 완연하기는 하였지만, 이대로 포기하고 물러가는 것은 그의 자존심이 용납하지 않았기 때문이다.

"이것을 막아낸다면… 패배를 인정하고 물러날 것이오."

중얼거리듯 한마디를 씹어뱉은 그는 검을 들어 올렸다. 그러자 그의 기도가 지금까지와는 확연히 차이가 날 만큼 강렬해졌다.

소소는 긴장을 늦추지 않고 편을 들어 공세를 막아내기 가장 쉬운 자세를 취했다.

"천하삼십육검(天河三十六劍)!"

그는 외침과 함께 검을 찔러오기 시작했다. 점창의 검의 정수가 모두 담겨 있다 할 만한 위력적인 검법. 극성으로 익힌 천하삼십육검은 아니었지만 그 위력은 상당했다.

차앙—!

용문현의 검은 편과 부딪치자마자 궤도를 돌려 다른 방향으로 그녀를 향해 찔러가기 시작했다. 절묘한 각도로 검이 편과 충돌하여 받는 충격을 최소화시킨 것이었다.

소소는 침착하며 손목을 움직였다. 편은 그 어떤 무구보다도 손목을 이용한 투로 설정이 중요했다. 약간의 힘 조절에도 초식에 커다란 변화가 생기는 것이 편의 특징이었기 때문이다.

"하압!!"

용문현의 기합성이 더욱 커졌다. 자신의 모든 것을 전부 쏟아 부어 펼치는 천하삼십육검인 듯했다.

채채챙—!

연신 쇳소리가 울려 퍼졌다. 과장을 하나도 섞지 않고 일초에 열 번 이상은 편과 검이 부대끼는 듯하였다.

"크윽!"

용문현의 검과 소소의 편이 정면으로 부딪치며 적지 않은 경력이 그의 손아귀에 전해진 듯싶었다. 잠시 주춤한 그는 검세를 늦추지 않고 전개하기 시작했다. 하지만 이 기회를 놓칠 소소가 아니었다.

"하앗!"

그녀의 기다란 편이 일순 쭉 뻗어졌다. 틈이 생긴 천하삼십 육검이 다시 완전히 펼쳐지기 전에 중간에서 초식의 흐름을 방해하려는 것이었다.

까강—!

다시금 두 쇳덩어리가 맞물렸다. 용문현은 이를 악물고 초식을 유지시키려 애를 썼다. 하지만 이미 상황은 돌이킬 수 없게 되어버린 후였다.

칭칭칭—

연이어 쇠가 달라붙는 소리가 났다. 그의 검에 소소의 편이 이미 대여섯 바퀴 이상 감겨 버린 것이었다.

챙그랑—!

용문현의 손을 떠난 검이 땅바닥에 내팽개쳐졌다. 거의 예정되어 있다 보아도 무방한 패배였지만 그는 허탈한 듯싶었다.

"와아아앗! 사천제일화는 무공 또한 일절이다!!"

"대단하다!!"

관중석에서는 환호가 터져 나왔고, 곧이어 진행자의 판정이 이어졌다.

"이번 비무는 당소소 소저의 승리입니다."

"와아아아!!"

환호성을 뒤로하고 소소는 용문현을 향해 살짝 고개를 숙여 보였다.

“좋은 검법이었어요.”

그 또한 씁쓸한 웃음을 지으며 예를 갖추었다.

“오늘 이 용문현이 안계를 넓혔소이다.”

소소는 최선을 다하는 그의 모습에 처음의 불쾌한 감정이 많이 희석되었는지 빙긋 미소를 지어 보였다.

*   *   *

“자, 이제 여섯으로 좁혀졌소. 허허, 빈도는 이번 비무대회를 통해 백도의 저력을 다시 한 번 실감할 수 있었소이다.”

기분 좋은 웃음을 지으며 말하는 천무 진인을 보며 단리철 또한 미소 지었다.

“그러게 말입니다. 저도 솔직히 이번 비무에서 놀라는 일이 많았습니다. 이미 떨어진 이들 중에서도 정말 뛰어난 인재들이 많았죠.”

천무 진인은 고개를 끄덕이며 수긍했다. 하지만 그가 보기에 떨어진 이들과 지금 남아 있는 이들 사이에는 꽤나 커다란 격차가 존재하는 듯했다.

“맹주, 지금 남아 있는 아이들을 한번 불러보시오.”

그의 말에 단리철은 잠시 생각하는 듯하더니 여섯 명의 이름을 나열했다.

“우선 무당의 청운, 화산의 능사운, 그리고 제 여식인 혜아,

남궁세가의 남궁소운, 그리고 담휘경이라 했던가? 무관인 듯
한 청년이었는데…….”

천무 진인이 말을 자른다.

“현재 명 제국에서 가장 높은 세도를 자랑하는 담가의 녀
석일세.”

단리철은 의외라는 듯 말한다.

“천무 진인께서는 그를 아십니까?”

그가 의외라 여기는 것은 무(武)만을 추구하는 무가도 아닌
무관의 가문에서 담휘경 정도의 실력자를 배출했다는 사실과
천무 진인이 그를 아는 듯 말했다는 사실이었다.

“그 아이는 몇 번 본 일이 없지만, 담만우라는 작자는 잘 알
고 있다네.”

분명한 적의가 느껴지는 그의 말투에 단리철의 궁금증이
증폭되었다. 그는 평소 천무 진인이 남을 험담하는 것은 물
론, 조금이라도 안 좋게 말하는 것을 본 일이 없었기 때문이
다.

“담만우가 누구입니까?”

“담휘경이라는 아이의 아비일세. 현재 명나라의 군부를 모
두 휘어잡고 있다 해도 과언이 아닌 사람이지.”

단리철은 고개를 갸웃했다. 그런 사람에게 천무 진인이 안
좋은 감정을 갖고 있는 이유가 궁금했기 때문이다.

“그와는 어떻게 아십니까?”

"내가 일전에 황상의 부름으로 몇 번 황궁에 간 일이 있었다네. 자네도 알고 있지 않은가?"

단리철은 그제야 고개를 끄덕였다. 그의 기억에도 분명 천무 진인이 자금성에 몇 번 갔던 일이 생각났기 때문이다.

정확히 말하자면 황제는 천무 진인을 부른 것이 아니었다. 무당산에 관리를 파견하여 장로 급 이상의 인물을 부른 것이었는데, 마침 무림맹에 나와 있던 천무 진인이 가게 되었던 것이다.

황제가 무당에 명한 것은 다른 것이 아니었다. 바로 민심 때문이었다. 무당은 무(武)와 검(劍)을 숭상하는 검파이기 이전에 도를 추구하는 도문이었다. 자연 무당산의 도인들은 도리를 실천하면서 인근의 백성들에게 많은 도움을 베풀었고, 그에 따라 백성들의 칭송을 많이 받고 있었다. 그래서 황제는 무당에 포상을 함으로써 많은 민심을 얻어낼 수가 있었다.

"예, 알고 있지요."

"그 당시 담만우와 알게 되었다네. 처음에 난 그 친구와 지기라고 할 수 있을 만큼 절친한 사이였지. 그런데 언젠가부터 사람이 변해가더구면. 지금은 상종도 하기 싫은 인간이라네."

단리철은 다시 한 번 놀랐다. 과연 천무 진인의 입에서 이런 험담까지 나올 정도의 인물이 대체 어떤 사람인지도 궁금했다.

"담만우라는 분은 대체 어떤 사람입니까?"

그 질문을 들은 천무 진인은 한숨부터 쉬었다.

"휴우, 뭐라 말해야 할지. 여하튼 그는 사람 자체가 달라졌네."

그는 더 이상 말하기를 꺼려하는 듯했다. 연신 한숨짓는 그를 보며 단리철은 더 이상 말을 걸지 않았다.

"흐음."

뭔가를 골똘히 생각하던 단리철을 조용히 중얼거렸다.

"한번 담휘경이라는 아이를 유심히 봐야겠군."

*   *   *

"안녕하셨어요, 소소 언니?"

자신을 부르는 소리에 소소는 뒤를 돌아보았다. 뒤에는 곽나연과 단리혜가 그녀를 바라보고 있었다.

"아, 혜아구나. 오랜만이네."

소소는 빙긋 웃어 보였다. 그녀는 단리혜와 많이 친하지는 않았지만 꽤나 오래전부터 서로 알던 사이였고, 최근 들어 곽나연 때문에 자주 만나는 편이어서 편하게 지내고 있었다.

"예, 오랜만이에요."

그녀는 소소를 물끄러미 쳐다보았다. 그녀의 마음속에 있는 그의 사랑을 한 몸에 받고 있는 여인. 그녀는 소소가 부럽기 그지없었지만 내색할 수는 없었다.

"지금까지의 네 비무를 다 보았어. 역시 검왕 어르신의 독문 무공이라 그런지 대단하더라."

그녀의 칭찬에 단리혜는 얼굴을 살짝 붉혔다.

"뭘요. 소소 언니가 시전했던 휘룡난천도 정말 멋졌어요."

기분 좋게 서로를 칭찬하며 이야기하는 두 여인을 곽나연은 착잡한 심정으로 바라보았다.

'혜아가 불쌍하네. 하긴 요즘은 소가모님도 정말 불쌍하시지.'

곽나연은 두 사람에게 연민의 정을 느꼈다. 자신은 동정이라 생각하고 있었지만.

"곧 소운 소협과 비무를 하지?"

단리혜는 살짝 안색을 굳히며 대답했다.

"예, 걱정이에요. 잘할 수 있을는지……."

그녀의 힘없는 말에 소소는 등을 토닥여 주며 빙긋 웃었다.

"동생은 잘할 수 있을 거야. 물론 소운 소협이 뛰어난 건 사실이지만, 동생의 창천검 또한 빼어나니까."

단리혜는 환하게 웃었다. 그렇게 웃으면 복잡한 마음이 조금이라도 가라앉을 것 같기도 했고, 진심으로 자신을 격려해 주는 소소가 고마워서이기도 했다.

사실 그녀는 소소가 얄미웠다. 소소가 못되기라도 했으면 속으로 욕이라도 하면서 미워할 텐데, 단리혜는 언제나 자신에게 잘해주는 그녀를 미워할 만큼 모진 위인이 되지는 못했다.

"고마워요, 언니. 그래도 언니 덕에 긴장이 조금 풀리는 것 같아요."

"그래? 내가 조금이라도 도움이 됐다니 다행인걸?"

소소는 살포시 웃어 보이며 시선을 옆으로 돌렸다. 소운이 무엇을 하고 있나 보기 위해서였다.

소운의 옆에는 두 여인이 앉아 있었는데, 그중 한 여인은 연신 쫑알대고 있었다. 그의 친동생인 남궁영령과 그녀의 친구인 황보미령이었다. 물론 입을 다물 생각이 없는 듯 보이는 여인은 영령이었다.

황보미령은 비무에 나갔지만 세 번째 경기에서 떨어져 그녀와 가장 친하게 지내는 영령과 함께 있었다.

"오라버니, 오늘 첫 비무가 오라버니가 출전하시는 비무인 걸 잊으셨어요? 이제 곧 시작이라구요."

그녀의 말에 소운은 뒷머리를 벅벅 긁었다. 왠지 모르게 짜증이 밀려왔기 때문이다.

'독고 소협은 왜 갑자기 사라진 거지? 당 소저를 혼자 두고 어디 갈 사람이 아닌데……'

요즈음 비무에서 연전연승을 기록하기는 하였지만, 무공에 막힘이 있어 답답한 기분이었던 그는 괜히 보이지 않는 독고진에게 속으로 화풀이했다.

‘다음에 독고 소협을 보면 자존심 상하기는 하지만 몇 가지를 물어봐야겠어.’

그는 계속 속으로 중얼거렸다. 사실 그는 제룡회에서 독고진과 함께 있는 시간 동안 그에게 궁금했던 것이나 조언을 구하고 싶었던 것이 한두 가지가 아니었다. 독고진의 실력이 입증된 것은 아니었지만, 그의 무인으로서의 감은 독고진이 대단한 실력자라는 것을 말해주고 있었기 때문이다.

“으랏차!”

그는 일어서서 관절을 풀기 시작했다. 그의 상대가 될 단리혜는 그가 지금껏 상대했던 이들 중 가장 힘든 상대. 자신감이 있기는 했지만 한시도 긴장을 늦춰서는 안 되는 것이었다.

“자, 금일의 첫 비무가 시작되겠습니다. 남궁세가의 남궁소운 소협과 단리세가의 단리혜 소저는 비무대 위로 올라와 주십시오.”

이윽고 진행자의 비무 선언이 울려 퍼졌다. 두 사람은 각기 다른 방향에서 천천히 비무대 위로 올랐다.

“와아아아!!”

다른 때보다 함성이 유난히 크게 들렸다. 이제 남은 여섯 명은 이번 제룡회의 관심이 모인 육 인이었다. 이제 남은 비무들은 모두 명경기가 될 것임이 자명하였기에 더욱 많은 사람들이 비무장에 몰릴 수밖에 없었다.

남은 비무는 총 여섯 번이다. 비무의 대진표대로 세 경기를 진행하면 탈락자를 제외하고 삼 인이 남을 터, 남은 삼 인의 비무는 개인전 식으로 진행되게 된다. 예를 들어 갑, 을, 병, 이 세 사람이 최후의 삼 인이라 가정했을 때, 갑 대 을, 을 대 병, 병 대 갑, 이렇게 세 경기를 진행하여 우승자를 결정하게 되는 것이었다. 만약 갑이 을을 이기고, 을이 병을 이기고, 다시 병이 갑을 이긴다면 세 사람이 공동 우승자가 되는 것인데, 지금까지 그런 경우는 단 한 번도 존재치 않았다.

마지막 여섯 번의 경기는 나흘로 나눠서 진행하기 때문이었다. 첫 세 경기를 하루에 진행하고 남은 세 경기를 각각 하루씩 삼 일 더 진행하는 것인데, 이렇게 하면 마지막 우승 후보가 될 세 사람은 최상의 상태를 유지하며 비무를 진행할 수 있었기에 특별한 이변이 없는 한 공동 우승이 나오는 것은 불가능할 수밖에 없었다.

"자, 두 분께서는 서로를 향해 예를 취해주십시오."

절차에 따른 진행자의 목소리가 울려 퍼지고, 단리혜와 남궁소운은 서로를 향해 고개를 숙여 보였다.

"남궁 소협과 검을 섞을 수 있게 되어 영광이에요."

단리혜의 간단한 인사에 소운은 빙긋 웃어 보이며 답했다.

"저 또한 경국지색이라 하여도 손색이 없을 만큼 아름다우신 단리 소저와 검을 나눌 수 있게 되어 영광입니다."

느끼하기 그지없는 말이었지만 소운은 자신의 진심을 말한 것이었고, 왠지 모르게 그의 입에서 그런 말이 나오니 묘하게 어울렸다.

소운의 낯간지러운 말을 들은 단리혜의 얼굴이 살짝 붉어졌다.

"그럼 두 분께선 기수식을 취해주십시오."

착— 착—

두 사람은 각각 자신의 검병에 손을 대었다.

"비무를 시작합니다!"

둥둥둥—

두 사람의 비무가 시작되었음을 알리는 황룡고의 북소리가 커다랗게 울려 퍼졌다.

"먼저 가겠어요."

단리혜는 선공을 취하려는 듯했다. 보통 남녀 대결에서는 여인이 선공을 취하는 것이 대부분이었지만, 단리혜는 그런 것을 따지지 않았다. 단지 쾌검의 이점을 살려 선공을 취해 조금이라도 승산을 높이려는 것이었다.

타탓—

그녀의 검이 빠른 속도로 허공을 가르기 시작했다. 처음부터 소운의 기세를 한풀 꺾어놓으려는 생각이었다.

챙, 채챙—

검과 검이 서로 맞물리며 맑은 쇳소리가 울려 퍼졌다. 서로에 대한 탐색전이 시작된 것이었다.

채챙—

비록 두 사람 모두 전력을 다하지 않은 탐색전이기는 했지만, 두 사람의 검에서 쏟아져 나오는 검세는 결코 무시할 수 없는 위력의 것들이었기에 두 사람 모두 여유를 부릴 수 없었다.

"단천일섬(斷天一殲)!"

단리혜의 입에서 처음으로 초식명이 흘러나오며 본격적인 비무가 시작되었다.

차차차창―!

그녀의 검이 잔영을 남기며 빛살 같은 속도로 소운의 목줄기를 노렸다.

쐐애애액―

듣는 이에게 섬뜩함마저 안겨주는 날카로운 파공음.

챙―!

하지만 소운의 검이 미리 그녀의 검로를 차단하고 있었다.

"섬전십삼검뢰(閃電十三劍雷)!"

이번엔 소운의 공세가 시작되었다. 무공명만 보더라도 알 수 있듯, 패도적인 검세가 단리혜를 압박해 가기 시작하였다.

팡― 파팡―

소운과 단리혜의 기파가 충돌하고, 두 사람의 신형은 곳곳에 화려한 잔상을 남기며 비무대를 휘저었다.

끼이이익―

두 사람의 검이 미끄러지듯 충돌하며 듣기 거북한 마찰음이 고막을 자극했다. 관중석의 곳곳에서 귀를 막는 이들의 모습이 눈에 띌 정도로 커다란 소리였다. 두 사람의 검이 명검이 아니었더라면 이미 검날의 이가 다 빠졌을 정도의 격렬한 마찰이었다.

챙ー 채챙ー!

십 합, 이십여 합……. 좀처럼 승부가 날 기미가 보이지 않았다. 공수를 반복하며 밀고 당기는 두 사람의 비무는 보는 이로 하여금 그야말로 손에 땀을 쥐게 만들었다.

탓ー

타탁ー

수십여 합을 나눈 두 사람이 잠시 떨어져서 숨을 골랐다. 두 사람 모두 서로의 무공에 진심으로 감탄하고 있었다.

'역시 나는 오만했다. 무림은 넓고 기인이사가 모래알처럼 많다는 옛말이 틀림이 하나도 없어.'

소운은 자신의 자만을 탓하고 있었다. 지금 딱히 그녀에게 밀리는 것은 아니었지만, 자만으로 가득 차 있던 그에게는 이 정도의 고전도 신선한 충격이 되었다.

"하앗!"

단리혜가 다시 선공을 취하였다. 자신을 향해 쇄도해 오는 검격에 소운은 이미 예상하고 있었다는 듯 반보가량 물러나며 정확히 막아냈다.

깡—

두 검이 부딪치는 소리를 시작으로 다시 비무가 전개되었
다. 두 자루의 검은 쉴 새 없이 부대끼며 화려한 검의 향연을
연출한다. 구경하는 이의 입장에서는 두 사람의 대결에 있는
화려함과 정교한 검술에 더욱 흥미로웠겠지만, 당사자들은
그야말로 피를 말리는 기분이었다. 벌써 백여 합이 다 되어가
고 있었기 때문이다.

한 십여 합쯤 더 지났을까? 단리혜의 보형(步形)이 살짝 꼬
였다. 소운의 검로가 급작스레 변하자 그것을 막아내려다가
발이 꼬인 것이다.

"대연검법(大衍劍法)!"

그 모양을 본 소운은 곧바로 검을 찔러갔다. 그에게 있어서
이보다 좋은 기회는 있을 수 없었다.

파파팡—

기파가 연신 충돌하고, 검세를 막으면 막을수록 점점 뒤로
밀리며 발이 꼬이는 그녀였다.

'크윽! 이대로 가다간 필패(必敗)다.'

계속 검격을 막아가는 도중에도 단리혜는 침착하게 생각
했다. 순간 그녀의 뇌리를 스치는 보법이 있었다.

'그래, 월하접미보(越霞蝶渼步)! 그거라면 어떻게 될 수 있
을지도.'

일전에 그녀는 자신의 검세를 요리조리 피해가는 곽나연

을 본 후 월하접미보의 보형만이라도 알려 달라 한 일이 있었
다. 그녀가 하도 조르자 곽나연은 어쩔 수 없이 보법의 보형
만은 알려주었다.

타닷—

주춤하며 뒤로 물러서던 단리혜의 오른발이 갑자기 앞으
로 나아갔다. 그 모습을 본 소운은 깜짝 놀랐다. 수세에 몰려
뒤로 밀리고 있을 때에는 발을 뒤로 빼며 보형을 수습하는 것
이 기본이자 가장 이상적인 방법이었기 때문이다.

사실 단리혜도 도박을 하고 있는 것이었다. 월하접미보가
성공하지 못한다면 그녀는 꼼짝없이 패하고 말 것이다.

획—

그녀는 날아오는 소운의 검격을 보며 막아내지 않고 허리
를 뒤로 젖혀서 흘려내었다. 그리고 그가 당황하고 있는 사이
그녀의 왼발은 뒤편을 밟아 균형을 잡았고, 그녀의 신형은 어
느새 소운에게 밀리던 그 반대편으로 도약해 있었다.

"후우!"

그녀는 숨을 크게 내쉬었다. 끊어질 듯한 긴장감 속에서 펼
쳤던 불완전한 월하접미보가 성공하고 나니 진이 확 빠지는
기분이었다.

한편 소운은 정말 당황했다. 이번에야말로 끝낼 수 있는 좋
은 기회였다 생각했는데 그녀가 생각지도 못한 방법으로 빠
져나가니 허탈했다.

소운은 자세를 다잡았다. 단리혜가 비록 그의 검세를 빠져나가긴 했지만 이번 공방으로 인해 체력과 심력이 적잖이 소진되었을 터, 상황은 여전히 자신에게 유리하게 돌아가고 있었다.

"타핫!"

그는 기합성을 내지르며 선공을 취했다. 쾌검을 상대로 선공을 취하는 것이 무리라는 것을 알고는 있었지만, 단리혜가 다시 기력을 추스르기 전에 몰아붙여야 한다는 것이 그의 판단이었고, 그 판단은 거의 맞아떨어졌다.

챙— 채챙!

갑작스런 그의 선공에 당황한 그녀는 다시 수세에 몰리기 시작했다. 그녀의 검이 만약 쾌검이 아니었다면, 소운의 검을 막아보지도 못하고 패배를 선언했을 만큼 그의 검은 급작스러웠다.

그녀는 상황을 냉정히 판단했다. 이대로 다시 밀리다가는 체력이 바닥날 것이다. 아무래도 남자인 소운보다는 그녀가 체력 면에서 달리는 것이 사실이었고, 소운의 중검을 막아내는 그녀의 체력이 더욱 빠르게 소진될 것이다.

단리혜는 자신이 시전할 수 있는 가장 강력한 초식을 시전하기로 결정했다. 그녀는 진원진기를 제외한 모든 진력을 짜내어 이번 공세에 쏟아 부을 각오였다.

"흐읍, 파천무위검(破天無爲劍)!"

그녀의 검에 푸른 기가 맺혔다.

팡—

소운의 검을 강하게 튕겨낸 그녀는 찰나의 시간 동안 모든 것을 쏟아 부어야 했다.

"하아압!!"

콰콰콰쾅—!

파천무위검이라는 광오한 이름에 걸맞게 완전한 초식이 아니었는 데도 그 위력은 감탄할 만했다. 소운의 검기와 부딪 칠 때마다 그녀의 검은 강렬한 폭발음을 내었다.

"크으윽—"

소운은 파천무위검을 힘겹게 막아가는 중이었다. 하지만 그는 승리를 직감했다. 이번 초식은 단리혜의 모든 것이 담긴 최후의 초식이라는 것을 알았기 때문이다.

"제왕검형(帝王劍形)!"

그의 입에서 남궁세가의 최고의 절기라 평받는 제왕검형 이 흘러나왔다. 그리고 그 순간, 그의 검세가 일변했다.

콰콰쾅!!

두 극강한 무공이 두 사람 사이에서 작렬했다. 두 사람 모 두 전력을 다한 것이니만큼 엄청난 기파가 비무장에서 뻗어 져 나왔다. 성취가 낮은 하급 무인들은 자신들을 압박해 오는 기파에 내력까지 운용해야 할 정도였다.

커다란 폭발음과 함께 이 장가량의 간격을 두고 떨어진 두 사람. 두 사람의 몰골은 말이 아니었다. 옷자락 곳곳이 찢어지고 그을렸으며, 머리카락 또한 풀어져 엉망이 되어 있었다.

 팍―

 단리혜의 검이 바닥에 꽂힌다. 그녀는 검을 의지하여 간신히 비무대 위에 서 있었다. 전신에 진력이 하나도 남지를 않았던 것이다.

 "제가… 졌네요."

 그녀의 패배 선언이 이어졌다. 그녀는 지금 소운이 별 힘들이지 않고 검만 들이대어도 막아낼 수 없을 만큼 온몸에 힘이 하나도 남아 있지 않았던 것이다.

 그리고 곧이어 진행자의 승자 선언이 이어졌다.

 "이번 비무의 승자는 남궁세가의 남궁소운 소협이십니다!"

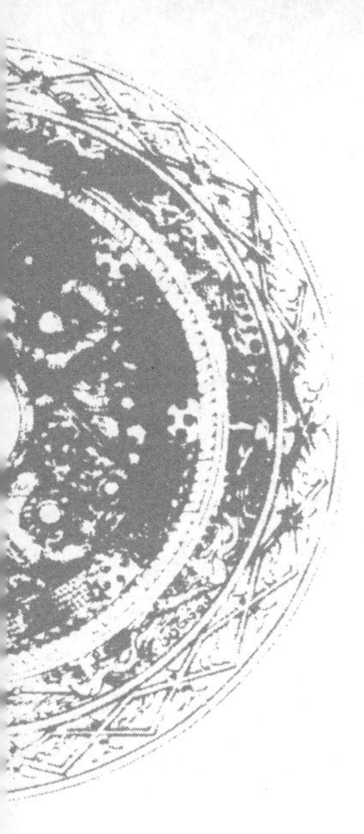

第七章
참사(慘事), 그리고 귀환(歸還)

죽은 자의 영혼과 사람의 심혼(心魂)을 다루는 흑마법사 무림에 환생하다!

마왕의 힘을 배워 9클래스의 마법 경지를 넘어서고, 절대의 무공 경지에 들다!

그를 기다리는 건 무림사에 더없을 멸겁의 종말, 새황 오대천의 살혼마신!

FOR
GOD

착— 차착!

백여 명의 흑의 무인이 마치 하나가 된 듯 일사불란하게 정렬했다.

"존주(尊主)님을 뵙습니다!!"

단상 위에 서 있던 중년인은 고개를 끄덕이며 그들을 둘러본다. 하나같이 듬직한 수하들이었다.

"너희들이 맡게 될 임무는 이미 잘 알고 있을 것이라 생각한다."

"옛!"

그들의 우렁찬 대답에 중년인은 만족스러운 듯 미소를 띠며 고개를 끄덕였다.

"너희들은 내가 알려주었던 애송이 몇만 잡으면 된다. 그 이상 다른 것은 생각지 마라. 그대들의 능력으로 애송이 다섯 잡는 것쯤은 쉽다고 생각할지도 모르겠으나, 이번 사안이 얼마나 중차대한 것이면 내가 너희들을 이렇게 떼거리로 투입하겠느냐."

그는 조용히 자신의 다음 말을 기다리고 있는 그들을 둘러보고는 다시 말을 이었다.

"바로 오늘이다. 이번 일만 잘 성사된다면 내가 너희들에게 큰 포상을 내릴 것이며, 애송이들의 수급을 가져오는 자에게는 내 새로운 무공을 전수해 주마."

그 말에 흑의인들의 두 눈이 기대로 가득 찼다. 그들이 알고 있는 존주는 천하에서 손가락으로 꼽을 정도의 대단한 고수였다. 그런 그에게서 무공을 하나라도 더 전수받는다는 것이 얼마나 커다란 행운인지를 모를 리 없었다.

"일단 내 직접 너희들의 실력을 시험할 것이다. 흑살단(黑殺團) 일곱은 따로 대기할 것이며, 무영단(無影團) 두 개 조는 무영멸절진을 펼칠 준비를 하거라. 내 직접 진세의 위력을 시험할 것이니라."

그들은 기대에 찬 눈빛이 되었다. 존주가 직접 시험한다는 말은 두 채의 무영멸절진의 진세 안에 직접 갇히겠다는 것인데, 무영멸절진 두 채라면 칠왕이라도 살아남을 수 없다는 것이 그들의 생각이었고, 단연 이것은 존주의 무공을 시험해 볼 수 있는 좋은 기회였던 것이다.

그들은 마치 기계처럼 움직였고, 곧 두 채의 무영멸절진 사이로 그가 뛰어들었다.

"자, 이제 진세를 펼쳐 보거라. 나를 압박하는 것이다. 전력을 다하는 것은 그다지 좋지 않을 것이다. 너희들은 바로 임무를 수행하러 가야 한다는 것을 잊어서는 안 된다."

그 말에 몇몇 무영단은 속으로 비웃었다. 그가 무영멸절진의 위력에 주눅 들어서 이런 말로 진의 위력을 감하려는 것이라 생각했기 때문이다. 하지만 그것은 한참 잘못된 생각이었다.

"시작하거라."

그 말과 동시에 그의 사방에서 커다란 압력이 밀려들어 왔다. 수십의 절정고수들의 살기가 공간을 지배했다.

"후읍!"

그는 숨을 크게 들이쉰 후 기를 개방하기 시작하였다. 그의 장포가 기의 증폭에 부풀어 올랐다.

차차차창—

수많은 검이 그를 압박해 왔다. 하지만 그는 시종일관 여유로운 표정이었다. 그가 만든 진세이니만큼 진세의 몇 가지 허점을 아주 상세히 알고 있었으며, 더욱이 이런 진세 따위는 그에게 별로 위협이 되지 못했기 때문이다.

스윽—

우수에 든 검으로 흑의인들의 검들을 튕겨내던 그의 왼손이 살짝 들려졌다.

파앙—

그의 왼손에서 한줄기의 지풍이 날아가 진의 구석에 작렬하더니 그와 동시에 진이 흐트러지기 시작한다.

"하아앗!"

연이어 그의 기합성이 터져 나왔고, 그의 우수에 들려 있던 검이 마치 생명이라도 얻은 듯 그의 손을 떠나 허공을 부유했다.

챙— 채앵— 차차창—!

이기어검(以氣御劍)의 수법. 검으로써 알려진 최고의 경지가 그의 손에서 펼쳐지고 있었다. 심어검(心御劍)이나 자연검(自然劍) 따위의 상위의 경지가 있기는 하였으나, 그것을 실현한 사람은 아직 현 무림에 존재치 않았다. 단지 전설로 내려오는 경지일 뿐인 것이다.

어마어마한 검력이 담긴 이기어검에 수많은 검이 땅바닥으로 힘없이 떨어졌다.

순식간에 모든 무영단의 검을 바닥으로 떨어뜨린 그의 검이 깔끔한 파공성을 내며 그의 검집에 꽂혔다.

휘리리릭— 착!

그 광경을 지켜보던 모든 이들이 넋을 잃은 표정이 되었다.

아마 검왕 단리철이라도 이런 식으로 진을 파훼하는 것은 불가능하리라.

할 말을 잃고 우두커니 서 있던 그들에게 중년인은 피식 웃어 보이며 입을 열었다.

"이제 출발하라. 방금 전 진을 펼쳤다고 해서 그대들의 진력이 많이 소모되었다고는 생각지 않는다."

물론 그럴 수밖에 없었다. 그들이 무언가 해보려 하기도 전에 이미 진세는 파훼되었으니까. 중년인이 보려 한 것은 진세에서 느껴지는 위압감뿐이었던 것이다.

"너희들이 도착할 때 즈음 비무대 위에는 너희들이 척살해야 할 척살 대상 중 청운이라는 녀석이 올라와 있을 것이다. 그를 사살하는 것을 시작으로 애송이들을 찾아 모두 없애야 한다. 기회가 그리 많지는 않을 것이다."

그들은 주섬주섬 자신들의 검을 챙겨 들며 중년인의 말에 귀를 기울였다.

"그들의 목을 베자마자 도주하되, 끝까지 추격하는 자가 있으면 필살(必殺)해야 한다. 뒤를 밟혀서는 안 된다. 알아들었느냐?"

"옛, 존주님!"

다시 그의 말이 이어졌다.

"만약 너희들의 능력으로 순식간에 제압할 수 없을 정도의 고수가 따라붙는다면 월미곡으로 끌고 오거라. 내가 직접 처리하겠다."

"존명(尊命)!!"

우렁찬 그들의 대답에 흡족한 미소를 지은 그는 마지막으로 입을 열었다.

"가라! 너희들의 후방은 악량 부문주가 지원해 줄 것이다!"

＊　　　＊　　　＊

둥둥둥—

황룡고가 울려 퍼지고 있었다. 아마도 비무가 시작되려는 것이리라.

당연하겠지만 비무대 위에는 두 사내가 서로를 마주하고 서 있었다. 한 사내는 매화 문양의 멋들어진 보검을 들고 있었으며, 또 다른 사내는 호리호리한 체구와 묘하게 어울리는 기다란 면도를 상대를 향해 겨누고 있었다.

두 사람 중 한 사람은 바로 쾌도무적(快刀無敵), 파천신도(破天迅刀)라는 거창한 별호를 얻은 낭인 출신의 묵비령(墨飛靈)이었고, 다른 한 사람은 화산의 떠오르는 신룡(新龍)으로 평받고 있는 능사운이었다.

두 사람은 서로를 향해 각각의 무구를 겨누었다. 서로를 잘 알지는 못했지만 두 사람은 조금도 서로의 상대에 대해 경시하는 마음은 없었다.

"먼저 가겠소."

언제나 그랬듯 극쾌라 할 수 있는 쾌도를 구하사는 묵비령이 먼저 선공을 취하려는 듯했다. 그리고 지금까지 대부분의 참가자들이 이 첫 초식에 무릎을 꿇었다.

콰콰콰쾅!

폭발물이 터지기라도 하듯 고막을 울리는 커다란 소리와 함께 그의 도가 빛살같이 쏘아졌다.

까아아앙!!

하지만 역시나 그의 첫 초식은 능사운의 검에 막히고 말았다. 예정되어 있는 수순이었다.

깡! 깡! 채애앵—!

두 쇳덩이가 춤을 추듯 서로 부대끼며 움직여 갔다. 능사운의 부드러운 검식이 묵비령의 쾌도를 막아내는 식의 전개였다.

"파하앗!"

묵비령의 도를 막아가기만 하던 그는 검세를 바꾸어 역공을 하기 시작했다.

챙— 채채챙—!

격렬한 칼부림과 함께 능사운의 신형이 조금씩 묵비령에게 가까워졌다. 그는 의도적으로 둘 사이의 간격을 좁히고 있었다. 병장기가 가볍고 작을 수록 근접전에서 유리한 법. 가

늘고 넓은 면도를 쓰는 묵비령은 상대와의 거리가 가까워질
수록 불리할 수밖에 없었다.

챙— 챙— 휘리릭—

연신 쇳소리를 울리던 두 병장기가 한순간 허공을 가르는
파공성을 냈다.

"으읍!"

예상치 못한 상황에 당황한 두 사람은 서로의 병장기를 피
하느라 순간 휘청였다.

타탓—

먼저 중심을 잡은 것은 능사운이었다. 그는 중심을 잡는 순
간 화산보법의 상징인 암향표를 시전하여 벌어진 간격을 순
식간에 줄이며 검극으로 묵비령의 요혈을 찔러갔다. 대단히
빠르고 뛰어난 공수의 전환이었다.

하지만 묵비령 역시 녹록지 않았다. 그는 낭인 출신답게 임
기응변에 강했다. 그의 퇴로를 끊으려는 것인 듯, 후방을 찔
러오는 능사운의 검세를 보며 그는 도극으로 바닥을 내리찍
으며 공중으로 도약했다. 하지만 그것으로 끝난 것이 아니었
다. 신체가 공중에 떠 있는 상태가 가장 위험한 순간인 것이
다. 의지할 것이 없기 때문에 공격을 피해내는 것이 불가능했
기 때문이다.

하지만 묵비령이 공중을 부유한 시간은 그야말로 찰나. 급
작스러운 그의 행동에 당황한 능사운이 주춤거리는 동시에

FOR GOD

묵비령의 발은 이미 땅에 닿아 있었다.

그야말로 용호상박(龍虎相搏)이 따로 없었다. 객관적인 실력으로 따지자면 능사운이 우세하였으나, 묵비령의 임기응변과 재치가 부족한 실력을 매워가고 있었다.

두 사람은 서로를 조용히 응시했다. 서로의 자세에서 틈을 찾기 위함이었다.

"차핫!"

이번엔 능사운의 신형이 먼저 움직였다. 묵비령의 자세에서 뭔가 허점이라도 찾은 것일까? 그의 매화검이 묵비령의 신형을 찔러갔다.

묵비령은 침착히 검세를 막아갔다. 조금 무리해 보이는 능사운의 공격에 왠지 불안해진 그는 지금 극도로 긴장한 상태였다.

까아앙—!

도와 검이 격렬하게 부딪쳤다. 얼마나 격렬하게 부딪쳤는지 두 무기 사이에서 대장장이들이 철광석을 제련할 때나 날법한 묵직한 소리가 났다.

타탓—

연신 격렬하게 묵비령을 밀어붙이던 사운은 한 발을 살짝 빼 보이며 부러 틈을 내보였다. 허점을 발견한 묵비령의 도가 내질러질 때 그의 허점을 찌르려는 의도였다.

하지만 사운의 행동은 그가 생각지도 못한 결과를 초래했다. 묵비령의 도가 생각지도 못한 순간 속력을 낸 것이었다.

사운의 행동이 자신의 동작을 끌어내기 위한 것임을 간파한 그는 전력을 다하여 도를 내질렀다. 어차피 정공법으로 간다면 종래에는 그가 패배할 것이 자명하였기에 그가 선택한 방법이었다. 그리고 그것은 정확히 들어맞았다.

탱—

자신의 예상을 훨씬 상회하는 도의 빠르기에 당황한 사운은 황급히 도를 막아내었지만, 이미 묵비령의 면도는 사운의 목젖 아래에 살짝 닿아 있었다.

착—

사운은 매화검을 검집에 꽂았다. 패배를 자인하는 것이었다.

"이번 비무는 묵비령 소협의 승리입니다!"

진행자의 승자 선언이 들려오자 능사운은 허탈감이 밀려왔다. 하지만 후회는 없었다. 너무 성급한 행동이기는 했지만 이로써 좋은 경험을 하나 했다고 생각하는 그였다.

"훌륭한 비무였습니다."

사운의 공손한 인사에 묵비령은 멋쩍은 표정을 지었다.

"요행으로 이긴 것입니다. 능 소협의 검은 대단했습니다."

두 사람은 서로를 마주 보며 미소 지었다. 비록 승자와 패자가 갈리기는 했지만, 두 사람 모두 이번 비무에 만족한 것이었다.

"일각 정도 후에 오늘의 마지막 비무인 청운 소협과 담휘

경 소협의 비무가 시작되겠습니다. 손에 땀을 쥐게 하는 명
경기에 많은 분들께서 입에 침이 마르실 텐데 목이라도 축이
고 오십시오.”

진행자의 농 섞인 말에 여기저기서 웃음이 터져 나왔다. 제
룡회가 진행되고 있는 황룡각은 더없이 평화로워 보였다.

하지만 비무장에는 어두운 그림자가 조금씩 드리워지고
있었다.

*   *   *

독고진은 명상하던 자세 그대로 벽에 드리워진 영상을 열
심히 보고 있었다. 그는 비무가 진행되는 것을 처음부터 하나
도 빠짐없이 보았는데, 옆에서 같이 보던 켈리어스는 시간이
지나자 연신 몸을 비비 꼬며 뒹굴고 있었다. 그에게는 정말
재미없는 영상이었던 것이다. 인간으로 따지자면 개미 두 마
리를 싸움 붙여놓고 구경하고 있는 기분이랄까?

켈리어스가 몸을 비비 꼬든 코를 골며 자든 독고진은 아무
런 상관도 하지 않은 채 영상만을 뚫어져라 주시했다.

“자, 이제 많은 분들께서 기다리셨던 담휘경 소협과 청운
소협의 비무가 시작됩니다! 두 분, 비무대 위로 올라와 주십
시오!”

두 사람은 비무대 위로 올라가 서로를 마주 보았다.

담휘경은 천천히 검을 들었다. 그의 눈앞에 있는 청운이라는 사내는 지금까지 그가 상대해 온 이 중 가장 강한 이일 것이다.

하지만 그는 그다지 긴장되지 않았다. 무가지보라 할 수 있는 무궁한 마기(魔氣)인 마정까지 흡수했으며, 전설상의 신공이라 알려진 마존여래만보경(魔存如來卍譜經)까지 익히고 있는 그는 자신이 패배할 가능성 따위는 염두해 두고 있지 않았다. 무당의 애송이 따위는 가볍게 눌러줄 수 있을 것이다.

"무당의 일대제자 청운이오."

간단한 청운의 인사에 담휘경 역시 간단히 대답한다.

"나는 담가의 장남인 담휘경이오. 관에 몸을 담고 있기도 하오."

청운은 고개를 끄덕였다. 상대가 어떤 사람이든 그에게는 중요하지 않았다. 그는 자신의 검을 시험해 볼 수만 있으면 되었다.

"자, 두 분 모두 기수식을 취하십시오."

착—

두 사람이 검을 서로에게 겨누자 진행자의 목소리가 다시 울려 퍼졌다.

"자, 황룡고를 울리겠습니다!"

곧 비무의 시작을 알리는 황룡고가 울리기 시작했다.

둥― 둥―

장엄한 그 소리와 함께 두 사람의 신형이 동시에 움직였다.

챙― 채챙―!

맑은 쇳소리가 비무장에 울려 퍼졌다. 두 사람 모두 몸을
풀고 있는 듯 여유로운 몸 동작으로 비무를 진행해 나갔다.

차차창―!

검과 검이 부딪치며 만들어내는 맑은 소리는 무인들에게
있어서는 가슴 떨리는 소리와도 같았다. 보는 이의 입장에서
야 멋있다는 생각을 할 수 있는 것이 바로 칼부림이었지만,
살짝만 실수해도 순식간에 반병신이 될 수 있는 것 또한 칼부
림이었기에, 이 검격으로 인한 맑은 쇳소리는 그 진체를 아는
무인들에게는 가슴 떨리는 소리가 될 수밖에 없었다.

하지만 무인이 검음으로 인해 가슴이 떨리는 가장 큰 이유
가 하나 있다. 바로 무혼(武魂). 무사의 수족과도 같은 검에서
울리는 슬픈 검음은 무사의 혼, 무인의 피를 끓어오르게 하는
것이었다.

"하앗!"

이 비무의 의미가 그저 주혜명 공주에게 보여주기 위한 것
일 뿐인 담휘경은 속전속결을 하기 위해 처음부터 전력을 다
하려 했다. 그의 검에 조금씩 붉은빛이 감돌기 시작했다. 마
존여래만보경을 펼칠 때 생기는 특징 중 하나가 바로 전신에
붉은빛의 기가 맴도는 것이었다. 하지만 그는 전력을 다하지

않았기 때문에 붉은빛은 희미하게나마 검에만 살짝 맺혀 있었다.

그가 전력을 다하지 않은 이유는, 전력을 다하지 않더라도 소운을 상대할 수 있다는 생각이 그 이면에 깔려 있었기 때문이기도 했지만, 마존여래만보경을 너무 드러나게 펼쳐서 자신의 무공이 그것임이 알려지게 된다면 좋을 것이 하나도 없었기 때문이다.

물론 마존여래만보경은 마공(魔功)이나 금공(禁功)은 아니었다. 오히려 신공이라 불려야 마땅한 것이 바로 이 마존여래만보경이었는데, 알려져서 좋을 것이 없는 이유는 이 무공의 가치 때문이었다. 이 사실이 알려진다면 무림맹의 주요 인사들의 관심은 물론이고 수많은 무인의 관심이 자신에게로 쏠리게 될 것은 자명했다. 그에게서 마존여래만보경의 비급을 얻어내려 하는 이들도 수없이 많을 것이고, 심지어 가(家) 내에 도둑이 들 가능성도 배제할 수 없을 것이다.

청운은 자신을 향해 쇄도해 오는 담휘경의 검세를 유심히 살피며 막아갔다. 처음부터 적지 않은 경력이 부딪친 검을 타고 밀려오자 소운은 살짝 당황했다. 이는 탐색전 없이 바로 승부수를 띄우겠다는 게 아닌가?

팡— 파파팡—

몇 합이 지나지도 않았는데 두 사람의 공세의 격렬함은 이미 절정에 다다르고 있었다. 담휘경은 자신의 격한 검세를 계속 유지하며 청운을 밀어붙이고 있었고, 그에 따라 청운 또한 검에 힘을 실을 수밖에 없었기 때문이다.

두 사람의 대결은 한 치의 양보도 없이 팽팽하기 그지없었다. 방금 전까지 펼쳐졌던 두 비무도 그랬지만, 청운과 담휘경의 비무 또한 보는 이들의 기대에 충분히 부응하고 있었다.

한창 비무에 열이 오르고 있을 무렵, 비무대의 한쪽에서 커다란 비명이 울려 퍼졌다.

"사, 살인(殺人)이다!!"

순식간에 비무장은 아수라장이 되기 시작했고, 비무장과 가장 가까운 상석에서 비무를 관람하고 있던 단리철은 벌떡 일어나 비명이 울려 퍼진 쪽을 응시했다.

그는 속으로 어이가 없었다. 감히 그 누가 황실과 무림맹이 공동 개최하는 비무장에서 살인을 하고 난동을 피운단 말인가?

"꺄아악!!"

그가 두리번거리며 사건의 근원을 찾으려 할 때 동시에 여러 곳에서 비명이 울려 퍼졌다. 일순 열 명 이상의 관중이 싸늘한 시신이 되어 바닥에 널브러졌다.

"감히 어떤 놈들이 본 맹의 명숙들이 모인 한복판에서 살인을 저지른단 말인가?!"

단리철의 입에서 분노에 찬 사자후가 터져 나왔다. 그로서는 그저 어이가 없을 뿐이었다. 지금까지 한 번도 없던 괴사가 터진 것이다.

"꺅!!"

"피, 피다!!"

장내의 혼란을 더욱 가중시키려는 듯 침입자들은 이곳저곳에서 살인을 저지르고 있었다. 정확한 파악은 불가능했지만 대략 백여 명 정도의 무인이 난입한 듯했다.

"창룡대주!"

창룡대는 무림맹 무력 집단의 상징이라 할 수 있을 정도로 대외적으로도 유명하며, 그만큼 뛰어난 집단이었다. 그리고 이 창룡대의 대주인 하후강은 단리철이 가장 신임하는 수하들 중 하나라고 할 수 있었다.

"옛, 맹주님!"

단리철의 입에서 다급한 음성이 새어 나왔다.

"창룡대를 이끌고 빨리 장내를 수습하라! 더 피해가 커지기 전에 안전하게 사람들을 대피시키고!!"

그의 말에 창룡대주의 고개가 구십 도 각도로 꺾였다.

"존명!"

단리철이 명령을 내리는 동안에도 상황은 더욱 악화되어가고 있었다.

피를 보고 흥분하여 이리저리 도망가려는 사람들의 발아래 깔려 압사하는 이도 적잖이 생기고 있었고, 정체불명의 괴인들에 의해 목숨을 잃는 사람이 조금씩 늘어가고 있었다. 그들은 살인을 하기도 하였지만, 더 많은 사람들에게 중상을 입히며 장내를 혼란시키는 데에 더욱 주력하였다.

독고진 또한 그 광경을 보고 있었다. 흑의인들이 비무장에 난입하는 순간, 그는 가족들과 소소부터 생각이 났다. 단지 영상만으로는 비무대를 습격한 괴인들의 능력을 알 수 없었기에 그는 더욱 불안했다.

그는 옆에서 졸고 있던 켈리어스를 깨웠다.

"이봐, 켈리어스. 어서 일어나 봐."

독고진은 여전히 시선은 영상에 둔 채로 켈리어스를 이리저리 흔들었다.

"응? 왜 그래, 참?"

켈리어스는 입이 찢어져라 하품을 한다. 영체 상태일 때에는 수면이 전혀 필요치 않은 그였지만, 육신을 재현하여 물질계에 내려와 있자니 졸음도 찾아오는 것이었다.

"젠장, 저길 좀 보란 말이다."

켈리어스는 졸린 눈을 하고는 영상을 향해 시선을 돌렸다. 단리철과 흑의인들이 조우하고 있는 장면이 두 사람의 눈에 들어왔다.

"네 이놈들!! 여기가 어디라고 감히!"

단리철은 검을 부르르 떨며 더 이상 말을 잇지 못했다. 그는 자신의 앞에서 이렇게 많은 사람들이 일방적으로 도륙당하는 것은 본 적이 없었기 때문에 눈이 뒤집어지기 일보 직전 이었다.

"으아아앗!!"

그의 검이 빛살 같은 속도로 흑의인 중 하나의 심장을 향해 쏘아져 갔다. 그것을 보던 독고진은 당연히 그의 검에 심장이 꿰뚫린 흑의인이 쓰러지는 장면을 떠올렸다.

챙—!

하지만 놀랍게도 독고진의 예상은 완벽히 빗나갔다. 그의 공격을 받은 흑의인이 검신으로 그의 검을 튕겨내며 뒤로 삼 장여를 물러난 것이다. 많은 내상을 입은 것이긴 했지만 검왕 이 어떤 칭호이던가? 천하십사대고수 중 일인의 전력을 다한 검격을 막아낸 것은 분명한 사실이었다.

그것을 본 독고진의 안색이 새하얗게 질리기 시작했다. 비 무장에 난입한 수없이 많은 흑의인들의 능력이 다들 이 정도 라면 가족들의 안전을 장담할 수가 없었다.

"켈리어스, 주, 준비해!"

독고진의 목소리가 다급하게 떨려 나왔다.

"뭘 준비하라는 거야?"

켈리어스의 대답에 독고진은 다그치듯 다시 말했다.

"내가 원하면 바로 저곳으로 돌아갈 수 있게!"

그의 말에 켈리어스는 당황한 표정이 되었다. 갑자기 이게 무슨 소리란 말인가?

"너, 미쳤어? 다시 저곳에 돌아가면 십이신장에게 발각되는 것은 시간문제야! 게다가 다시는 다른 차원으로의 이동이 불가능하게 될지도 모른다고!"

하지만 독고진은 그의 말이 귀에 들어오지 않았다.

"잘 들어, 켈리어스. 십이신장의 이목을 피하는 것도 다시 가족들과 만날 수 있다는 희망이 있을 때 의미가 있는 거야. 빨리 내가 하라는 대로 준비해 줘. 상황을 조금만 더 지켜보고 안 되면 바로 이동할 거야."

독고진은 영상 안에서 소소를 찾느라 정신이 없었다. 그녀는 단리혜와 함께 흑의인 하나를 상대로 싸우고 있었다.

'위험하다.'

그의 뇌리에서 경고음이 울려 퍼졌다. 어디서 나타난 집단인지는 모르겠지만, 이 정도라면 최소 초절정에 달한 고수들이었다. 그의 상식상으로는 마교라 해도 이런 규모의 무력 집단을 보유하고 있지는 않았다. 초절정에 달한 고수만으로 백 명이 모인 집단이라는 것은 존재할 수가 없는 것이었다. 보편적인 상식 내에서는 분명 그랬다.

소소는 단리혜와 함께 한 명의 흑의인을 막아내고 있었다. 두 사람의 무공이 그리 녹록한 것은 아닌지라, 상대하는 데에 그다지 큰 어려움이 있어 보이지는 않았다. 그러나 단리혜의 검극이 흑의인의 목덜미를 찌르려는 순간, 또 하나의 검이 그녀의 검을 막아냈다. 흑의인이 하나 더 늘어난 것이다.

그 광경을 보고 있던 독고진은 손에 식은땀마저 흐르고 있었다. 상황이 불안불안한 것이다. 검왕뿐만 아니라 대부분의 무림 명숙들은 수십의 흑의인이 펼치는 진세 안에 갇혀 있었고, 일곱에서 여덟 정도 되어 보이는 무인들이 비무대를 휘젓고 다니고 있었다.

"켈리어스, 아무래도 가야 할 것 같다. 어쩔 수 없어. 나는 내 가족들을 더 이상 잃을 수가 없다."

"그런데 너, 하나 잊은 것이 있다."

그 말에 독고진은 신경질적으로 소리쳤다.

"그게 뭔데?!"

다급한 그의 말에 켈리어스는 빠르게 대답했다.

"넌 아직 천령이 아니야! 내가 차원 이동을 시켜주는 것은 불특정 차원에만 가능한 것이지, 네가 능력이 되지 않는 한 특정 차원으로의 이동은 불가능하다고!"

하지만 독고진은 아무런 표정 변화가 없었다.

"모르고 있었냐? 나 이제 완전한 영체다. 천령이라고! 완성한 지 며칠 되었는데 아직 몰랐다니. 어쨌든 급하다. 어서!"

켈리어스는 놀랄 겨를도 없이 차원 이동 마법진을 그리기 시작했다. 이왕 이렇게 된 것, 참사를 막아야 하지 않겠는가? 여기서 독고진의 가족들이 또 한 번 죽는다면 그는 진정 광인이 될지도 모르는 것이었다.

"마법진은 다 그리기만 하면 즉시 이동할 수 있는 것인가?"

독고진의 물음에 켈리어스는 고개를 끄덕이며 대답했다.

"그래, 조금만 기다려라."

독고진은 흥분한 마음을 추스르며 사태의 추이를 지켜보고 있었다. 단리혜와 소소가 상대하고 있던 두 흑의인은 곽나연의 합류로 어렵지 않게 상대해 가고 있었다.

그는 일단 마법진을 준비시키기는 했지만 정확한 결정을 내리지는 못했다. 지금 다시 무림으로 돌아간다면 그것은 정말 돌이킬 수 없는 결정이 되는 것이기 때문이었다.

"대체 저들이 원하는 것이 무엇인가."

한탄에 가까운 어조로 중얼거린 그의 입이 다시 열렸다.

"제발 내가 가지 않아도 해결될 수 있기를⋯⋯."

독고진이 간절한 바람을 담아 속으로 읊조리고 있을 때, 켈리어스의 짧은 음성이 들려왔다.

"다 됐다!"

'다 됐다' 라는 켈리어스의 음성. 독고진은 순간 목구멍까지 차올랐던 말을 이성으로써 꾹꾹 눌러 버렸다. 그만큼 그가 무림으로 돌아가는 일은 신중에 신중을 기해야 하는 것이었기 때문이다.

"조금만 더, 조금만 더."

그는 상황을 지켜보며 연신 '조금만 더' 를 읊조렸다. 매우 초조해 보이는 모습이었다.

그때, 그의 눈에 들어온 것이 하나 있었다. 그것은 바로 정확히 곽나연을 노리며 쏜살같이 쏘아져 가는 창 한 자루. 게다가 곽나연은 바로 앞의 흑의인을 상대하고 있었기에 거의 무방비 상태라 만약 막아내더라도 막대한 피해를 감수해야 할 상황이었다.

"안 돼!!"

독고진은 외마디 비명을 질렀다. 순간 켈리어스의 입에서도 다급한 목소리로 단어 하나를 내뱉었다.

"갈릭토리스!"

우우웅—

독고진은 눈앞이 까마득해지는 것을 느꼈다. 한참 어지러운 그에게 켈리어스의 음성이 들려왔다.

—여기는 차원의 틈이다. 이곳은 시간이 가지 않는 곳이지. 이제 곧 너는 나연의 앞으로 워프될 것이다.

간단한 말이었지만 독고진의 생각을 대략적으로 정리해 주기에는 충분한 말이었다.

—이젠 돌이킬 수 없다. 내가 주문을 외치는 순간, 너는 그 상황에 순식간에 적응해야 한다. 그래야 우선 나연이라는 아이를 살릴 수 있다.

독고진은 고개를 끄덕였다. 절대로 곽나연을 죽게 할 수는 없었다.

'고맙다, 켈리어스. 내 소중한 사람들이 없으면 나의 삶은 아무런 의미가 없어. 고맙다. 또한 약속하마. 나는 메시아(Messiah)가 될 것이다. 메시아가 되어서 신을 찾을 것이다. 전지전능한 창조의 신을 말이다. 그리고 물어볼 것이다. 내게 이런 시련이 내리는 까닭을.'

켈리어스는 흡족한 표정을 지었다. 그 또한 홀가분해진 기분이 되었다.

—준비… 되었냐?

독고진은 고개를 끄덕였다.

—그럼, 워프!

독고진은 눈이 환해지며 순간 정신이 혼미해지는 것을 느끼고는 이를 악물었다. 찰나의 시간이 곽나연의 생사를 결정할 것이다.

"꺄아아악!!"

옆에서는 소소의 비명이 들려왔다. 곽나연에게로 쇄도하는 창을 발견한 모양이었다.

차창— 깡—!

툭—

묵직한 쇳소리를 내며 곽나연을 향해 날아오던 창이 힘없이 바닥으로 떨어졌다. 그 모습에 소소와 단리혜, 그리고 두 명의 흑의인은 놀란 표정이 되어 싸우던 것도 멈춰 버렸다. 아무것도 없던 허공에서 마치 귀신에 홀린 듯 청의 무복의 사내가 나타나 창을 막아낸 것이다.

"후우!"

독고진의 입에서 안도의 한숨이 새어 나왔다. 그리고 목소리를 들은 소소는 형용할 수 없는 감정이 밀려오는 것을 느꼈다. 꿈에서도 그리던 사내의 목소리였던 것이다.

"사, 상공!!"

그녀의 외침에 곽나연 또한 뒤를 돌아보았다. 그녀의 눈에 낯익은 사내의 뒷모습이 들어왔다.

독고진은 뒤를 돌아보았다. 곽나연과 소소가 눈물이 그렁그렁한 채로 그를 바라보고 있었다.

"내가… 많이 늦지는 않았나 보군."

소소의 입에서 흐느낌 섞인 소리가 흘러나왔다.

"가가… 흑……."

하지만 그들은 재회의 기쁨을 만끽할 수 없었다. 정신을 차린 흑의인이 소소를 향해 검을 날려오고 있었기 때문이다.

팡—

순간 독고진의 손이 튕겨지며 상당한 위력의 지풍이 흑의인의 어깨를 관통하자 그의 손이 힘없이 떨구어졌다.

"크윽!"

독고진은 소소의 손을 꽉 잡아주며 나직이 말했다.

"지금은 상황이 상황이니만큼 나중에 이야기하자."

소소는 고개를 끄덕였다. 그녀 또한 작금의 상황을 인지한 것이었다.

"차핫!"

기합성을 내지른 독고진이 쌍검을 빼어 들고 곽나연과 단리혜를 위협하는 흑의인을 향해 검을 날렸다.

채챙— 촤아악!

까강 —촤촤착!

털썩—

순식간에 두 명의 흑의인이 싸늘한 시체가 되어 바닥에 쓰러졌다. 검강이나 특별한 위력의 검식을 전개한 것도 아니었건만, 묵월신검의 극한에 이른 쾌(快)만으로 두 사람을 일검에 베어버린 것이다.

"나는 일단 아버님, 어머님을 찾아야겠다. 무공이라곤 모르시는 어머님이 위험하실 거다. 미안하지만 당 매와 나연이는 몸을 사리면서 버텨봐."

두 여인은 고개를 끄덕였다. 그러자 독고진은 단리혜를 향해 고개를 돌려 말했다.

"단리 소저께서도 몸조심하십시오."

말을 하자마자 그는 쏜살같이 신형을 날렸다. 이계에서 영상으로만 보았을 당시에는 기를 느낄 수 없어 상황이 돌아가는 것을 정확히 알 수 없었지만, 이제 천령이 된 그의 기감에 잡히지 않는 생명체란 존재할 수 없었다.

독고진은 독고명의 기가 느껴지는 곳으로 순식간에 사라

졌다.

단리혜는 단지 그 뒷모습을 멍하니 바라볼 뿐이었다.

차앙— 챙— 챙—!

독고진은 최대한의 속력으로 경공을 펼친 끝에 독고명을 발견할 수 있었다. 독고명이 처해 있는 상황은 그가 예상했던 바와 거의 다르지 않았다. 두 사람의 흑의인으로부터 유하령을 보호하며 어려운 싸움을 해나가고 있었던 것이다.

"하아앗!"

두 흑의인의 검이 독고명을 향해 동시에 쇄도해 왔다. 적지 않은 내력이 실린 두 검격. 독고명이 두 검을 완벽히 막아내기에는 무리가 있어 보였다.

그러나 흑의인들의 검은 독고명의 지척에 닿을 수도 없었다.

촤촤쫙—

살갗이 찢겨 나가는 거북한 소리와 함께 두 흑의인의 신형이 천천히 무너졌기 때문이다. 독고진이 극성으로 전개한 그것도 후방에서 뻗어 나간 흑월린검을 흑의인들이 막아낼 수 있을 리 없었다.

"진아야!"

반갑게 소리친 것은 유하령이었다.

"어머니, 괜찮으세요?"

독고진은 서둘러 유하령의 상태를 살폈다. 난전으로 독고명 또한 자잘한 상처를 많이 입은 상태였지만, 그로서는 무공이라고는 일초 반식도 알지 못하는 어머니 유하령이 더욱 걱정될 수밖에 없었다.

그 모습을 보는 독고명의 입가에는 희미한 미소가 걸렸다.

"용케 때맞춰 잘 돌아왔구나."

독고진은 고개를 끄덕여 보이며 살짝 웃었다.

"그러게요."

"네 처가 위험할지도 모른다. 가보았느냐?"

"예. 일단 위기는 넘겼어요."

독고명은 고개를 끄덕였다. 그토록 끔찍이 생각하는 처를 독고진이 확인하러 가지 않았다고는 생각지 않았기 때문이다.

"그럼 너는 가서 맹주님을 돕거라."

"예, 아버지. 아버지께선 어머님을 일단 안전한 곳으로 피신시켜 주세요."

독고명의 고개가 다시 끄덕여지는 것을 본 독고진이 돌아서려 할 때 그의 앞에 추모선이 나타났다.

"오, 가주님, 소가주님은 괜찮으십니까?"

추모선을 본 독고진은 한시름 놓은 표정이 되었다. 독고세가의 총대주이자 공식적인 최고수인 추모선이 함께 있다면 어머니의 안전 정도는 보장할 수 있었기 때문이다.

"추 대주님, 어머니를 피신시켜 주세요. 저는 맹주님을 도우러 가보겠습니다."

다급히 말하는 독고진에게 추모선은 고개를 숙여 보였다.

"알겠습니다, 소가주님. 조심하십시오."

걱정 어린 그의 말에 독고진은 씨익 웃어 보이며 신형을 날렸다.

타탓—

단리철을 발견하는 것은 그리 어려운 일이 아니었다. 수많은 흑의인들 사이에 무림의 명숙들과 함께 둘러싸여 있었기 때문이다.

'켈리어스, 어떡하지? 저 흑의인들을 뚫으려면 내 무공이 많이 노출될 텐데……'

독고진은 약간 걱정이 되었다. 일단 급한 불을 끄고 나니 십이신장의 존재가 생각난 것이다.

독고진의 눈앞에 나타난 켈리어스는 피식 웃었다. 그 또한 독고진의 고민을 알고 있었기 때문이다.

—걱정 말고 마음껏 싸워라. 인간들의 무공 정도로 십이신장이 움직이지는 않을 것이다. 아, 패월쌍무는 십성 이상 사용하면 위험할지도 모르겠다. 하지만 그 정도까지 사용할 일은 없을 듯한데?

그의 말에 독고진의 표정에 안도가 스쳐 가며 그의 표정이 일변했다.

"그렇단 말이지?"

중얼거린 그는 신형을 날렸다. 그동안 쌓인 울분을 저 흑의인들에게로 표출할 생각이었던 것이다.

"하앗!"

짧게 기합을 터뜨린 그의 신형은 순식간에 흑의인들의 진세 사이를 파고들었다.

챙— 채챙—!

그는 거침없이 패월쌍무를 시전하였다. 겨우 삼성 정도의 위력을 지닌 백월린검과 묵월신검이었지만 흑의인들을 상대하는 데는 큰 어려움이 없었다.

독고진은 물 만난 고기처럼 전장을 휩쓸고 다녔다. 최소한의 공력만을 사용하고 있었기 때문에 일 검에 한 사람씩 죽일 수 있는 정도는 아니었지만 순식간에 대여섯 명의 흑의인이 반병신이 되었고, 견고했던 진세는 흐트러질 수밖에 없었다.

"오오, 저 청년은 대체 누구란 말인가?"

독고진을 발견한 천무 진인의 입에서 놀라움과 기쁨이 뒤섞인 감탄사가 터져 나왔다. 그는 흑의인들의 진세에 목숨을 위협받을 정도는 아니었지만, 진세를 뚫고 나가지 못하여 외부의 희생이 커질까 봐 답답하던 차였기 때문에 독고진의 등장이 매우 반가웠던 것이다.

촤좌좍!

한 사람을 베어 넘긴 독고진은 상대의 손에 들려 있던 검을 주워 들어 반대편으로 힘껏 던졌다.

씨이이잉—

바람 가르는 소리를 내며 쏘아져 간 검은 그대로 한 흑의인의 목덜미에 틀어박혔다. 다른 이들은 눈치 채지 못하였지만, 독고진이 날린 검에는 강기가 씌워져 있었기에 흑의인의 실력으로 막아낼 수 있을 리가 없었다.

"오, 소협은 뉘시오? 처음 뵙는 분인데… 도움을 주어 고맙소이다. 빈도는 천무라 하오."

순식간에 진세를 뒤흔들어 놓은 그에게 고마움을 표하며 인사하는 천무 진인에게 독고진은 공손히 고개를 숙였다.

"소인은 독고세가의 소가주인 독고진입니다. 제가 도움이 되었다니 다행이군요."

그의 말에 천무 진인은 적잖이 놀란 표정이 되었다.

"허허, 독고세가의 소가주가 실력이 부족하여 제룡회에 나서지 못하였다는 소문은 완전한 허구였구려. 선재(善哉)로다, 선재야."

"진인, 말씀을 낮추십시오. 저는 무림의 말학일 뿐입니다."

"그렇게 하도록 하지. 상황이 정리되고 나면 자네와 몇 가지 하고 싶은 이야기가 있는데 괜찮겠나?"

독고진은 미소 지으며 고개를 끄덕였다.

"물론입니다, 어르신. 제가 한번 찾아뵙도록 하겠습니다."

천무 진인은 독고진에게서 매우 좋은 인상을 받았다. 독고진이 결코 소령에 비해 못하지 않은 절륜한 무예를 지니고 있음에도 제룡회의 출전권을 동생에게 양보했다 판단했기 때문이다. 그의 눈에 비친 독고진은 오랜만에 보는 인재였다.

 FOR GOD

한편, 독고진의 활약에 힘입어 흑의인들이 구축한 진세는 점점 허물어져 가기 시작했다. 진세의 내부에 갇혀 있던 이들의 무공도 결코 낮지 않았으니, 이미 이가 빠진 진세로 버텨 내는 것은 어림도 없는 일이었던 것이다.

일단 진세가 허물어지자 판세는 완전히 뒤집어졌다. 단리철의 검 앞에 순식간에 열댓 명의 흑의인이 싸늘한 시체가 되어 쓰러지자 흑의인들은 우왕좌왕하기 시작했다.

어느 정도 상황이 정리되어 가자 독고진은 다시금 땅을 박차고 도약했다. 다른 곳의 상황도 좋지 못했기 때문이다. 그는 경공을 극성으로 펼쳐 이곳저곳을 쑤시고 다녔다. 극성으로 경공을 펼친 그를 눈치 챌 수 있는 이가 장내에 있을 리 없었다.

팍— 촤아악—

이곳저곳에서 흑의인의 심장을 관통하며 독고진의 검이 틀어박혔다. 한동안 장내를 누비고 다니던 그는 능사운을 발견했다. 친분이 있는 사람들의 비무 이외에 별 관심이 없는 그였지만, 개막전은 유심히 보았기에 능사운을 기억해 낼 수 있었다.

그런데 그는 이상함을 느꼈다. 능사운에게 몰려 있는 흑의인들이 제법 되었던 것이다.

'이거, 뭐야. 오히려 맹의 주요 고수들에게보다 이 녀석에게 더 많은 전력이 붙어 있잖아?

독고진은 이상하다는 생각을 하며 능사운을 돕기 위해 신형을 날렸다. 이미 능사운은 이곳저곳에 깊은 자상을 입어 꽤나 위중한 상태였다.

"하아앗!"

독고진의 손에서 백월린검이 극성으로 펼쳐졌다. 어차피 지금 그의 주위에는 극성의 백월린검의 진가를 알아볼 만한 고수가 없었기에 그는 마음 놓고 검을 펼친 것이었다.

휘리리링ㅡ

양손에 든 그의 검에서 백색 검광이 마구 뿜어져 나왔다. 백월린검의 최후 초식인 무형지검(無形之劍)이 펼쳐진 것이었다.

이 무형지검의 진체는 바로 무초식. 초식의 틀에 얽매이지 않은, 기의 흐름에 따라 퍼져 나가는 환상의 휘광(輝光)이 환검의 절정을 보여주는 것이었다.

콰과광ㅡ!

굉음과 함께 사운을 둘러싸고 있던 대여섯의 흑의인이 형체를 알아볼 수 없는 고깃덩어리가 되어 바닥에 널브러졌다.

더없이 잔인한 광경. 하지만 한편으로는 아름답다라는 생각이 들 만큼 화려한 초식이었다.

온몸에 피칠을 한 능사운은 정신이 없어 보였다. 생명이 위험한 것까지는 아니었지만 출혈이 심해 이대로 두면 안 될 것 같았다. 독고진은 주위에서 상황을 수습하던 무림맹의 무사를 불렀다.

"능사운 소협이오. 일단 이분을 밖으로 모셔주시오. 조심
해야 할 것이외다."

무사는 고개를 끄덕이고 능사운을 등에 짊어지고는 서둘
러 장내를 빠져나갔다.

'이들이 노리는 것은 대체 무엇이란 말인가? 능사운 소협?
그렇다면 전력이 전부 능 소협에게 투입되었어야 한다. 그랬다
면 그 하나 처단하는 것은 식은 죽 먹기였겠지. 모르겠구나.'

순간 그의 머릿속을 스치는 것이 있었다.

'아까 전 소소와 단리 소저를 위협하던 녀석들 또한 어쩐
지 단리 소저를 더욱 노리는 눈치였다. 그렇다면 목표가 여럿
이란 말인가? 혹시 살인 청부? 아니지. 살수 단체 따위가 이
런 막강한 무사들을 보유하고 있을 리 없다. 만약 보유한다
하더라도 이런 엄청난 전력을 겨우 이런 곳에 소모품으로 이
용할 리는 없지.'

그는 연신 중얼거리며 장내를 둘러보았다. 상황은 전체적
으로 많이 정리되어 있었다. 곳곳에 시체가 산을 이루고 있긴
했지만 살아남은 흑의인들도 많지는 않아 보였다.

독고진은 다시 상황을 살피기 위해 감각을 극대화시켰으
나 그의 기감에 잡힌 이들은 그리 많지 않았다.

"흐음, 거의 정리된 건가?"

그 순간, 그의 감에 제법 멀리 떨어져 도주하는 듯한 두 사람이 잡혔다.

"도주하는 건가? 귀찮은데 그냥 놔두지, 뭐."

그리고 그는 돌아서 남은 흑의인들을 제압하러 갔다. 이제 남은 흑의인들은 생포해야 할 것이다. 사건의 배후를 밝히기 위함이었다.

빠악—

독고진은 검은 검집에 넣어둔 채로 주먹으로 흑의인들의 뒤통수를 가격하여 기절시킨 후 혈을 제압하였다. 이미 기력이 대부분 소진된 흑의인들을 제압하는 과정은 그에게 식은 죽 먹기였다.

거의 대부분의 방치되어 있던 흑의인들을 제압한 그는 서둘러 소소가 있던 곳으로 발을 돌렸다. 그녀의 안위가 걱정되었기 때문이다.

그의 눈에 안절부절못하며 서 있는 소소가 보였다. 일단 그녀가 무사함에 안도의 한숨을 내쉰 그는 그녀를 불렀다.

"당 매!"

그의 목소리를 들은 소소는 거의 울 듯한 표정으로 독고진을 향해 고개를 돌렸다.

"가가!!"

그녀는 울먹거리며 달려와 그의 품에 안겼다.

"왜 울고 그래?"

"흑, 너무 기뻐서요."

잠시 그의 품에 안겨 있던 그녀는 그를 살짝 밀어내며 다급히 말했다.

"그런데 가가, 일단 급한 일이 생겼어요."

그 말에 독고진은 의아한 표정으로 되묻는다.

"급한 일이라니?"

"단리혜 소저가 납치당했어요. 가가께서 다른 곳으로 가신 후 갑자기 두 명의 흑의인이 나타났는데, 한 사람은 어찌 제압했는데 다른 한 녀석이 마취산을 뿌렸어요. 그래서……."

독고진은 소소의 말을 끊었다 그의 뇌리를 문득 스치는 것이 있었기 때문이다.

'설마… 아까 도주한 그 둘?

그는 그의 기감에 잡혔던 두 사람이 생각난 것이다.

"나, 다녀올게!"

소소에게 대답할 시간도 주지 않은 채 독고진은 또다시 경공을 펼쳐 사라졌다. 그런 그의 뒷모습을 바라보던 소소는 고개를 떨구며 흐느꼈다. 극적으로 나타난 독고진이 너무도 고마웠다.

'돌아와 줘서… 고마워요.'

第八章
단리혜 (段里慧)

죽은 자의 영혼과 사람의 심혼(心魂)을 다루는 흑마법사 무림에 환생하다!

마왕의 힘을 배워 9클래스의 마법 경지를 넘어서고, 절대의 무공 경지에 들다!

그를 기다리는 건 무림사에 더없을 멸겁의 종말, 새황 오대천의 살혼마신!

타탓—

악량(惡梁)은 쉬지 않고 달렸다. 있는 힘을 짜내어 달린 것이었다.

"후우, 일이 틀어졌다. 과하다 생각될 만큼 넘치는 전력을 투입했는데……."

그는 거사를 망쳐 놓은 청의무인을 떠올렸다. 그 자신이 경황이 없기도 하고, 무인이 너무 신출귀몰하기도 하여 대략적인 정체도 알아내지 못한 것이 아직도 마음에 걸렸다.

'모르긴 해도 최소 칠왕에 견줄 만한 능력을 지닌 녀석이었다.'

사실 독고진이 보여준 것들은 절대 천하십사대고수들에 비견될 정도의 능력은 아니었다. 하지만 악량의 생각은 달랐다. 그가 진세를 끊어놓으며 다니던 수법을 잊을 수가 없었기 때문이다.

'무영멸절진(無影滅絶陣)의 진체를 그렇게도 완벽히 파악해 낼 수 있는 자가 절대 칠왕의 아래일 리 없다. 아무리 진세의 외부에서 후미로 뚫고 들어간 것이라 하더라도⋯⋯. 단리철만 해도 무영멸절진에 갇혀 꼼짝도 하지 못하지 않았던가? 그런 진세를 녀석은 단 몇 수만으로 무너뜨려 버렸다.'

그는 속으로 연신 중얼거렸다. 그만큼 충격이 컸음이리라.

"일단 이쯤에서⋯⋯."

그는 마취산을 들이마셔 정신을 놓고 있는 단리혜를 바닥에 내려놓았다. 가히 천하절색이라 할 만한 단리혜의 미모를 응시하던 그는 침을 꿀꺽 삼켰다.

"어차피 문주님께서도 죽여야 할 년이라 하셨으니 한번⋯⋯."

그의 두 눈이 욕망으로 들끓었다. 중원의 오대미인 중 하나가 지금 그의 앞에 무방비 상태로 뉘여 있다. 그가 여기서 무슨 짓을 한다 한들 그 누구도 알 수 없을 것이다.

악량의 두 손이 단리혜의 옷섶 사이를 파고들었다.

부우욱―

단리혜가 입고 있던 무복이 힘없이 찢겨 나가고, 그녀의 백

옥같이 뽀얀 살결이 고스란히 드러나고 말았다. 악량의 한 손이 무방비 상태로 노출된 단리혜의 가슴을 쓸어 내렸다.

"흐, 흐으……."

초점을 잃은 악량의 눈빛. 그는 이미 이성을 잃어가고 있었다.

부욱— 쫘아악—

그는 짐승처럼 단리혜의 옷가지를 찢어 나갔다. 만약 그가 이성을 잃지 않았다면 이런 어리석은 짓은 하지 않았을 것이다. 단리혜를 탐하더라도 최소 그녀의 옷가지는 찢으면 아니 되었다.

알몸이 된 단리혜를 문주에게 보이는 순간 그의 목숨은 없다고 봐도 무방했기 때문이다.

철랑은 자신의 물건에 손대는 수하를 용서하는 법이 없었다.

악량은 자신의 앞에 알몸이 되어 있는 단리혜의 나신을 떡 주무르듯 주무르기 시작한다. 이미 그에게서 이성을 찾아보기란 어려웠다.

그때 단리혜의 두 눈이 천천히 뜨여지며 마비산의 효용이 풀리기 시작했다. 그녀의 두 눈은 절망으로 물들었다. 아직 그녀의 신체는 마비되어 있었기에 악량의 손길이 느껴지지는 않았지만, 자신의 육신을 마음껏 탐닉하는 악량을 그대로 보고 있을 수밖에 없는 그녀의 심정은 더욱 참담했다.

“아아아악!!”

단리혜의 입에서 처절한 비명이 울려 퍼졌다. 아직 그 누구에게도 보이지 않은 자신의 육신을 이런 짐승 같은 사내에게 능욕당하는 고통은 말로 표현할 수 있는 종류의 것이 아니었다.

“흐흐, 마비산이 풀리는가 보구나. 후후.”

악량은 서둘러 단리혜의 혈을 짚어놓고는 아예 그녀의 나신 위로 올라탔다. 단리혜는 혈이 짚여 눈을 감을 수조차 없자 그녀의 두 눈에 어린 절망의 빛이 더욱 진해졌다.

피잉—

그때 날카로운 파공성이 울려 퍼지더니,

우두둑—

“으아악!!”

악량의 입에서 비명이 터져 나왔다. 그는 자신의 왼손을 잡고 부르르 떨었다. 손가락 네 개의 마디가 형제를 알 수 없을 정도로 일그러져 있었기 때문이다.

촤아악—

악량은 묵빛의 섬광이 번쩍이는 것을 끝으로 의식이 흐려졌다.

“단리 소저!!”

독고진은 단리혜의 나신 위에 쓰러진 악량의 시신을 들어 황급히 멀리 던져 버렸다. 단리혜의 눈물이 가득 고인 두 눈은 독고진을 응시하고 있었다.

"이런, 혈을 짚혔군."

독고진은 단리혜의 나신을 더 보고 있기가 민망했는지 단리혜의 옷을 찾기 위해 주위를 둘러보았다. 그러나 그의 시야에 들어온 것은 이미 전부 찢겨 나간 그녀의 옷가지뿐이었다.

"잠시만 기다리시오."

독고진은 단리혜 쪽을 보지도 않은 채로 말하며 내팽개쳐진 악량의 품속을 뒤적였다. 보통 이런 무인들은 피풍의를 품속에 상비하고 있기 마련이다.

그는 악량의 품속에서 피풍의를 찾아서는 단리혜의 나신 위에 덮어주었다. 그런 후에 그는 서둘러 그녀의 혈을 풀어주었다.

"미안합니다. 내가 조금만 빨랐어도……."

독고진은 정말 미안했다. 만약 자신이 도주하는 흑의인을 처음 발견했을 때 망설임없이 추격했더라면 단리혜가 이런 치욕을 볼 일은 없지 않았겠는가.

"흑… 흑… 소협께서 미안하실 게 뭐 있겠어요. 흑."

독고진은 고개를 슬쩍 돌렸다. 천을 덮어놓기는 하였지만 그대로 드러나는 나신의 굴곡이 이곳저곳에서 보여 민망했기 때문이다.

"다른 곳을 보고 있을 터이니 어서 일어나서서 그 피풍의로라도 어떻게든 몸을 가리십시오."

먼 산을 바라보며 말하는 독고진에게 단리혜는 울먹거리

는 목소리로 입을 열었다.

“저… 마비산에 당해서… 몸을 움직일 수가 없는데…
흑……”

그에 독고진은 아차, 하는 생각이 들었다. 소소가 했던 말
이 기억난 것이다.

“아, 그, 죄송합니다. 그럼 실례를 좀……”

독고진은 결국 피풍의를 쭉 찢어 그냥 단리혜의 전신에 감
아버렸다. 일으켜 세워서 옷을 입히자니 접촉(?)이 너무 많아
질 것 같아서였다.

피풍의를 다 감은 그는 단리혜를 조심스레 안아 들었다. 하
지만 여전히 어디에 시선을 둬야 할지 모르는 그였다.

“바로 황룡각(黃龍閣)으로 가야겠습니다. 일단은 소저의 처
소로 가시는 게……”

단리혜는 아직도 충격에서 헤어나지를 못하고 있었다. 그
것은 당연한 것이었다. 이런 일을 겪고도 담담할 여인이 세상
에 어디 있겠는가?

“그, 그렇게 해주세요. 그런데 이 차림을 하고… 독고 소협
께 안긴 채로… 황룡각에 들어가면……”

독고진은 단리혜의 걱정을 바로 이해했다. 그녀의 우려는
당연한 것이었다. 맨살만 겨우 가린 차림으로 독고진에게 안
긴 채 다른 이들에게 보여진다면 그녀의 처지가 어떻게 되겠
는가?

"으음, 제가 다른 이들의 눈에 띄지 않게 잠입해 들어가겠습니다. 걱정 마세요. 그리고 방금 전에 제가 보았던 건 못 본 걸로 하겠습니다. 소저께서도 잊으세요. 마음에 담아두고 계시면 소저만 더욱 힘들어지십니다."

약간 횡설수설하긴 하였지만 독고진의 위로에 단리혜는 마음이 안정되는 것을 느꼈다.

"고마워요, 소협. 보답은 꼭 할게요."

"저야 아름다운 단리 소저를 이렇게 안아볼 수 있다는 것만으로도 영광인데요, 뭘. 자, 자, 좀 빨리 갈 겁니다. 놀라지 마시고요."

독고진은 빙긋 미소 지어 보이며 장난스레 말했다. 그녀의 울적한 기분을 풀어주기 위함일 것이다.

"소협……."

그녀는 말을 잇지 못했다. 왠지 모르게 그녀의 가슴이 두근거렸다.

마비산이 풀리기 시작했는지 독고진의 따스한 체온이 그녀의 등에 느껴졌다. 그녀는 살짝 눈을 감았다. 독고진의 품에서 느껴지는 따뜻함이 그녀의 굴욕스러운 감정을 조금씩 녹여가고 있었다.

"그럼, 갑니다."

타탓—

독고진의 발이 한차례 땅을 박찼다. 단리혜를 안은 그의 신형은 순식간에 작은 점이 되어 사라져 갔다.

＊　　　＊　　　＊

"그래, 상황은 진정이 되었는가?"

단리철은 거칠게 숨을 몰아쉬며 앞에 서 있는 사내, 창룡검주에게 물었다.

"예. 흑의괴인들은 모두 제압했습니다."

단리철은 고개를 끄덕이며 다시 입을 연다.

"피해는?"

그 말에 창룡검주의 안색이 살짝 어두워졌다.

"피해가 실로 적지 않습니다. 비무를 구경하던 관중만 족히 백오십 이상은 도륙당한 듯하며, 본 맹의 무사들도 적잖은 인명 피해를 입었습니다."

단리철의 두 손이 부르르 떨린다.

단리철은 이번 일이 자신이 맹주 자리에 오른 이래 가장 큰 치욕이라고 생각했다. 백도무림의 맹주인 자신의 눈앞에서, 그야말로 자신이 보고 있는 바로 앞에서 이런 참변이 일어났다. 이것은 도저히 있을 수 없는 일이었다.

"크으음."

일단 단리철은 마음을 추슬렀다. 상황을 수습해야 하는 그가 흔들리는 모습을 보인다면 사태가 더욱 혼란스러워질 것이기 때문이었다.

"검주, 자네는 본 맹의 주요 인사들과 황실의 고위급 관리들의 안위를 일단 확인하여 보고해 주게."

그의 말에 창룡검주는 절도있게 고개를 숙여 보였다.

"존명!"

창룡검주가 발바닥에 불이 나도록 뛰어나가자 단리철은 어느새 자신의 뒤쪽에 모인 맹의 장로들에게로 시선을 돌렸다.

"다들 괜찮으십니까?"

칠왕의 일인인 그조차도 경시할 수 없을 정도의 엄청난 위력을 담은 절진 속에서 사상자가 나오지 않았을 리 없었다.

단리철의 질문에 그와 가장 가까이에 있던 천무 진인이 입을 연다.

"화운(華韻) 장로님과 유연(柳聯) 장로님께서 부상으로 치료를 받으러 가셨소. 다행히 다른 분들은 크게 상하신 분이 없는 듯하오."

단리철은 고개를 끄덕였다. 그야말로 불행 중 다행이라 할 수 있었다.

"장로님들께서는 맹으로 돌아가 회의를 준비해 주십시오. 그리고 술시가 되면 모두들 집무실로 모여주셨으면 합니다."

그의 말에 장로들은 모두 고개를 끄덕여 보이고는 걸음을 빨리하여 맹을 향해 갔다. 회의가 소집되기 전에 조사할 것들이 태산이었기 때문이다.

"부검주."

맹주의 입이 열리자 뒤에 부동자세로 서 있던 한 사내가 절도있게 대답했다.

"옛, 맹주님."

"그대는 맹의 모든 정보력을 동원하여 이 사건의 배후를 밝히는 데 주력하라."

사내의 고개가 직각으로 꺾였다.

"존명(尊命)!"

그가 뛰어가는 모습을 보던 단리철의 눈빛이 사납게 변하였다. 평소 온화한 성품이라 소문이 자자했던 그가 이러한 모습을 보이는 것은 실로 오랜만이었다.

"어떤 자들인지 내 가만두지 않겠다."

단리철은 부서져라 이빨을 갈았다.

검왕(劍王) 창천검제(蒼天劍帝)의 분노가 폭발했다.

*   *   *

곽나연은 안절부절못하고 있었다. 일어섰다 앉았다, 이리저리 왔다 갔다 하며 창밖도 내다보는 등 가만히 있지를 못하는 그녀였다.

그 모습을 보다못한 소소가 한마디 했다.

"나연아, 걱정하지 말아. 상공께서 분명 단리혜 소저를 구해오실 거야."

"후우."

그녀도 알고 있다, 독고진은 분명 단리혜를 구해올 것임을. 그것은 믿음을 넘어선 신념이었다. 하지만 이렇게 가슴이 졸여지는 것은 어쩔 수가 없었다.

단리혜는 그녀가 목숨보다도 더 아끼는 친구였던 것이다.

"걱정하지 말래도? 상공께서 하고자 하시는 일에 실패하는 것 봤어?"

곽나연은 고개를 저었다. 그녀가 어찌 모르겠는가? 독고진은 어릴 적부터 그녀의 우상이었다. 어릴 적엔 정말 '이 오라버닌 원래 못하는 게 없어'라는 독고진의 말을 곧이곧대로 믿었던 그녀가 아니던가.

"알아요. 소가주님께서 곧 혜아와 함께 돌아오실 거라는 거 알고 있어요."

소소는 눈물까지 그렁거리는 곽나연의 두 손을 꼭 잡아주었다. 검을 들면 누구 못지않은 여장부가 되는 그녀였지만, 이런 그녀의 모습 또한 그녀만의 매력이었다.

"그래, 잘 알고 있네. 조금만 더 기다리자."

*   *   *

독고진은 감각을 극대화시켰다. 반나신이라 할 수 있는 단리혜를 안고 있는 꼴을 누구에게 보이기라도 하면 일이 얼마나 커질지 상상조차 되지 않았기 때문에 그는 신중에 신중을 기할 수밖에 없었다.

"끄응, 많기도 하네. 텅 빈 집에 무인들을 왜 이렇게 깔아놓은 거야?"

그의 투덜거리는 모습을 물끄러미 바라보던 단리혜의 입에 보일 듯 말 듯한 미소가 걸렸다.

언제나 무거운 모습의 독고진만을 보아왔던 그녀는 독고진의 이런 새로운 모습에 저도 모르게 가슴이 따뜻해지는 것이었다.

언제나 천근만근 짓누르는 듯한 가식 속에서 살아온 그녀였기에 독고진의 이런 순수한 모습이 더욱 마음에 와 닿았다.

"들어가기 힘든가요?"

조그마한 목소리로 속삭이는 그녀를 보며 독고진은 고개를 절레절레 흔들었다.

"뭐, 힘들 건 없습니다만 번거롭지 않습니까."

한차례 투덜거린 그는 몸을 움직이기 시작했다. 그는 높다란 담장에 걸쳐 있는 나무를 통해서 금룡각으로 들어갈 생각이었다. 혼자라면 정문으로 들어가도 걸리지 않을 자신이 있는 그였지만, 지금 그의 두 팔 위에는 단리혜가 있었다.

단리혜의 무게나 크기는 문제가 되지 않았다. 다만 그의 능력으로 단리혜의 체내에 존재하는 내력까지 숨길 수는 없었다. 물론 이곳을 지키는 무인들이 전부 단리혜보다 한참 하수들이라면 또 모르는 일이었으나, 이곳은 자금성이었다. 과장된 표현이라 할 수는 있겠지만, 담장만 몇 개 더 넘어가면 명황제가 사는 황궁이 나오는 곳인 것이다.

이런 곳이 허술하기를 바라는 것은 무리였다.

타탓—

독고진은 땅을 박차고 도약했다. 순식간에 이 장여를 뛰어오른 그는 나뭇가지 위에 안착했다. 나뭇가지라 하면 금방이라도 부러져 버릴 것 같은 그런 얇은 것을 말하는 것처럼 들리지만, 독고진이 도약한 나무는 족히 삼 장은 되어 보이는 거목이었다. 나뭇가지가 웬만한 나무의 몸통만 한 굵기인 것이었다.

"소저, 꽉 잡으세요."

말을 한 그는 다시 한 번 도약했다. 원래는 담장을 타고 넘어 후원으로 해서 들어갈 생각이었지만 생각이 바뀐 것이다. 나뭇가지 위에 올라가 보니 삼층에 위치한 단리혜의 숙소가 너무 적나라하게 보였기 때문이다. 단리혜의 숙소임을 알아보는 것은 어렵지 않았다. 문제는 그녀의 숙소가 맹주 단리철의 바로 옆방이라는 데 있었다.

탁—

　가벼운 발소리와 함께 독고진은 난관 위에 안착했다. 서둘러 단리혜를 창문을 통해 들여보낸 그는 주위를 두리번거렸다. 그럴 리는 없겠지만 혹시나 그들을 발견한 이가 있을까 해서였다.

　"휴, 이것도 꽤나 간 떨리네."

　중얼거린 그는 방 안으로 들어섰다. 그의 눈에 어느새 피풍의를 벗어내고 알몸인 채로 자신의 옷을 찾고 있는 단리혜가 보였다. 어차피 독고진에게 알몸을 전부 보인 그녀가 아닌가. 그녀는 독고진을 신경도 쓰지 않고 있는 듯했다.

　"커흐음. 소저, 전 이만 가보겠습니다. 나연이가 많이 기다리고 있을 듯하니 옷을 입으신 후 나연이의 처소로 가보십시오."

　그제야 부끄러움을 느낀 그녀의 얼굴이 살짝 붉어졌다. 하지만 그뿐이었다.

　"조금만 더 있다 가시지."

　그녀의 말에 독고진의 안색이 급속도로 변했다. 당황스럽기 그지없는 말이었던 것이다.

　"제게 할 말이 있으신지요?"

　딱히 할 말은 없었지만 일단 고개를 끄덕이는 그녀였다.

　"예, 있어요."

　독고진은 머리를 긁적이며 말했다.

　"그럼 나연이 처소에 가서 기다리겠습니다. 그쪽으로 오십시오."

그리고 그는 재빨리 뒤돌아 나갔다. 또 단리혜의 입에서 무슨 말이 나올지 두려웠기(?) 때문이다.

그런 그의 뒷모습을 묘한 표정으로 바라보고 있던 단리혜의 뇌리에 전음이 들려왔다.

"아참, 단리 소저. 오늘 일은 없었던 것입니다. 그 누구에게도 말하지 마십시오. 그저 없었던 일입니다. 소저께서도 기억하지 마십시오."

독고진의 전음이었다. 그 말에 단리혜는 잠시 잊고 있었던 치욕의 순간들이 뇌리에 떠올라 버렸다.

"휴우, 정말… 힘드네요."

그녀는 서글픈 목소리로 중얼거렸다. 만약 단리혜가 무가의 여식이 아닌 평범한 여인 혹은 귀족이나 거부의 금지옥엽이라도 되었다면, 이미 혀를 깨물어 버렸을지도 모르는 일이었다. 하지만 수련을 하면서 쌓인 그녀의 의지라는 제방이 아픔으로 터져 버리려는 그녀의 가슴에 지지대가 되어주고 있었다.

"당신, 정말 따뜻한 사람이군요."

그녀의 입에서 다시금 혼잣말이 새어 나왔다.

비록 독고진의 전음에 의해 기억하기 싫은 치욕이 떠올라 버렸지만, 그의 따뜻한 마음까지 전해지지 않는 것은 아니었던 것이다.

그녀의 입에서 하고 싶었지만 나오지 못한 말이 작게 흘러나왔다.

"고마워요."

그 뒤로 그녀의 입 모양은 지금까지도 나오지 않는 한마디를 하고 있었다.

그리고 사랑해요.

*　　　*　　　*

"소가주님!"

곽나연이 격한 목소리로 독고진을 불렀다. 표정은 여러 가지 감정이 뒤섞인 것이었지만, 그녀의 눈은 정확히 한 가지를 묻고 있었다.

"단리 소저는… 왜 안 보이죠?"

소소의 말이었다. 독고진이 왔다면 의당 뒤에 따라왔어야 할 단리혜의 모습이 보이지 않은 것이었다.

"혜아는… 혜아는요?"

약간의 불안감이 섞인 곽나연의 목소리였다. 그에 독고진은 빙긋 웃어 보였다.

"단리 소저는 곧 이곳으로 오실 거야."

그제야 두 여인은 안도의 한숨을 내쉬었다. 곽나연은 긴장이 풀려 다리에 힘마저 풀렸는지 침상 위에 털썩 주저앉았다.

"혜아는 괜찮아요?"

곽나연의 말에 독고진은 주저없이 고개를 끄덕였다.

"물론이지. 멀쩡하시다."

그의 말에 다시 한 번 안도의 한숨을 쉬는 그녀였다.

일단 급한 불이 꺼지자 두 여인의 가슴속엔 똑같은 감정이 떠올랐다.

"상공! 흑!"

먼저 반응을 보인 것은 소소였다. 그녀는 갑자기 독고진의 품에 안겨서 흐느꼈다.

독고진이야 겨우 일주일 떨어져 있었던 것을 가지고라고 생각하겠지만, 소소는 달랐다. 하루하루가 마치 일 년 같았던 것이다.

"이 사람이 왜 이래? 나 여기 있잖아. 어서 눈물 닦아."

독고진은 소소의 등을 다독여 주자 소소는 그의 품에서 더욱 서럽게 흐느꼈다.

"이제 떠나지 않으실 거죠?"

울먹거리며 말하는 그녀에게 독고진은 뭐라 말해야 할지 순간 숨이 콱 막히는 듯한 기분이었다. 찰나간에 수많은 생각을 한 그의 입에서 나직한 목소리로 대답이 나왔다.

"노력해 볼게."

힘없는 그의 대답에 두 여인의 가슴은 천근만근 무거워졌지만 금방 두 사람의 표정은 다시 퍼졌다. 어쨌든 지금은 독고진이 눈앞에 있는 것이다.

그녀들의 위험을 좌시하지 않고 돌아와 준 것이다. 그것이면 족했다.

곽나연은 독고진의 품에 안겨 있는 소소를 물끄러미 쳐다보았다. 그리고 독고진의 표정을 보았다. 두 사람 모두 행복해 보였다.

그 모습에 곽나연의 입가에 쓸쓸한 미소가 걸렸다.

슬펐다. 하지만 그녀는 웃었다. 독고진이 행복해 보이니, 그걸로 된 것이다.

"으음, 나연아, 부탁이 하나 있는데……."

독고진의 뜬금없는 말에 곽나연은 어리둥절한 표정이 되었다.

"예? 부탁이라뇨?"

"으음, 곧 있으면 단리 소저가 여기 오실 거거든? 나한테 할 말이 있다 하셨는데… 난 지금 맹주님을 만나러 가야 하니 다음에 해주시라고 좀 전해줄 수 있겠니?"

그의 말에 곽나연은 고개를 끄덕였다. 그다지 어려운 부탁은 아니었다.

"예. 뭐, 고맙다는 말을 하려는 거겠죠. 그런데 맹주님께는 왜 가시는 거예요?"

"맹주님께서 혼란이 정리되고 나면 한번 찾아오라 하셨거든. 몇 시진 후면 무림맹에서 회의가 열릴 것이고, 그때 되면 맹주님께서 여간 바쁘신 것이 아닐 테니 그전에 찾아뵈어야지."

단리혜와 이야기하는 것이 왠지 부담되어서 피하려는 핑계였지만, 반은 맞는 사실이었다.

"아, 아."

곽나연은 알겠다는 듯 고개를 끄덕이며 수긍하였고, 소소는 빙긋 웃으며 독고진의 품에서 떨어졌다.

"그럼 얼른 다녀오세요. 처소에서 기다리고 있을게요."

그녀의 머리를 살짝 쓸어내려 준 독고진은 순식간에 사라졌다. 문도 열리지 않았는데 독고진이 사라지니 귀신이 곡할 노릇이었다.

"헛, 어디로 가셨지?"

순간 당황하여 두리번거리는 소소의 말에 곽나연 또한 동조한다.

"그러게요. 정말 귀신이 곡할 노릇이네."

그녀들은 어느샌가 활짝 열려져 있는 창문은 끝내 발견하지 못했다.

한편 처소를 빠져나온 독고진은 단리혜가 문을 열고 들어올까 봐 긴장하여 식은땀마저 흘리며 마방(馬房)을 향해 걷고 있었다. 말을 구하여 무림맹까지 가기 위함이었다.

아직 단리철이 금룡각에 있음을 모르는 바는 아니었지만, 그의 처소는 단리혜가 머물고 있는 바로 옆. 그녀와 마주하는 것이 껄끄러워 피해온 그에게 맹주의 처소를 찾아가는 것은 바보짓이나 다름없었다.

"흐음, 마방이 어디에 있더라?"

그는 마방의 위치를 찾아 한참을 헤매었다. 금룡각에 말을 타고 온 것이 아니었기에 이곳의 마방에는 가본 적이 없었다.

그가 마방에 들어가자마자 그곳을 관리하는 책임자인 듯한 사내가 그를 향해 물었다.

"말을 맡겨놓으셨습니까?"

"아, 제가 따로 말을 맡겨놓은 건 아니고, 독고세가에서 맡겨놓은 말 한 필을 찾을까 해서 말입니다. 저는 소가주인 독고진이라 합니다."

독고진이 위패를 보여주며 말하자 그는 고개를 끄덕이고는 마구간의 문을 열고 들어갔다. 잠시 후 그는 건장한 흑마 한 필을 끌고 나와 독고진에게 말고삐를 쥐여주었다.

"독고세가에서 데려온 녀석 중에 훌륭한 녀석이 하나 있더군요. 이 녀석, 혼혈이긴 하지만 한혈마의 피가 섞인 명마입니다."

한혈보마(汗血寶馬), 달리 대완마(大宛馬)라고도 불리우는 전설의 명마를 칭하는 말이었다.

"아, 그렇군요. 그런데 그것을 어찌 아신 거죠? 한혈보마는 붉은 피 같은 땀이 흐른다는 명마라 알고 있는데, 이 녀석의 땀이 붉기라도 한 건가요?"

독고진은 말의 갈기를 쓰다듬었다.

푸히히이잉—

말은 기분이 좋은 듯 고개를 흔들며 투레질을 하였다.

“이 녀석의 땀은 붉지 않습니다. 하나 땀이 붉지 않더라도 이 녀석의 체구는 보통 말이라고 할 수 없을 만한 것입니다. 머리부터 발끝까지 골격이 보통 말과는 비교도 되지 않을 정도로 뛰어난 녀석입니다. 진짜 한혈보마가 나타나더라도 이 녀석만큼 좋은 골격을 가진 녀석이 과연 있을까 하는 생각이 들 정도죠.”

그 말에 독고진은 다시 한 번 말의 이곳저곳을 살펴보았다. 확연히 보통 말보다 덩치가 커다란 녀석이긴 했지만, 말에 대해 문외한인 그로서는 말의 골격이며 종류를 알 수 있을 턱이 없었다.

“뭐, 저야 봐도 모르겠네요. 어쨌든 수고하십시오. 전 가볼 데가 있어서…….”

말을 하며 그는 안장 위에 올라탔다. 말을 몇 번 타본 적 없는 그였지만 능숙한 솜씨였다.

“그럼, 조심히 가십시오.”

그에게 마주 고개를 숙여 보인 독고진은 서둘러 금룡각을 빠져나갔다. 급한 일이 있는 것은 아니었지만, 역시나 단리혜와 마주하는 것을 피하기 위해서였다.

독고진이 단리혜를 피하려는 것은 그가 그녀의 치부를 본 탓에 마주하기 껄끄럽다는 이유도 있었지만, 더 중요한 것은 따로 있었다.

단리혜를 배려하기 위한 것이었다.

그녀는 아마 어느 정도의 시간이 지나기 전엔 독고진을 볼 때마다 치욕의 순간이 생각날 것이다. 그렇게 되면 단리혜의 정신 상태는 피폐해질 것이고, 극단적인 상황을 말하는 것이지만 종래에는 폐인이 될지도 모르는 일이었다.

"후우, 그나저나 이번 일의 배후가 궁금해지는데?"

그는 중얼거리며 켈리어스를 생각했다. 켈리어스를 불러서 직접 알아보게 하고 싶은 마음이 굴뚝같았지만, 그것은 자살 행위나 다름없었다. 십이신장의 시야 안에 있는 차원에서 마왕이 돌아다닌다면, 그것을 의아하게 생각하지 않을 십이신장은 아무도 없었다.

"조만간 답이 나오겠지."

한차례 중얼거린 그는 말을 몰아 달리기 시작했다.

*   *   *

쾅!

"그, 그게 무슨 헛소리란 말인가?! 대체 왜?!"

한 중년인의 입에서 일갈이 터져 나왔다. 내공이 가득 실려 있는지 널따란 공터 전체가 터질 듯 울려 퍼지는 소리였다.

"크윽! 속하도… 정확히는… 쿨럭!"

이미 상처를 많이 입은 듯한 흑의인. 그는 중년인의 내공이 실린 고함에 더욱 커다란 내상을 입은 듯 피를 한 움큼 게워 내었다.

"아니, 모른다니?! 네놈은 지금껏 그곳에 있다가 오질 않았느냐?! 네 동료들이 어떻게 죽었는지도 보지 못하였단 말이더냐?!"

흑의무인은 피가 끝없이 흘러내리는 상흔을 움켜쥔 채로 덜덜 떨며 대답했다.

"한 사람의 고수가 난입한 듯싶습니다. 크윽! 속하들은 기척도 느끼지 못했는데 주위에 있던 동료들이 검을 맞고 쓰러지고… 쿨럭, 쾌검을 구사하는 고수인 듯… 크억!"

그는 피를 한 모금 더 뱉어냈다. 이에 전신이 피투성이가 된 그를 보며 중년인은 눈살을 살짝 찌푸리며 말했다.

"알겠다! 일단 가봐!"

신경질적으로 말하는 그에게 흑의인은 가누기 힘든 몸으로 공손히 고개를 숙였다.

"죄송합니다, 문주님. 쿨럭! 그럼 속하는 이만."

인사를 한 후 흑의인은 천천히 나가기 시작했다. 걷는다기보다는 몸을 질질 끌고 가는 듯한 기분이 들 정도로 그의 몸에는 힘이 없었다.

"아, 잠깐."

뒤돌아 나가려는 그를 중년인이 무언가 생각났다는 듯 다시 불렀다.

"예?"

"부문주는 어떻게 됐나?"

그 물음에 흑의인은 잠시 생각한 후 입을 열었다.

"부문주님은 단리혜를 납치해 도망하시는 데 성공하신 듯했습니다. 잡히셨는지 잡히지 않으셨는지는 잘 모르겠습니다. 저는 같은 방향으로 도망가질 않아서… 쿨럭!"

중년인은 고개를 끄덕였다.

"그렇다면 신맥 겨우 하나를 확보한 건가? 무당과 화산의 꼬마 녀석은 죽었는지 살았는지 모르겠다 했고, 남궁가의 아해는 부상만 입혔다 했고, 당가 녀석은 아예 비무장에 있지도 않았고?"

"쿨럭! 일단 제가 알기로는… 그렇습니다."

중년인은 탁자를 주먹으로 쾅! 내려쳤다.

"으, 그렇다면 결국 하나를 얻은 셈이군. 그리고 만약 악량이 잘못되었으면 그것조차도……."

그는 온몸을 부르르 떨었다. 머리끝까지 화가 난 모습이었다.

"그래, 알았다! 빨리 나가봐!"

"조, 존명!"

그의 일갈에 흑의인은 겁에 질린 모습으로 대답하고는 재빠르게 빠져나갔다.

드르륵─ 탁!

문이 닫히고 널따란 방에는 중년인 혼자만이 남았다. 그는 머리를 감싸 쥐고는 절규했다.

"크아아아!"

그의 커다란 괴성에 장내가 지진이라도 일어난 듯 진동했다.

"크으, 감이 안 좋긴 했어도… 큭, 이런 말도 안 되는 일이 벌어질 줄이야. 비무장에 삼황 중 하나라도 난입했단 말인가? 아니, 삼황까지도 필요없어. 삼존 중 한 노인네만 난입했어도 일이 성사되는 건 불가했겠지. 하지만 그 늙은이들이 왜?"

중년인은 쉴 새 없이 중얼거렸다. 평소 '그'의 성정으로 이렇게 안절부절못하는 것은 있기 힘든 일이었지만, 지금은 상황이 달랐다.

"으득! 대체 어떤 자식이……."

그는 주먹을 부르르 떨었다. 얼마나 세게 쥐었으면 손바닥에서 핏물이 고여 나왔다.

"흑살단(黑殺團)이나 무영단(無影團)은 그다지 아깝지 않다. 하지만 천주님께는 뭐라 고한단 말인가? 게다가 비무장에 난입했다는 괴인 그 역시 불안하다."

으드득─

그의 이빨 가는 소리가 입 밖으로 새어 나왔다. 흥분하여 붉게 변한 피부, 벌겋게 충혈된 눈동자가 그가 얼마나 화가 났는지를 보여주고 있었다.

"으으, 이게 무슨 꼴이란 말인가!"

중년인은 고개를 떨구었다. 하지만 그뿐, 그의 눈동자는 활활 타오르고 있었다.

"크으."

그렇지 않아도 어두운 장내의 기운이 중년인으로 인해 더욱 서늘하게 변하였다. 왠지 모르게 오한이 드는 그런 분위기였다.

＊　　　＊　　　＊

"끄응, 가셨다구?"

단리혜의 아쉽다는 듯한 말에 곽나연은 고개를 끄덕인다.

"응, 이야기는 나중에 하자고 전해 달라셨어. 소가주님께 무슨 말을 하고 싶었던 거야?"

방 안에는 곽나연과 단리혜만이 있었다. 소소는 피곤했는지 처소에 돌아가서 잠을 청하였기 때문이다.

"그냥… 이것저것. 딱히 드리고 싶은 말은 없었어. 그냥… 고마워서."

곽나연의 고개가 끄덕여졌다. 어찌 보면 독고진이 단리혜의 생명의 은인이라고도 할 수 있었으니 고마운 것이 당연했다.

"그런데 소가주님은 어디 가신 거야?"

그녀의 말에 곽나연은 뒷머리를 살짝 긁적였다. 처음부터 말해준다는 것을 깜빡했기 때문이다.

"맹주님을 만나러 가셨어. 맹주님께서 부르셨다던데?"

곽나연은 의아한 표정이 되었다. 아버지는 그녀가 알기로 아직 황룡각의 맹주 처소에 머물고 있었기 때문이다.

"아버지께서? 아버지가 소가주님을 왜 부르셨지?"

중얼거리던 그녀는 곽나연에게 되물었다.

"아, 그리고 아버지는 아직 맹주 처소에 계신데. 방금 전에 나도 아버님을 뵙고 왔어. 그런데 소가주님은 없던데?"

곽나연은 머리를 다시 한 번 긁적였다.

"뭐, 무림맹으로 가셨나 보지. 맹주님께서 무림맹 집무실로 오라고 하신 것 같더라?"

그 말에 단리혜의 표정은 살짝 시무룩해졌다.

"그런 거면 좀 있다가 출발하셔도 되었는데……."

말은 서운한 듯하지만 사실은 그녀도 알고 있었다.

'나를 배려해 주시기 위함이겠지.'

단리혜는 마음이 따뜻해졌다. 독고진의 마음 씀씀이가 고마웠기 때문이다.

사실 그녀는 아직도 많이 힘들었다. 여인으로서 그렇게 치욕스러운 경험을 한 것이 쉬이 잊혀질 리가 없었기 때문이다.

"나중에 나랑 같이 뵙지, 뭐."

*　　　*　　　*

"크으……."

일비(佾飛)는 신음을 흘렸다. 그는 독고진과의 약속을 지키기 위하여 그의 부모인 독고명과 유하령에게 접근하는 흑의괴인들을 막아내느라 꽤나 많은 부상을 입었다. 물론 독고명의 무공이 일비보다 높기는 했지만, 문제는 유하령이었다. 무공을 할 줄 모르는 유하령을 흑의인들로부터 지켜내는 것은 독고명 혼자서는 무리였기 때문이다.

"다행히 치명상은 없소. 며칠 쉬면 괜찮아질 것이오."

의원의 말에 일비는 고개를 살짝 끄덕인 후 자리에서 일어났다. 이곳저곳 자잘한 상처가 많기는 했지만 대수롭게 생각하지 않은 것이다.

"고맙소."

간단히 인사한 후 그는 천천히 걸음을 떼었다. 그의 뒤로 다음 부상자가 들어오는 것이 보였다.

"으음, 막부동(寞簿桐), 그 친군 어떻게 됐나?"

중얼거린 그는 바깥으로 나왔다.

"이런 거추장스러운 건 그만 달고 있어야지."

또다시 중얼거린 그는 자잘한 생채기가 이곳저곳에 나 있는 얼굴로 손을 가져갔다.

부우욱—

듣기 거북한 소리와 함께 그의 얼굴 가죽이 벗겨져 나왔다. 경악스러운 광경이었지만, 조금만 자세히 보더라도 그것이 아니라는 것을 알 수 있었다.

"후아, 이제 좀 시원하군."

그의 손에 들려 있는 것은 다름 아닌 인피면구(人皮面具)였다.

인피면구를 벗은 그의 모습은 정말 놀라운 것이었다. 왜소한 체형에 볼품없는 외모였던 그의 이미지가 완전히 달라 보였다. 그의 얼굴은 높게 잡아봐야 열여섯은 되었을까 말까 한 앳된 모습이었던 것이다. 작은 편인 체형은 아직 덜 자라서 그런 것 같아 보이기도 했다.

"그런데 독고진, 그 사람은 이런 일이 일어날 것을 예견한 것인가?"

통증이 꽤나 있는지 왼팔의 붕대가 감긴 곳을 만지작거리던 그는 발을 옮기기 시작했다. 그의 얼굴에는 뭔가 기대감 비슷한 것이 어려 있었다.

"그래, 독고진이라……. 한번 그에게 기대를 걸어보는 것도……."

알 수 없는 말만을 남겨놓은 그는 수많은 인파 속으로 사라져 갔다.

第九章
수하(手下)

죽은 자의 영혼과 사람의 심혼(心魂)을 다루는 흑마법사 무림에 환생하다!

마왕의 힘을 배워 9클래스의 마법 경지를 넘어서고, 절대의 무공 경지에 들다!

그를 기다리는 건 무림사에 더없을 멸겁의 종말, 새황 오대천의 살혼마신!

“후후. 이거 기대 밖입니다, 사부?”

흑의청년의 입에서 흥미롭다는 듯 높은 어조의 말이 흘러 나왔다.

“기대 밖이라니? 호오, 네 기대보다 대단하다는 게냐?”

그 말에 청년은 고개를 끄덕였고, 그에게 사부라 불린 사내 의 표정에는 이채가 어렸다.

그의 제자 묵비령이 이런 반응을 보인 것은 처음이었기 때 문이다.

“다행이구나. 그럼 이 사부가 하라는 대로 할 게지?”

이번에는 고개를 젓는 묵비령이었다.

“그건 아직 모릅니다. 몇 가지 더 확인해야 할 것이 있으니까요. 독고진이라는 녀석의 능력도 확인해야 하고.”

사내는 의아하다는 듯한 표정이 되었다.

“아니, 그럼 아직 진아의 능력도 확인하지 못했다는 것이더냐? 그러면 대체 어떤 것을 보았기에 네가 기대 이상이라 말한 것이더냐?”

사내는 씻을 때를 제외하고는 절대 벗지 않던 묵빛의 흉갑마저 벗어내었다. 약간 상기된 모습이었다.

“독고소령이라는 여인을 보았습니다.”

“독고소령? 처음 듣는 이름인데?”

그의 말에 묵비령은 갸우뚱했다.

“사부님께서 모르시다니요? 독고진이라는 녀석의 여동생이라 들었는데.”

사내는 손뼉을 딱! 쳤다. 그제야 이해가 간다는 듯한 표정이었다.

“아아, 그렇구나. 그렇다면 말이 되지. 그 여아가 태어나기도 훨씬 전에 내가 세가를 나왔을 테니.”

사내는 아련한 표정이 되었다. 과거를 회상하고 있는 듯하였다.

“으음, 그렇군요.”

“그런데 독고소령이라는 아이를 보고 놀랐다고?”

묵비령은 고개를 끄덕였다.

 FOR GOD

"예, 사부님."

사내는 흥미롭다는 듯 그를 재촉했다.

"어떤 점에서 놀란 것이냐?"

"당연히 무공을 보고 놀란 것이지요. 제가 전력을 다해 상대해야 간신히 제압할 수 있을 듯했습니다. 많이 봐줘야 열여섯, 일곱밖에는 안 될 법한 소녀가 말이죠."

그의 말에 사내는 벌떡 일어났다. 그는 경악하고 있었다. 그의 제자는 천재였다. 그가 알기로 묵비령은 지금 최소 초절정의 경지에 들어서 있었다. 그런데 그런 제자가 전력을 다해야 우세할 수 있는 상대가 고작 열여섯 정도의 여아라니? 믿기지 않을 수밖에 없었다.

"정… 말이냐?"

비령은 고개를 끄덕였다. 자존심이 약간 상하기는 했지만, 인정할 것은 인정해야 했다.

"오, 드디어 본 가에서 인재가 나온 것인가? 하지만 여아라니……."

잠시 무언가를 생각하던 사내는 다시 묵비령을 향해 말을 이었다.

"그런데 소령이라는 아이의 실력은 어떻게 알게 된 것이더냐?"

"그 여아가 독고세가의 대표로 제룡회에 나왔습니다. 결승까지 올라갔지요. 직접 맞서보지는 않았지만, 처음 보는 환검

을 사용하더군요. 솔직히 방심했다면 저라도 막아내기 힘들
었을 겁니다."

사내의 표정이 일변했다. 묘한 표정이었다.

"허어, 거참. 그럼 그 아이가 진아보다 실력이 더 낫다는
것이냐? 내가 진아 녀석을 어릴 적에 본 일이 있었는데, 먼발
치에서 보긴 했지만 그 아이 또한 재능이 매우 뛰어났다. 대
체 어떻게 된 일인지……."

중얼거리는 그를 보며 묵비령은 빙긋 미소 지었다.

그의 사부인 독고패. 그는 다름아닌 독고세가의 가주 독고
명의 막내 숙부였다. 그는 큰형님인 독고한천이 죽자 가주 자
리를 놓고 세가 내에서 분열이 일어날 것을 우려하여 조용히
세가를 떠났던 것이다.

비록 몸은 세가를 떠나 있어도 마음만은 항상 세가를 걱정
하고, 제자인 자신에게도 곧잘 세가 이야기를 하곤 했던 사부
에게 묵비령은 따뜻한 정(情)을 느꼈다.

'하지만 사부, 독고진이란 녀석의 수하가 되라는 사부의
부탁은 좀 더 생각해 봐야겠군요. 사부께서는 제 생명의 은인
이자 부모와 다름없는 분이십니다. 하지만 저는 아무나 주군
으로 받들고 싶은 생각은 없습니다. 독고진이라는 사내의 능
력이 제 기대에 부응한다면 사부의 말씀에 따르도록 하지
요.'

처음에 사부에게 독고진의 수하가 되라는 이야기를 들었

을 때, 그는 당황을 넘어 화가 나기까지 했다. 아무리 사부가 세가의 사람이라고는 하나 하나밖에 없는 제자에게 다른 사람의 밑으로 들어가라니, 용납할 수가 없었다.

하지만 세가를 생각하는 마음에 여러 번 부탁하는 독고패를 보며 그는 마음이 흔들리고 있었다.

'한번 기대해 보겠습니다, 사부.'

＊　　　＊　　　＊

"그게… 사실이란 말이더냐?!"

백발이 성성한 노인. 그의 흰 눈썹이 꿈틀거렸다.

"그렇습니다, 교주님. 여기 문주님께서 보내신 서찰이……."

노인은 서찰을 빼앗기라도 하듯 낚아채었다. 둘둘 말린 두루마리를 펼친 그는 서찰을 읽으면서 계속 표정이 변하였다.

"이, 이게 말이나 된다는 건가? 허."

이내 그의 입에서 허탈한 듯 탄식이 흘러나왔다. 그의 표정에는 상실감마저 느껴졌다.

"천주님께서 대체 뭐라 하실지……."

중얼거린 그는 자신의 앞에 부복해 있는 혈포의 무인에게 말했다.

"가서 여상추(呂象酋) 부교주와 구취(龜臭) 부교주를 불러오거라!"

그의 말에 무인은 고개를 숙여 보이며 절도있게 대답하였다.

"존명!"

그가 나가자 노인은 태사의에 몸을 푹 묻었다. 뭔가 골똘히 생각하는 모습이었다.

'허허, 이런 말도 안 되는 일이 벌어질 줄이야. 철 문주가 불안하다고 했을 적부터 대충 감은 잡고 있었지만, 이건… 아무리 무공이 강한 신비인이 난입했다 하더라도… 뭔가 잘못되었다.'

그는 서찰의 내용을 몇 번이고 다시 훑어보았다. 하지만 그러면 그럴수록 그의 표정은 더욱 굳어가기만 하였다.

'결국 그 신비고수에 대한 정보는 아무런 것도 없다는 말인가? 살아 돌아온 녀석이 그래도 여럿이라 들었거늘, 아무도 인상착의조차 파악하지 못하다니…….'

그의 주름진 노안은 좀처럼 펴질 줄을 몰랐다.

*　　　*　　　*

"끄응, 사매, 이제 괜찮다니까."

청운은 난감한 표정을 지었다. 전신에 붕대를 동여매고 있는 우스꽝스런 모습이기는 했지만, 몸이 많이 좋아졌는지 그의 목소리는 밝아 보였다.

"괜찮기는요. 흑흑, 대사형께서는 쓰러지신 지 꼬박 다섯 시진이 지났어요. 이제 겨우 깨어나셨는데 괜찮다니요."

그의 앞에 앉아서 연신 흐느끼는 여인, 청연지(淸戀地)의 커다란 두 눈에 눈물이 그렁거렸다.

"이제 괜찮아졌어. 괜찮대두. 자, 봐."

말을 하며 청운은 침상에서 상체를 들어 올렸다.

우두둑―

하지만 뼈가 결리는 소리와 함께 그는 신음을 흘릴 수밖에 없었다.

"크윽."

그 모습에 놀란 연지는 청운의 등을 받쳐 주며 다시 뉘였다.

"거봐요, 사형! 괜찮긴 뭐가 괜찮으세요?!"

빽! 소리 지르는 그녀를 보고는 청운은 당황한 얼굴이 되었다.

"사매, 왜 그래? 화났어?"

청운은 그녀가 이렇듯 감정이 격해져 있는 모습을 처음 보았다. 지금까지 십수년을 그녀와 함께 지내오면서 처음 보는 생소한 모습이었다.

"아, 아니, 죄송해요, 사형."

그제야 자신의 행태를 깨달은 청연지는 얼굴을 붉히며 고개를 푹 숙였다. 그녀도 지금 자신이 왜 이렇게 흥분했는지 알 수 없었다.

‘내, 내가 왜 이러지?’

그녀가 흥분한 것은 청운의 허벅지가 흑의인의 검에 의해 관통당했을 때부터였다. 청운의 다리에선 엄청난 양의 피가 솟구쳤고, 그것을 본 연지는 제정신이 아니었다.

“아니, 미안할 건 없어. 그런데 사매, 내가 물어볼 게 있는데……”

고개를 한 번 흔들며 정신을 차린 그녀는 청운과 눈이 마주쳤다.

“말씀하세요, 대사형.”

청운은 빙긋 웃으며 말했다.

“별건 아닌데… 마지막에 날 구해준 푸른 검기… 그거 어떤 분이 쏘아낸 것인지 보았니? 내가 경황이 없어서 못 봤거든. 감사의 인사라도 전해 드리고 싶은데……”

절체절명의 순간, 청운을 향해 도약해 오던 흑의인을 반 동강 내어버린 무지막지한 검기. 그는 그 검기의 주인을 알고 싶었던 것이다.

“글쎄요, 저도 잘 모르겠는데요.”

말은 그렇게 했지만 사실 그녀는 매우 잘 알고 있었다. 아니, 모를 수가 없었다. 그 검기는 바로 그녀의 것이었기에.

‘후우, 대체 그땐 어떻게 된 거였지? 알지도 못하는 초식

이… 그런 위력으로 방출되다니…….'

연지는 고개를 설레설레 저었다.

'사형이 치명상을 입었을 때부터였어. 갑자기 속에서 뭔가 끓어오르는 듯싶더니… 후, 알다가도 모르겠네.'

그 당시를 회상하던 그녀는 그때 느낀 막대한 기운을 기억하며 몸을 부르르 떨었다. 지금 생각해도 전율이 이는 것이었다.

그녀는 그 힘을 기억해 내려 수도 없이 시도해 보았다. 하지만 힘을 기억해 내기는커녕 한 줌의 기운조차 느끼지 못하였던 것이다.

'순간 누가 격체전력이라도 해주었나?

이런 생각도 안 해본 것은 아니었지만 정황상 그것은 불가능했다. 격체전력이라는 것은 아무리 고수가 시전한다 하더라도 최소 그녀의 등이나 복부에 손을 대어야 가능한 것인데, 그런 일은 전혀 없었기 때문이다.

"사형, 힘내세요. 사형은 강한 사람이잖아요."

청운은 살짝 움찔했다. '강한 사람이잖아요' 라는 그녀의 말이 지금까지의 어떤 위로보다 가장 마음속에 와 닿았기 때문이다.

아무리 그의 속이 깊고 많은 수양을 쌓았다 하더라도 그는 혈기왕성한 청년이었다. 자신의 무예에 자부심을 갖지 않기에는 주변에서 그를 치켜세워 주는 사람들이 너무나도 많았던 것이다.

하지만 그 자부심이 바로 엊그제 처참하게도 박살이 나고
말았다.

그는 자신의 무기력함 속에서 절규해야 했다. 수많은 흑의
인들의 실력이 하나같이 자신보다 떨어지지 않았다. 자신이
최고라는 자신감이 은연중에 가슴 깊숙한 곳을 차지하고 있
었기에 그의 마음의 상처는 결코 적지 않았다.

지금까지 그에게 위로를 해준 말들은 전부 빨리 쾌유하라
는 등의 외적 상처에 대한 것뿐이었다. 하지만 '사형은 강한
사람이잖아요' 라는 그녀의 말은 그의 가슴에 와 닿았다. 연
지가 어떤 의도로 그에게 그런 말을 한 것인지는 몰라도 그는
느꼈다.

나약해지고 있던 자신을 채찍질하는 그녀의 마음을……

"연지야."

청운의 부름에 그녀는 놀란 얼굴이 되었다. 그가 그녀에게
이름을 불러준 것은 정말이지 수년은 되었기 때문이다.

"사, 사형……."

청운은 그녀의 청초한 얼굴을 물끄러미 바라보았다. 여자
후기지수 중 미모와 무공 수위 면에서 최고라고 평받는 삼봉
중 일인인 그녀인만큼 매우 아름다운 얼굴이었다.

"고맙다.

짧은 한마디. 하지만 그것은 그녀에게 천근만근과도 같은

무게로 다가왔다.

　'저도… 고마워요, 사형.'

*　　　*　　　*

　"하아압!!"

　거구의 사내. 우락부락한 얼굴에 칠 척은 되어 보이는 거대한 체구의 사내가 그에 못지않게 거대한 도(刀)를 들고는 자세를 잡고 있었다.

　"차핫!"

　공터 안에서 그의 커다란 기합성이 울려 퍼졌다.

　전신이 땀으로 흠뻑 젖은 모습이 정말 힘들어 보이긴 하였지만, 눈빛만은 빛을 잃지 않고 있었다.

　"패천광혼(覇天狂魂)!!"

　초식명인 듯한 단어가 그의 입에서 힘있게 터져 나오며 그의 도가 움직이기 시작하였다.

　쌔애액—

　거대한 도에서 나오는 엄청난 박력과 속도, 그리고 허공을 가르며 나는 파공음은 보는 이로 하여금 섬뜩함을 불러올 만한 것이었다.

　슉— 슉—

　도가 쉴 새 없이 움직였다.

"광룡만천(狂龍滿天)!!"

패도적인 기세와 함께 휘몰아치는 도세(刀勢). 광포한 광룡의 기운이 허공을 지배하고 있었다.

쿠콰콰쾅—!

커다란 폭발음. 인간의 손에서 만들어진 쇠붙이가 내었다고는 믿을 수 없을 만한 굉음이 허공에 울려 퍼졌다.

구구궁.

낮은 소리와 함께 허공에서 울려 퍼지던 진동이 멈추자 거한 막부동(寞簿桐)의 신형이 천천히 무너졌다.

털썩—

그는 주저앉았다. 이를 악물어봐도 더 이상 그의 다리에는 그의 거구를 지탱할 만한 힘이 남아 있지 않았다.

"이것이 대체……."

그는 중얼거렸다. 그의 표정은 희열로 가득 찬 모습이었다.

"광무도법(廣茂刀法)… 광무도법이라……. 처음부터 대단한 도법이라는 것은 알았지만 이런 위력이 나올 줄이야……."

그는 덜덜 떨리는 손을 들어 보았다. 아직도 느껴지는 감동이 손에 고스란히 남아 있었다.

사실 광무도법의 진가는 패천광혼과 광룡만천의 초식에서부터 발휘된다. 그전의 초식들 또한 버릴 것 하나 없는 훌륭한 것들이었지만, 독고진이 직접 개량하고 손을 본 것은 패천 광혼부터였던 것이다. 그는 광무도법을 개량하면서 가장 강한 특성인 패도적인 요소를 더욱 부각시켰다. 그런 면에서 광무도법의 마지막 초식인 파천무위강(破天務威罡)은 극에 달한 패도라 칭하여도 과하지 않았다.

"아직 마지막 초식이 남아 있다. 파천무위강. 아직도 감이 오지는 않지만 언젠가는 펼칠 수 있을 날이 오겠지. 후후, 기대되는군."

그는 연신 중얼거렸다. 평소 과묵하던 그의 성정으로 미루어보았을 때 그가 지금 얼마나 흥분하여 있는 상태인지를 알 수 있는 모습이었다.

"그나저나 진전이 너무 느리군. 이 천하의 막부동이."

그는 도를 만지작거리며 한탄했다. 하지만 사실 그는 독고진이 예상한 것보다 훨씬 빠른 속도로 광무도법을 익혀낸 것이었다.

독고진이 창안해 낸 광무도법은 일반 무인들이 익히기에 적절한 무공이 아니었다. 독고진 자신 또한 그렇게 생각하고 있었다. 그가 처음 광무도법을 개조할 당시, 과연 이 초식을 익혀낼 수 있는 신체가 얼마나 될까 하고 걱정까지 했던 것이다.

광무도법은 기본적으로는 내력을 이용해야 하는 내가중수법이라 할 수 있었다. 하지만 이것을 펼치는 데 사용되는 근맥 또한 만만치 않게 필요했다. 근맥은 내력을 쌓는 심맥과는 근본적으로 다른 것이어서 선천척으로 타고나기도 해야 하며, 외공 또한 일정 수준 이상 익혀야 한다. 내가를 익힌 무인 중 근맥마저 타고난 이는 극히 드물다고 봐야 했다.

하지만 막부동은 근본이 외공을 이용하는 무인이다. 그는 외공을 수련하기는 하지만 심법 또한 꾸준히 수련해 온 터라 많진 않지만 적당한 양의 내공 또한 가지고 있었다. 그 두 가지가 조화되어 그의 진전이 비약적으로 빨라질 수 있었던 것이다.

하지만 그의 내공에는 한계가 있었기에 이렇게 초식을 한 번씩 전개하고 나면 내공이 고갈되어 전신에 힘이 쭉 빠지는 것이었다.

"내가 내공을 아쉬워할 날이 올 줄은 몰랐군. 후후, 이제부터라도 심법을 소홀히 해서는 안 되겠어."

중얼거리는 그의 얼굴은 성취감으로 가득했다.

*　　　*　　　*

"아버지, 안에 계신가요?"

골머리를 싸매고 있던 단리철의 어두운 얼굴이 일순 환해졌다. 딸인 단리혜는 그의 인생에서 오아시스와도 같은 존재였다.

"오오, 혜아구나. 어서 들어오너라."

바빠서 신경을 쓰지는 못하였지만, 그는 마음 한 켠에 계속 단리혜의 안전에 대한 불안감이 있었다. 밝은 듯 보이는 딸의 목소리에 한편으로 크게 안도하는 그였다.

드르륵—

문이 열리고 단리혜가 안으로 들어서자 단리철의 얼굴을 더욱 밝아졌다.

"그래, 이리 앉거라."

단리철의 권유에 그녀는 천천히 의자를 빼내어 탁자 앞에 앉는다.

"몸은 좀 괜찮느냐? 네가 납치를 당했다는 말을 듣고 얼마나 놀랐는지 모른단다."

그의 말에 단리혜의 표정이 살짝 침울해진다. 하지만 이내 그녀의 표정은 펴졌다. 독고진의 말처럼 '그 일'은 이제 없었던 일인 것이다. 아니, 원래부터 일어나지도 않은 일이었다.

"괜찮아요, 아버지. 저야 뭐, 금방 어떤 분이 구해주셨는걸요."

말을 하는 그녀의 안색이 자못 상기되어 있었다. 독고진의 생각을 하는 것일까? 그녀의 얼굴에 오랜만에 봄바람이 불어왔다.

"허헛, 그 이야기도 들었다. 독고진이라는 아이가 구해주었다면서?"

단리혜는 고개를 끄덕이며 얼굴을 붉혔다. 이제는 그의 이야기만 나오면 설레는 감정을 주체할 수가 없었던 것이다.

"그런데 언제 그런 이야기들을 다 들으셨어요? 제가 독고 소가주님께 도움받아 여기 도착한 지는 채 한 시진도 되지 않았는데……."

단리철은 빙긋 웃으며 대답했다.

"네 친구라는 아이에게 들었다. 곽나연이라는 아이 말이다."

단리혜는 이해가 간다는 듯 고개를 끄덕인다. 지금 그녀가 납치되었다가 구출되었다는 사실을 아는 이는 소소와 곽나연, 그리고 독고진밖에는 없었기 때문이다.

"그렇군요."

"그런데 독고진, 그 아이는 어딜 간 것이더냐? 그 녀석에게 고마운 것들이 많은데……."

"독고 소협은 지금 무림맹에 가셨을 거예요. 아버지께서 맹주 집무실로 부르셨다면서요?"

그녀의 말에 단리철은 어리둥절한 표정을 지었다. 물론 그가 독고진을 맹주 집무실에서 보자 한 것은 맞았지만, 독고진 또한 그가 아직 황룡각에 머물고 있다는 사실을 모를 리 없을 텐데 왜 무림맹까지 간 것인지 이해를 할 수 없었던 것었다.

"아니, 내가 여기 있다는 것을 모를 리 없을 터인데 왜 거기

 FOR GOD

까지 간단 말이냐?"

그 말에 단리혜는 고개를 설레설레 저었다. 물론 그녀는 그 이유를 알고 있었지만 아버지에게 설명하기는 힘들었기 때문이다.

"그거야 소녀도 잘 모르죠. 그쪽에 무슨 볼일이라도 있으신 게 아닐까요?"

"뭐, 그럴 수도 있겠다만……."

단리철은 차를 홀짝였다. 아무런 말도 하지 않은 채로 오랜 시간 한자리에서 서류만 뒤적이다가 많은 말을 한번에 하니 목이 타는 듯했다.

"그나저나 독고 소협께 도움받은 것이 많다니요? 저를 구해주신 것 말고도 그분께서 아버지를 도와주신 일이 있으신가요?"

궁금하다는 듯 묻는 그녀에게 단리철은 웃으며 대답하였다.

"그 아이, 내가 정확히 보았다면 천 년에 한번 나올까 말까 할 기재다. 천재야."

갑작스런 그의 말에 어리둥절해진 단리혜가 재촉했다.

"뜬금없이 그게 무슨 말씀이세요?"

그는 다 식어버린 차를 한 모금 더 마신 후 말을 이었다.

"그 아이의 활약으로 이번 혈사에 흐른 사람들의 피가 반은 준 듯하구나."

단리혜는 흥미롭다는 듯한 표정이 되어 그의 다음 말을 기다렸다.

"그 아이가 휘젓고 다니는 바람에 발이 묶여 있던 나와 무림맹의 장로 분들이 활약할 수 있었고, 피해를 최소화시킬 수 있었던 것이다."

그는 자세한 내용은 이야기하지 않았다. 전부 말하자면 이야기가 너무 길어지기 때문이었다.

"아!"

단리혜의 입에서 짧게 감탄사가 터져 나왔다. 독고진의 능력은 익히 알고 있다 생각했지만, 들을 때마다 놀라움을 안겨주는 것은 어쩔 수 없었다.

'역시 대단한 사람.'

그를 생각할 때마다 마음 한 켠이 뿌듯해지는 그녀였다.

"어쨌든 이제 이 아비도 채비를 해야겠다. 무림맹 회의가 시간이 그리 많이 남지 않았으니 빨리 움직이는 것이 좋겠구나."

말을 한 그는 탁자 위의 서류를 정리하기 시작했다. 평소 같았다면 그저 한곳으로 쓱 밀어놓고 말 것이었지만, 이번에는 중요한 몇 가지 문서를 따로 정리하여 무림맹에 들고 가봐야 했기 때문이다.

"저도 무림맹에 따라가도 될까요?"

갑자기 엉뚱한 말을 하는 그녀에게 단리철은 이상하다는

듯한 눈빛으로 말했다.

"갑자기 왜? 무림맹에는 예전부터 가기 싫어하지 않았더냐?"

그녀는 어릴 적부터 사람이 많아 복잡한 데다가 맹주인 아버지를 둔 탓에 많은 시선을 받아야 하는 무림맹에는 가기 싫어했다. 그런 그녀가 갑자기 자처해서 가겠다고 하니 의아할 법도 한 것이다.

"아, 아니, 그냥… 아니에요. 그냥 전 세가로 돌아가서 좀 쉴래요. 피곤하네요."

그녀의 말에 단리철은 푸근한 미소를 지어 보이며 머리를 쓰다듬어 주었다.

"그래, 혜아야. 푹 쉬어야 한다. 안 그래도 비무대회 때문에 힘들었을 텐데 안 좋은 일까지 겹치고."

단리철의 따뜻한 배려가 느껴지는 말에 그녀의 입에는 저절로 미소가 떠올랐다.

*   *   *

아침이 밝았다. 바로 어제까지만 해도 소란스럽기 그지없던 북경의 아침은 언제 그랬었냐는 듯 조용하기 이를 데 없었다. 새벽부터 장사를 시작하려는 노점 상인들의 목소리만이 간간이 울려 퍼질 뿐이었다.

황룡각, 그중에서도 구파의 후기지수들의 처소가 모여 있는 금룡전의 한 처소. 각기 이곳저곳에 상처를 입고 있는 두 청년이 서로를 마주 보며 이야기를 나누고 있었다.

"남궁 소협께서 이곳까진 어쩐 일이시오?"

능사운은 자신의 앞에 앉은 청년에게 반가운 어조로 인사를 건넸다. 비록 흐지부지되기는 하였지만, 자신과 함께 이번 제룡회의 결승까지 올라갔던 사내. 경황이 없어서 친해질 수는 없었지만 기회가 닿는다면 한 번쯤 만나보고 싶다는 생각을 했던 남궁소운이 그의 처소로 찾아온 것이다.

"능 소협을 한번 뵙고 싶어 왔소. 너무 이른 시간에 와서 혹 실례가 된 것은 아니오?"

그의 말에 능사운은 손사래를 쳤다. 흑의인들과의 난전에서 입은 상처 때문에 어제까지 적지 않은 사람들이 문병을 와서 피곤한 참이었지만, 소운은 그 또한 언젠가 한번 보고 싶었던 사내였기에 오히려 와준 것을 고맙다고 하고 싶을 정도였다.

"아니, 절대 아니오. 안 그래도 소협은 언제 한번 꼭 찾아 뵙고 싶은 분이었소이다."

소운은 기분 좋은 표정을 지어 보였다.

"하핫, 그렇다면 다행입니다. 사실 이렇게 이른 시간에 찾아온 것은 소협께 의논드리고 싶은 것이 몇 가지 있어서……."

사운은 약간은 의아한 표정이 되었다. 아직 서로가 잘 알지 못하는 사이인데, 대체 의논할 것이 뭐가 있다는 말인가?

"말씀해 보시지요."

소운은 천천히 말을 이었다. 이는 참변이 있은 후부터 지금까지 그가 가장 의아하게 생각해 왔던 부분이었다.

"단도직입적으로 본론부터 말하겠소. 어제의 참변(慘變) 말이오."

사운은 고개를 끄덕이고는 그의 다음 말을 기다렸다.

"뭔가 이상하다고 생각하지 않소?"

그의 말에 능사운은 고개를 살짝 갸우뚱하였다. 무슨 말인지 알 수 없었기 때문이다.

"뭐가… 말이오?"

"나는 능 소협보다는 약간의 여유가 있었소. 아, 물론 내 실력이 뛰어나서가 아니라 흑의인들이 능 소협을 더 노렸기 때문이지요."

능사운은 자신의 자존심이 상할까 봐 배려하는 소운에게 살짝 웃어주었다. 개의치 말라는 뜻이었다.

"그래서 상황을 전체적으로 살펴볼 수 있었는데, 흑의인들이 주로 노린 인물들 말이오."

능사운은 흥미가 동하는 듯 눈을 빛냈다. 소운의 말처럼 그는 경황이 없었기에 그런 것은 관찰하지 못하였던 것이다.

"그들이 주로 노린 사람이 제룡회의 결승에 진출한 이들이었소."

“……!”

능사운의 눈이 살짝 커졌다. 사실 그도 혹의인들이 유독 자신에게 달라붙는다는 듯한 생각을 지워 버릴 수 없었기 때문이다. 만일 중간에 독고진이 도와주지 않았더라면 그는 지금 싸늘한 시체가 되어 있었을 것이다. 물론 능사운은 자신을 도와준 것이 독고진이라는 사실은 모르고 있었지만.

“제룡회의 결승에 진출한 사람들을 노린다라? 나, 소운 소협 외에 결승에 진출했던 다른 후기지수들도 집중적으로 당했다는 이야기요?”

소운은 고개를 끄덕이며 말을 이었다.

“그렇소. 일단 무당파의 청운 소협은 소협이나 나보다도 더욱 심한 상처를 입고 지금 병상에 누워 계시오. 그리고 단리혜 소저와 당소소 소저 또한 혹의인들에게 둘러싸여 있는 것을 내가 목격한 바 있소. 두 분이 지금은 어떻게 되었는지 모르겠지만.”

말이 이어질수록 능사운의 동공은 점점 커져 갔다. 그들이 노린 인물들이 특정한 공통점을 가지고 있다는 점에 대해서 놀란 것이 아니었다. 다른 맹의 주요 인사들을 놔두고 후기지수에 불과한 자신들을 노렸냐는 것이 이해가 되지를 않을 뿐이었다.

“그런데… 그들이 왜?”

“…….”

　이번에는 소운도 아무런 말을 할 수 없었다. 그는 단지 흉수들이 노린 이들에 대해 공통점을 발견했을 뿐이고, 그 또한 왜 그런 것인지를 알 수 없었기에 답답해서 능사운을 찾아온 것이었기 때문이다.

　"그거야 나도 모르지요. 그것을 같이 의논해 보고자 소협의 침소에 이렇듯 불쑥 찾아온 것이 아니겠소?"

　능사운은 수긍하였다. 그 또한 그 대답을 바라고 한 질문이 아니었기 때문이다.

　"정체불명의 흑의괴인들이라……."

　중얼거리던 능사운은 왠지 모를 불안감이 그의 뇌리를 엄습하는 것을 느꼈다.

*　　　*　　　*

　"후후웁, 드디어 도착인가?"

　히이이잉—

　독고진이 말고삐를 잡아끌자 신나게 달리던 흑마는 앞발을 치켜들며 멈춰 섰다.

　"후후, 녀석도 참."

　그는 자신이 타고 있는 말의 갈기를 쓰다듬었다. 볼수록 마음에 드는 녀석이었다.

　"세가에 돌아가면 이 말을 내가 타고 다닐 수 있도록 무강

아저씨에게 부탁해 볼까?"

무강은 독고세가의 마방을 책임지는 책임자였다. 물론 독고진이야 무강의 허락 없이도 마음대로 말을 탈 수 있었지만 그저 해보는 말이다.

히이잉— 푸드덕 푸드덕—

말은 독고진이 갈기를 쓰다듬어 주자 기분이 좋은 듯 투레질을 하였다.

다그닥— 다그닥—

한 일다경 정도 여유롭게 걷자 백도무림맹의 정문이 보인다. 아니, 정확히 말하자면 정문으로 보이는 문이었다. 그는 무림맹에 몇 번 와본 일이 없었기에 맹의 지리를 정확히 알지 못했다.

착— 착—

그가 들어서려 하자 정문을 지키던 두 사람의 무사들이 칼을 빼어 들어 교차시키며 그의 앞을 막았다.

"신분증을 보여주시오."

당연한 절차에 독고진은 빙긋 웃으며 품속에서 독고세가의 위패를 꺼내 들었다. 그것을 본 무사들은 검을 거두고는 소리쳤다.

"통과!"

무사들은 독고세가의 위패가 어떤 것인지를 알고 있는 것이 아니었다. 단지 무림맹에 속해 있는 단체의 위패라면 어느

것이든지 작게 새겨져 있는 창룡(蒼龍)의 문양을 확인한 것일
뿐이었다.

그가 정문 안쪽으로 다가서자 한 무사가 다가왔다.

"무슨 일로 본 맹에 오셨습니까?"

그의 물음에 독고진은 머리를 긁적이며 말한다.

"맹주님을 뵈러 왔습니다. 아직 맹주님께서 맹에 도착하지
않으신 것은 알고 있으니, 혹 머물 수 있는 숙소를 제공해 주
실 수 있겠습니까?"

독고진의 공손한 말투에 기분이 좋아진 무사는 친절히 대
답했다. 맹주를 찾는 것으로 보아 낮지 않은 신분을 가진 사
내임이 분명한데, 일개 무사인 자신을 존중해 주니 기분이 좋
아질 수밖에 없었다.

"아, 그러시군요. 절 따라오세요."

독고진은 고개를 끄덕이고는 말에서 내렸다.

"이 녀석은 어떻게 해야 합니까?"

독고진이 말을 쓰다듬으며 말하자 무사는 싱긋 웃었다.

"이쪽으로 오시면 마방이 있습니다. 따로 잘 관리해 드리
겠습니다."

잠시간 아무 말 없이 걷던 무사가 뭔가 생각났다는 듯 독고
진 쪽을 돌아보며 입을 열었다.

"아참, 소협의 존성대명을 알 수 있겠습니까?"

그의 말에 독고진은 약간 당황스러운 표정이 되었다.

"존성대명이라니 당치 않습니다. 제 이름은 독고진입니다. 독고가의 소가주죠. 아, 그리고 맹주님께서 돌아오시면 일단 제가 여기 머물고 있다는 것만 전해주십시오. 아마 맹주님께선 회의가 있으실 테니 회의가 끝나시면 만나뵐 겁니다."

*　　　*　　　*

처소로 들어온 독고진은 살짝 눈살을 찌푸렸다. 얼마 전부터 자신을 따라오는 인영이 하나 느껴졌기 때문이다. 그는 나름대로 조심하며 따라오는 듯하였지만 독고진의 이목을 피할 수는 없었다.

여장을 풀어놓은 독고진은 침상에 걸터앉아 허공을 보며 나직이 입을 열었다.

"뉘신데 내 주위를 이렇게 얼쩡거리는 것이오이까?"

독고진의 목소리가 울려 퍼지자 장내에 은신하고 있던 인영은 움찔하였다. 독고진이 자신을 발견하리라고는 생각지도 못했기 때문이었다.

착—

천장에서 흑의인영이 떨어져 내렸다. 흑색 일색의 무복을 입은 그에게선 자못 신비로운 분위기가 연출되고 있었다.

"후후, 내 은신술이 너무 서툴렀나 보군."

독고진은 사내의 전신을 훑어보다가 문득 어느 한곳에서 시선이 멈추었다. 그의 시선이 향한 곳은 사내의 등에 메어져 있는 널찍하고 얇은 면도였다.

'호오, 이자는 제룡회에서 결승까지 올라갔던 묵비령이라는 사내로군.'

"그대가 나를 찾아올 일은 없는 걸로 아는데……."

독고진의 말에 사내는 살짝 놀란 얼굴이 되었다.

"나를… 아시오?"

독고진은 씨익 웃으며 사내의 면도를 향해 눈짓했다.

"못 알아보기엔 그대의 무구가 너무 눈에 띄어서 말이지."

그제야 사내, 묵비령은 이해가 간다는 듯한 표정이 되었다. 그의 생각에도 자신의 면도는 어딜 가나 튀기 때문이었다.

"아하, 그렇군."

그는 수긍하며 고개를 끄덕인다. 하지만 독고진의 표정은 짜증스러웠다. 아직 그가 자신을 찾은 것에 대한 이유를 듣지 못했기 때문이다.

"그건 그렇고, 나를 찾은 이유가 무엇이오?"

묵비령의 표정이 살짝 일그러졌다. 사부의 당부가 생각났기 때문이다.

"사부의 명이오."

간단한 대답이었지만 독고진의 혼란을 가중시키기에는 충

분한 답이었다.

"좀 알아들을 수 있게 설명해 주시오."

하지만 이어지는 말은 더욱더 독고진의 뇌리를 복잡하게 만들어놓고 말았다.

"내 사부는 독고패라는 이름을 가지고 계시오."

독고진은 어리둥절했다. 갑자기 한다는 말이 자신의 사부가 독고패라니? 어디선가 들어본 것 같으면서도 기억이 나지 않는 이름이었다.

"독고패라는 이름은… 처음 들어보오만? 본 가의 인물은 아닌 듯싶은데……."

묵비령이 그의 말을 잘라내며 대답했다.

"독고가의 인물이 분명하오. 조금만 더 생각해 보시오. 아마 당신의 아버지인 독고 가주라면 확실히 알고 계실 이름이오."

독고진은 머리가 지끈거리는 것을 느꼈다. 어디선가 들어본 적이 있는 듯하기도 한데 도저히 생각이 나지 않았기 때문이다.

'독고패… 독고패라……. 게다가 아버진 분명 알고 계실 이름이라고? 으음, 저자의 사부라면 나이도 좀 있을 테니… 음?'

그는 갑자기 생각난 것이 있었다.

"아, 막내조부님!"

그는 어릴 적 독고패에 대해서 들어본 기억이 어렴풋이 났다.

"후, 이제야 기억이 나셨군. 하긴, 당신이야 사부님을 한 번도 뵌 일이 없을 테니 그럴 수밖에."

독고진의 눈빛이 달라졌다. 그의 묵비령에 대한 인식이 기분 나쁜 불청객에서 좋은 소식을 가져다준 심부름꾼 정도로 바뀐 것이었다.

"아버지와 성 조부님께서 좋아하시겠군."

그가 말하는 성 조부는 이미 돌아가신 그의 친할아버지인 독고한천의 동생 독고성(獨孤成)을 말하는 것이었다.

"후후, 하지만 나는 사부님의 소식만을 전하러 이곳에 온 것이 아니오."

그 말에 독고진의 표정이 살짝 일그러졌다. 뭔가 귀찮은 일이 일어날 것 같았기 때문이다.

"나, 묵비령이 그대에게 비무를 요청하오."

독고진의 표정이 와락 구겨졌다.

두 남자는 서로를 마주 보며 각각의 무구를 서로를 향해 겨누었다. 무림맹의 연무장. 다행히 제룡회 때문에 아직까지 맹이 텅텅 비어 있어서 연무장에는 아무도 없었다.

"내게 비무를 신청하는 이유가 무엇이오?"

짜증이 역력한 표정으로 말하는 독고진을 보며 묵비령은

피식 웃었다.

"후훗, 너무 불쾌해하지는 마시오. 나는 그대를 시험하기 위해 비무를 신청한 것이오."

그 말에 독고진은 기가 막히다는 듯한 표정을 지었다. 대체 자신이 왜 잘 알지도 못하는 사내에게 시험을 받아야 한단 말인가?

"내가 그대의 시험에 응할 하등의 이유가 없소만?"

묵비령의 표정 또한 살짝 일그러졌다.

"내 사부가 원한 것이오."

거짓이었지만 어쩔 수 없었다. 이렇게 해야만 독고진이 비무를 회피하지 않을 것 같았기 때문이다.

"푸후, 좋소. 어디 한번 해봅시다."

독고진은 검을 다잡았다. 하지만 쌍검을 빼어 든 것은 아니었다. 굳이 그럴 필요성도 못 느꼈거니와, 쌍검을 이용해서 그의 관심을 더 끌고 싶은 마음은 더더욱 없었다.

"먼저 오시오."

묵비령의 말이었다. 대꾸하기 귀찮아진 독고진은 그대로 발을 굴렀다.

타탓―

그의 신형이 빛살같이 쏘아지더니 그가 있던 자리에는 잔영만이 어른거렸다.

"흡!"

묵비령은 눈을 부릅떴다. 갑작스레 독고진이 공격한 것에 놀라기도 했지만, 그의 눈에 독고진의 신형이 잡히지 않았기 때문이다.

챙— 채챙— 탁!

묵월신검의 초식, 묵빛의 검광(劍光)이 한차례 빛나고,

턱—

어느새 독고진의 검은 묵비령의 목젖에 닿아 있었다.

"이제 되었소이까?"

독고진의 말이었다. 하지만 묵비령은 그저 침음성을 흘릴 뿐이었다.

"크으음."

독고진은 검을 거두고 돌아섰다. 더 이상 그와 할 이야기는 없었다.

"잠깐!"

뒤에서 들려온 소리에 독고진은 고개를 돌렸다. 하지만 묵비령이 승부의 불공평함을 이야기하는 것은 아닐 것이라 생각하고 있었다. 독고진이 갑작스레 공세를 취해서 당할 수밖에 없었고, 항의하기에는 독고진이 보여준 한 수는 묵비령과 너무나 확연한 실력의 격차가 있었기 때문이다.

"내 패배를 부인하지 않겠소. 물론 다시 붙는다 하더라도 내가 당신을 이긴다는 것은 불가능하겠지. 하지만 한 번만 더 부탁드리오. 내 도법을 펼쳐 보이고 싶소이다."

독고진은 그냥 무시할까 하다가 결국은 신형을 돌리고 말았다. 묵비령의 기분을 대충은 짐작할 수 있었기 때문이다.

"좋소. 그럼 이번엔 그쪽에서 먼저 해보시오."

묵비령은 천천히 도를 들어 올렸다. 그는 두 손으로 도를 꽉 움켜쥐고 있었다. 이번 한 수에 그의 모든 것을 걸 심산인 듯했다.

"하아앗!"

그의 입에서 기합성이 울려 퍼졌다.

콰콰콰앙─!

그야말로 엄청난 속도. 거대한 굉음과 함께 묵비령의 도가 빛살처럼 독고진의 목덜미를 노리며 쇄도해 왔다.

까아아앙!

독고진의 검신과 묵비령의 도신이 맞부딪치며 커다란 쇳소리가 허공에 울려 퍼진다.

자신의 선공이 막힐 것을 예상했는지 묵비령의 도는 곧바로 일변(一變)하였다.

"흡."

숨을 들이쉰 그는 쉴 새 없이 독고진을 몰아세웠다. 하지만 독고진은 여유롭게 막아가고 있었다.

'으음, 훌륭한 도법이다. 바람의 저항을 보다 조금 받는 면도의 이점을 잘 활용했어.'

독고진은 묵비령의 도법에 감탄하고 있었다. 비록 묵비령

과 그의 실력의 격차가 너무도 커서 그에게 위협이 되지는 못
하였지만, 이 정도라면 충분히 웬만한 고수들에게는 위협적
인 도법이었다.

까가강―!

두 사람의 무구가 연신 맞물리며 경쾌한 소리를 만들어냈
다. 묵비령은 이를 악물고 도법을 전개하고 있었으며, 독고진
은 최선을 다해 막아내고 있었다. 독고진이 전력을 다해 막아
내는 데 치중하자 묵비령의 도는 중간 중간 끊길 수밖에 없었
다. 하지만 그는 만족하고 있었다. 독고진은 자신의 체면을
생각하여 전력을 다해주고 있었던 것이다. 비록 막는 것일 뿐
이었지만.

"흐아앗!"

묵비령의 도세가 변하였다. 그의 기도 또한 지금까지의 것
들과는 사뭇 달랐다. 최후의 초식을 펼치려는 듯하였다.

"합!!"

콰콰쾅!!

또다시 굉음이 울려 퍼지며 그의 도가 독고진을 향해 쇄도
해 왔다.

독고진은 눈에 이채를 띠었다. 묵비령의 도가 향하는 방향
이 너무도 단순했기 때문이다. 그의 도는 아무런 의미 없이
독고진의 복부를 향하고 있었다. 하지만 독고진은 긴장을 풀
지 않았다. 끝까지 그의 도가 자신의 복부를 노리지는 않을

것이기 때문이었다.

쇄애액!

그의 생각대로였다. 묵비령의 도는 일순 잔영을 남기며 투로(套路)를 바꾸었다.

채챙ㅡ!

급작스러운 변화. 묵비령의 면도는 독고진의 명치에 자리하고 있는 거궐혈(巨闕穴)을 노리고 쇄도해 왔다.

채앵!

하지만 묵비령의 도는 독고진의 명치에서 한 자가량 떨어진 곳에서 멈출 수밖에 없었다. 어느새 독고진의 검신(劍身)이 그의 도극(刀極)을 막아서고 있었기 때문이다.

"후후."

묵비령의 입에서 자조적인 웃음이 흘러나왔다. 그가 방금 펼쳤던 초식들. 그것들은 그의 전부라고 해도 과언이 아닐 무공들이었다. 하나 그 모든 것이 독고진에 의해 너무나도 쉽게 가로막히자 허탈한 듯하였다.

"이제 끝이오?"

독고진의 물음. 어찌 보면 거만하기 짝이 없는 말투였지만 독고진은 그런 말을 할 자격이 있었다. 적어도 묵비령은 그렇게 생각했다.

"끝이오."

묵비령의 간단한 대답에 독고진은 빙긋 미소를 지었다.

"훌륭한 도법이었소."

짧은 말이었지만 독고진의 한마디는 묵비령이 받은 충격에 더없이 커다란 위안을 주었다.

"고맙소이다."

묵비령의 진심이 담긴 말이었다. 독고진 또한 그것을 느꼈는지 그의 얼굴에는 흡족한 웃음이 걸려 있었다.

"이제 나는 가봐도 되겠소? 맹주님을 만나뵙고 나면 내가 그쪽을 찾아가겠소. 패 조부님을 모시러 가야 하지 않겠소."

그의 말에 묵비령은 살짝 고개를 저었다. 아직 할 말이 남았다는 뜻이었다.

"나는 아직 가장 중요한 이야기를 하지 않았소."

"……?"

의아하다는 듯한 표정으로 자신을 바라보는 독고진에게 묵비령은 그야말로 폭탄선언을 하였다.

"나의… 주군이 되어주시오."

第十章
풍운(風雲)

죽은 자의 영혼과 사람의 심혼(心魂)을 다루는 흑마법사 무림에 환생하다!

마왕의 힘을 배워 9클래스의 마법 경지를 넘어서고, 절대의 무공 경지에 들다!

그를 기다리는 건 무림사에 더없을 멸겁의 종말, 새황 오대천의 살혼마신!

"자, 이제 다들 모이신 겁니까?"

평소와는 사뭇 다른 분위기가 회의실 내에서 흐르고 있었다. 어떤 이들의 표정에선 비장함마저 느껴졌다.

"부상으로 불참하신 두 장로 분을 제외하고는 모두 다 모이셨소."

천무 진인의 말에 단리철을 고개를 끄덕여 보인 후 대답했다.

"그럼 회의를 진행하겠습니다. 일단 이번 회의에서 가장 중점적으로 다뤄야 할 것이 무엇인지 모르시는 분은 없으리라 생각합니다."

그는 말을 하며 좌중을 둘러보았고, 모든 이들은 고개를 끄덕이며 그의 다음 말을 기다렸다.

"하여 일단 이번 사건의 배후에 대해 여러분의 의견을 수렴코자 합니다."

장내는 쥐 죽은 듯 고요해졌다. 각자 나름대로의 생각을 하고 있을 것이다.

"일단 배후일 가능성이 있는 단체는… 혈교, 사도련, 마교 등 이 세 곳 중 하나일 겁니다. 이런 짓을 벌일 만큼 배짱이 좋을 곳, 그리고 그 정도 힘을 지닌 무력 단체를 키울 수 있는 곳은 이 외에 있을 수 없다고 단언할 수 있습니다."

모두들 공감하는 표정이었다.

다시 잠시간 정적이 이어졌다. 사안이 사안인만큼 모두들 신중해지는 것이다.

"흐음, 본인이 한말씀 올려도 되겠소이까?"

대부분의 회의를 침묵으로 일관하던 매화검(梅花劍) 단천학(丹踐鶴)의 발언에 모두의 시선이 그에게로 돌아갔다. 그러자 살짝 당황했는지 그는 헛기침을 몇 번 하며 말을 이었다.

"커흐음, 본도의 짧은 소견으로는 혈교… 가 의심이 가오."

잠시 뜸을 들인 그가 말을 이었다.

"일단 혈교는 배후로 지목된 다른 두 세력보다 본 맹과의 관계가 훨씬 적대적이오. 그야말로 견원지간이라 할 수 있소.

게다가 한동안 혈교는 잠잠하지 않았소?"

모두의 고개가 끄덕여졌다. 매우 원론적인 이유들을 짚은 것이었지만, 모두의 공감을 이끌어낼 수 있을 만큼 타당한 의견이었기 때문이다.

잠시 웅성거리던 장내가 조용해지자 이번에는 단리철의 바로 옆에 앉아 있던 현성 대사(賢成大師)가 입을 열었다.

"빈승 또한 단천학 시주의 말씀에 적잖이 공감하는 바이오. 하지만 최근 들어 사도련의 낌새 또한 수상하다는 정보가 세작으로부터 들어왔소. 정확히 말하자면 사도련의 하오문에서 말이오."

하오문은 거대한 방파이다. 하지만 오래전부터 하오문의 이미지는 하류 건달패와 도박꾼, 기녀들이 모여 만든 단체라고 인식되어 있었기에, 또 하오문이 타 거대 방파에 비해 그 세가 작은 것은 사실이기에 정확히 하오문에서 그 일을 꾸몄다고는 생각할 수 없었다.

"으음, 그 이야기는 저 또한 들은 바가 있군요."

단리철이 현성 대사의 말에 동조했다. 그 또한 얼마 전 무림맹의 정보각으로 들어온 세작들의 전서구를 통해 본 적이 있는 정보였기 때문이다.

"맹주, 그렇다면 다른 사파나 사도련에 심어놓은 세작에게서는 그런 징후가 보이지 않았소?"

천무 진인의 반문에 맹주는 살짝 난감한 표정을 지었다.

"그게… 좀 이상하게도 사도련에 심어놓은 세작 중 하오문에 심어둔 세작에게서만 그런 정보가 들어왔습니다. 다른 사도 방파에서는 별다른 징후가 없었구요."

"허험."

"크으음."

이곳저곳에서 신음이 흘러나왔다. 도무지 감이 오지를 않았기 때문이다.

"그런데 맹주, 한 가지 특이사항이 있소이다."

이제껏 아무런 말없이 이야기를 듣고만 있던 곤륜의 무청진인(無淸眞人)이 입을 열자 모두의 시선이 그에게로 쏠렸다.

"말해보십시오, 진인."

잠시 뜸을 들인 그는 천천히 입을 열었다.

"빈도는 장내가 정리되고 난 후, 부상당한 본 파의 무인들을 보면서 기이한 점을 발견하였소."

의외의 발언. 모두는 혹여 그의 입에서 새로운 단서라도 찾아낼 수 있기를 바라며 이어질 말을 기다렸다.

"흑의인들에 의해 상처를 입은 본파의 무인들은 한결같이 같은 증세를 보였다는 것이외다. 그들의 무구가 스치고 지나간 자리에 남은 자상(刺傷). 그 주변에는 한결같이 붉은 문신 비슷한 것이 남아 있었소이다."

그의 말에 모두가 기억을 되짚어보기 시작했다. 당시에는 그것에 그다지 신경을 쓰지 않았지만, 생각해 보니 맞는 것도 같았다.

"그런데 진인, 빈승은 아직까지 단 한 번도 그러한 특징을 가진 무공이 있다는 이야기를 들어본 기억이 없구려. 그렇다면 우리가 알지 못하는 새로운 집단이 암중에 존재하고 있다는 이야기요?"

현성 대사의 물음. 그리고 장내에는 다시 정적이 깔렸다. 모두 근심일색의 표정들이었다.

촤르륵—

잠시 무엇인가를 생각하던 단리철은 가지고 온 보자기를 탁자 위에 풀어놓자 수많은 문서가 두서없이 어지러이 놓여졌다.

"그것들이 무엇이오, 맹주?"

천무 진인의 말에 단리철은 앓는 표정을 지어 보이며 대답했다.

"본 맹에 들어온 문서를 제가 정리하여 모아놓은 문서들입니다."

*　　　*　　　*

"……"

그야말로 뒤통수를 한 대 강하게 맞은 듯한 표정.

"……"

두 사람 모두 꿀 먹은 벙어리가 된 듯 아무런 말도 없었다.

길고 긴 침묵. 다만 두 사내는 서로를 응시하기만 할 뿐 입은 열지 않았지만 서로의 눈빛으로써 이미 많은 이야기를 나누었다.

먼저 침묵을 깬 것은 독고진이었다.

"그게… 무슨 말이오?"

이미 묵비령의 두 눈으로써 그의 입에서 나온 말이 진심임을 느낀 독고진의 표정은 묘하게 변하였다. 놀랍고 당황스럽기도 하거니와, 정말 너무나도 오랜만에 들어보는 단어였기 때문이다.

'주군'이라는 그 한마디.

"말 그대로요. 내 주군, 주군이 되어주시오."

독고진은 가슴속에서 알 수 없는 열기가 끓어오르는 것이 느껴졌다. 주군이라는 그 단어는 짧지만, 그에게는 시사하는 바가 정말로 큰 단어였다.

'하하, 주군이라……. 과연 내 부덕으로 가정을 잃고 나라를 잃은 그들에게 나는 주군이었을까?

가슴 한 켠에는 아릿한 슬픔이 떠오르고, 또 다른 한편으론 새로운 웅심이 끓어오르는 독고진의 마음을 누가 헤아릴 수 있을까?

"그대는 나에게서 얻고자 하는 것이 무엇이오? 나를 통하여 보고자 하는 것이 대체 무엇이관데 이 나를 주군으로 삼겠다는 것이오?"

독고진의 음성은 살짝 떨려 나왔다. 오랜만에 느끼는 격동이었기에.

"후후, 사실 나는 사부님께 당신을 주군으로 모셔 독고세가를 일으켜 달라는 부탁을 받았소이다."

독고진은 아무 말 없이 다음 말을 기다렸다. 묵비령의 말에서 여운이 느껴졌기 때문이다.

"그런데… 지금 나는 생각이 바뀌었소."

묵비령은 침을 꿀꺽 삼키었다. 많은 말을 한 것은 아니었지만 갈증이 밀려오고 있었다.

"독고진, 당신을… 독고진이라는 한 사내로서 믿어보고 싶어지려 하오. 어쩌면 내 이상을 실현시켜 줄지도 모를……."

그의 말에 독고진의 두 눈이 살짝 빛난다.

"그대의 이상이 무엇이오?"

묵비령은 주저없이 답하였다.

"천하 위에 군림하는[君臨天下]."

잠시 숨을 고른 그는 다시 말을 잇는다.

"아, 오해는 마시오. 천하제일인(天下第一人)을 보고 싶은 것은 아니오. 전 무림을 굽어볼 수 있는 진정한 의미로써의 지존(至尊)을 보고 싶소이다."

그의 말에 독고진은 설레설레 고개를 저었다.

"그렇다면 나는 아니오. 나는 천하 위에 군림하고자 하는 커다란 야망을 가진 장부도 아니거니와, 그럴 능력 또한 없소이다.”

독고진의 대답은 진심이었다. 하지만 묵비령 또한 완강했다.

“아니, 그대에게 야망은 없을지언정 능력과 자격은 있소이다. 내 가슴이 그렇게 말해주고 있소.”

독고진은 그의 두 눈을 지그시 바라보았다. 하지만 그의 가슴속에서 뒤엉킨 복잡한 실타래는 풀어질 생각을 하지 않고 있었다.

독고진은 다시금 고개를 저으며 대답한다.

“가장 중요한 것은… 나에겐 그럴 생각이 없다는 것이오.”

“……”

묵비령은 차분한 눈빛으로 독고진을 응시했다.

잠시간의 정적이 지나고 그의 입이 천천히 떨어진다.

“그렇다면 나는 사부님의 청을 빌어 그대를 주군으로 모시겠소.”

독고진은 당황스럽다는 듯한 표정을 지었다. 그로서는 도무지 이해할 수가 없는 것이었다.

“…나에게 시간을 주시오.”

결국 독고진의 입에서 나온 말은 이것이었다. 하지만 묵비령은 흡족한 미소를 지었다.

“좋소. 답은 늦지 않게 해주시오. 하지만 그대의 답이 무엇이 되었든 나의 생각은 변함이 없을 것이오.”

이것은 억지가 아닌가? 독고진의 두 눈이 더욱 커졌다. 묵비령이 자신에게 집착하는 이유를 당최 알 길이 없었기 때문이다.

“허.”

독고진의 당혹스럽다는 듯한 표정에 묵비령은 피식 웃으며 말을 이었다.

“낭중지추라는 말을 모를 리 없을 것이외다.”

잠시 어질러진 머릿속을 정리하던 독고진은 그의 말이 이어지기를 기다렸다.

“현 무림은 평화롭소. 하지만 너무나도 평화롭지.”

무슨 말을 하고 싶은 것인가? 독고진은 아직도 모르겠다는 표정으로 그의 말을 듣고 있을 뿐이었다.

“지금이 난세는 아니오. 하지만 폭풍전야(暴風前夜)임은 분명하오. 그대도 느끼고 있을 테지. 그리고 나는 그러한 폭풍 속에서 편하게 살고 싶소.”

이제 독고진의 표정이 일그러졌다. 연관성이 없는 말에 머리가 아파왔기 때문이다.

“태풍 속에서 가장 평온한 곳은 태풍의 눈이오. 나는 단지 태풍의 중심에 설 당신의 곁에 서 있고 싶을 뿐이고.”

독고진의 얼굴이 알 수 없다는 듯한 표정에서 어이없다는 듯한 표정으로 바뀌었다. 일단 말의 의미는 이해가 되었기 때문이다.

"당신은 튀어나오지 않기에는 너무나도 뾰족하고 기다란 송곳이외다."

마지막 한마디를 한 그는 독고진의 멍한 표정을 보며 씨익 웃어 보일 뿐이었다.

*   *   *

"그럼 이에 대한 이야기는 이쯤 하겠습니다. 막간을 이용하여 논의할 이야기가 하나 더 있기 때문입니다."

단리철의 갑작스런 이야기에 여러 가지 의견으로 떠들썩하던 장내가 일순 조용해졌다.

"등천각(登天閣)에 관한 이야기를 하려고 합니다. 지금까지 이 이야기를 하지 않고 넘어간 적이 별로 없고, 대부분의 회의가 이 사안을 중점적으로 다뤘지만 결정적으로 정한 것은 하나도 없습니다. 그래서 오늘 이 자리를 빌어 등천각에 관한 것을 종지부 찍으려 합니다."

말이 끝나자마자 장내의 분위기가 환해지는 듯하였다. 암울한 분위기의 회의를 진행하던 중 '등천각' 이라는 무림맹의 후기지수들을 뽑기 위한 학관으로 주제가 전환되었기 때문이다.

"허헛, 그거 좋은 생각이외다. 사실 빈도 또한 늘 걱정이었소. 이렇게 걱정만 하고 있을 것이 아니라 어서 마무리를 지어서 후진 양성에도 힘을 기울여야 하는 것을.”

천무 진인의 말이었다. 그에 화산의 영풍 도장 또한 동조했다.

“천무 노사님의 말씀이 옳소이다. 거의 모든 것들은 정리해 놓고 정작 마지막 절차만을 남겨두고 있으니 본인 또한 답답하던 차였소.”

단리철은 고개를 끄덕였다. 이미 제룡회가 시작되기도 전에 공식적으로도 발표가 끝이 난 상황인 것이다. 이제 남은 것은 공포하는 것뿐이었다.

“이번 참사의 배후를 조사하는 것도 소홀히 하면 안 되겠습니다만, 등천각의 설립에도 모두들 힘을 기울여 주신다면 감사하겠습니다.”

모두들 고개를 주억거렸다. 무림의 노고수들에게 있어서 훌륭한 후진을 양성하고 지켜보는 것만큼 뿌듯한 일도 없을 것이다.

“그런데 맹주, 아직 준비가 덜 된 것이 남아 있소?”

현성 대사의 물음에 단리철은 고개를 저었다.

“몇 가지 자잘한 사항을 제외하고는 모든 준비는 끝마친 것 같습니다.”

그의 대답에 현성 대사는 헛웃음을 지으며 말을 이었다.

“허헛, 그렇다면 지금 마무리 짓자는 것은 무엇이오?”

단리철은 뒷머리를 살짝 긁적인다.

"방금 전에도 말씀드렸듯, 마무리입니다. 가장 중요한 개관 날짜를 정해야 하지 않겠습니까?"

현성 대사는 생각할 것도 없다는 듯 대답한다.

"그거야 당연 신년의 첫날로 해야 하지 않겠소? 매해가 바뀔 때마다 새로운 후기지수를 받겠다는 것이 등천각의 목적이니."

그의 말에 단리철은 약간은 당황스런 얼굴이 되었다. 너무 당연하다는 듯한 이야기였고, 너무도 간단한 말이었기 때문이다.

그는 다른 이들의 의견을 묻기 위해 좌중을 둘러보며 입을 열려 하였다. 하지만 그는 아무 말도 할 수 없었다. 이미 모든 장로들은 그렇게 생각하고 있는 듯 보였기 때문이다.

"허, 모두들 현성 대사님의 말씀에 동의하시는 겁니까?"

단리철의 물음에 대부분의 이들이 고개를 주억거렸다. 그에 단리철의 표정 또한 가뿐해졌다. 복잡한 문제를 의외로 간단히 해결했기 때문이다.

"그럼 공포는 보름 후에 하도록 하겠습니다. 이제 신년까지는 대략 한 달여가 남았으니 보름 후에 공포하는 것이 가장 적절하겠군요."

모두들 동의하고 있는 터라 반론이 나올 리가 없었다.

좀 전까지만 하더라도 우울한 분위기에 빠져 있던 회의는

화기애애한 가운데 순조롭게 끝마쳤다.

회의를 마친 후 맹주 집무실에 홀로 남아 있던 그에게 한 무사가 다가왔다. 연청색의 용 문양이 새겨진 무복을 입고 있는 것으로 보아 창룡검단의 단원인 듯 보였다.

"그래, 무슨 일인가?"

그의 물음에 무사는 약간 머뭇거리며 대답했다. 말할 내용이 어려운 것이라기보다는 젊은 그에게 검왕이라는 거목이 아직 어려운 것일 뿐이었으리라.

"독고진이라는 청년이 맹주님을 뵙기를 청합니다. 독고세가의 소가주라 하는데요?"

그의 말에 생각에 잠겨 있던 그의 눈이 번쩍 뜨여졌다.

"아, 그 아이를 내가 불렀지. 어서 들여보내게."

반가움이 역력한 그의 모습에 무사는 고개를 살짝 갸우뚱하며 바깥으로 나갔다.

"부족한 후학이 맹주님께 인사 올립니다."

공손하게 인사하는 그를 보며 단리철은 흡족한 미소를 지어 보였다.

"허허, 어서 앉게. 기다리고 있었다네."

단리철의 말은 진심이었다. 독고진이 자신의 딸인 단리혜를 구해주었다는 사실은 이미 들어서 알고 있는 터, 게다가 얼마 전 난전(亂戰)에서 자신에게도 적지 않은 도움을 준 그에게 진정으로 고마움을 표하고 싶었던 것이다.

"하핫, 절 기다리시다니요."

"진심이네. 내 자네에게 하고 싶은 이야기가 많다네."

단리철은 돌연 바깥을 향해 약간 커다란 목소리로 입을 열었다.

"여기 차 두 잔만 내어오게나!"

바깥에선 시비인 듯한 여인의 목소리가 들려왔다.

"예, 맹주님."

단리철의 시선이 다시 독고진을 향한다.

"이야기가 조금 길어질 것 같아 차를 들였네. 괜찮겠는가?"

"물론입니다. 한데 제게 이야기할 것이 어떤 것이길래……."

약간은 의아하다는 듯한 독고진의 표정에 단리철은 그저 웃음을 지어 보였다.

"우선 자네에게 고맙다는 인사를 먼저 해야겠네."

"아!"

독고진 또한 예상한 것이었다. 이미 자신이 단리혜를 구해준 것은 그녀로부터 들었을 것이기에.

"우리 혜아를 구해준 것, 정말 너무도 고맙게 생각하네. 내 어떻게 감사를 표해야 할지 모르겠네."

손까지 덥석 잡으며 말하는 그에게 독고진은 뭐라 대답해야 할지 몰라 살짝 머뭇거렸다.

"전 해야 할 일을 하였을 뿐입니다, 맹주님. 제게 감사라니
요."

단리철은 고개를 젓는다.

"아니, 아닐세. 내 응당 이리 해야 하는 것일세."

독고진은 마음속으로 미소 지었다. 단리철이 그의 딸을 얼
마나 아끼는지가 보였기 때문이다.

"제가 아닌 누구였던들 그리하지 않았겠습니까. 이렇게 말
씀하시면 제가 너무 부담이 됩니다."

그의 말에 단리철은 호탕하게 웃음을 터뜨렸다.

"하하핫, 그것이 그리 되는가. 하지만 정말 고마운 것은 어
쩔 수 없는 것이라네."

그때 바깥에서 시비의 목소리가 들려왔다.

"차를 들여도 되겠습니까?"

단리철은 기분 좋은 얼굴로 연신 입을 열었다.

"오, 그래. 어서 들이거라."

드르륵—

문이 열리고 두 잔의 찻잔이 올려진 쟁반을 든 시비가 들어
왔다.

"그래, 어서 올려놓고 나가보거라."

유난히 기분이 좋아 보이는 맹주의 모습에 시비는 미소 지
으며 바깥으로 나갔다.

"맹주님께선 기분이 좋아 보이십니다?"

독고진의 말이었다.

본래 과묵해 보이던 단리철이 말도 많고 얼굴도 밝아 보여 하는 말인 것이다.

"하하, 그런가? 내 어찌 기분이 아니 좋을 수 있겠는가? 자네 같은 훌륭한 후진을 보았는데 말일세."

독고진은 손사래를 쳐 보였다. 안 그래도 묵비령 때문에 복잡해진 머리가 더욱 꼬일 것 같은 불길한 예감이 엄습했기 때문이다.

"과찬이십니다, 맹주님."

그의 모습에 단리철은 얼굴을 살짝 찌푸려 보였다. 하지만 그다지 기분이 나쁘다는 듯한 표정은 아니었다.

"어허, 과한 겸손 또한 실례라 하였네. 자네는 내가 보아온 후기지수 중에서 단연 최고였네."

그의 말은 전혀 과장이 섞인 것이 아니었으며, 그의 진심이었다. 자신조차 쩔쩔매던 절진을 단숨에 파훼한 실력이 어디 웬만한 성취를 가지고 될 법한 일인가? 비록 자신은 진의 중심에 서 있었고, 독고진은 외부에서 파고드는 것이었기 때문에 그 난이도에 있어서는 많은 차이가 있었다. 하지만 그것만도 정말 대단하다 할 수 있는 것이었다.

"맹주님께서 제 얼굴에 금칠을 하시는군요."

"금칠이라니, 나 또한 자네 나이 때엔 자네만 한 능력이 못 되었네."

단리철의 말에 독고진은 쩔쩔맸다. 물론 그의 말이 과하거나 한 것은 아니었지만 독고진으로서는 너무도 부담이 되었기 때문이다.

쩔쩔매는 독고진의 모습에 단리철은 화제를 다른 쪽으로 돌려야겠다고 생각했는지 다른 말을 꺼냈다.

"내 자네에게 부탁이 하나 있는데, 들어줄 수 있겠는가?"

독고진의 뇌리에 경고성이 울려 퍼지기 시작했다. 바로 그가 우려하던 사태가 일어나고 있는 것이다.

"무슨… 부탁이라뇨. 제가 맹주님께 도움이 되어드릴 만한 것이 있겠습니까?"

단리철은 대번에 고개를 끄덕인다.

"물론이네. 자네가 이번 참사에 배후를 캐는 데 일조를 해 주었으면 하네."

독고진의 사색이 되었다. 그의 예상보다도 더욱 치명적인 공격(?)이었기 때문이다.

"아, 아니, 제가 무슨 수로 그런 막중한 일을 한다는 말입니까. 그렇다고 독고세가의 정보력이 개방처럼 무림맹보다 뛰어난 것도 아니구요."

단리철은 슬쩍 웃어 보였다. 하지만 독고진의 안색은 더욱 새하얗게 질려갈 뿐이었다.

"내가 풍백단(風魄團)을 내어주겠네. 그들을 잘만 이용한다면 자네의 능력으로는 충분히 내가 원하는 만큼의 성과를 거뒤낼 수 있을 것이야.”

독고진은 아예 멍한 표정이 되었다. 풍백단이라 함은 무림맹에서 창룡검단 다음으로 강력하다는 무력 단체가 아니던가? 풍백단주라는 자리는 그야말로 아무에게나 줄 수 있는 자리가 아니었던 것이다.

“풍백단주… 자리라도 주시겠다는 말씀이십니까?”

독고진의 말에 단리철은 당연하다는 듯 고개를 끄덕인다.

“물론이네. 마침 풍백단주 자리가 공석이어서 말이지.”

“…….”

그는 할 말을 잃었다. 근래에 왜 이렇게 이해할 수 없는 일들만 생기는지 알 수 없을 지경이었다.

“풍백단주라는 자리가 얼마나 막중한 자리인지 잘 알고 있습니다. 그런 자리에 저같이 경험도 일천한 말학이 앉다니요. 게다가 일개 단의 단주가 되려면 최소한의 지위는 갖추어야 한다고 들었습니다.”

말을 하며 독고진은 살짝 안도하였다. 아무리 맹주라도 무림에서 직위는 물론 어떠한 명성도 갖지 못한 그를 풍백단주로 앉힐 수는 없을 것이라는 믿음에서였다.

하지만 다음 순간, 그는 더욱 좌절해야 했다.

“물론 그렇지. 그래서 내가 생각해 둔 것이 있네.”

불안한 눈초리로 자신을 바라보는 독고진에게 단리철은

결정타를 틀어박았다.

"이제 곧 개관할 등천각의 무공 교두 중 한 사람으로 자네를 임명하는 바이네."

『포잣』 3권에 계속…

입소문을 통해 아는 분은 다 알고 계십니다!
올 한해 공인중개사 최고의 화제작!

1~2권 합본 | 이용훈 지음
3~4권 합본 | 이용훈 지음
5~6권 합본 | 이용훈 지음
용어해설 | 이용훈 지음

수험생 기본 필독서
만화 공인중개사

제목 : 만화공인중개사 쓰신 분에게 감사드립니다.

학원을 두 달 다녔어요. 근데 과연 그 숫자 외우기 그런 게 몇 문제나 나올까 생각을 했어요.
아니라는 생각이 드네요. 학원강의를 뒤로하고 서점을 갔어요. 내 머리에가장 이해될수있는
책이 없나 하구요. 거기서 만화를 발견했어요. 무조건 세 번 봤어요. 3개월 걸렸어요. 문제집을 보라고
했는데 그건 시행을 못했어요. 근데 합격을 했네요.
어떻게 감사의 말을 해야 될지…….
도서관에서 만화책 들고 다니니까 사람들이 비웃더라구요. 만화책으로 공인중개사를 공부한다고
미친 사람처럼 보더라구요. 근데 그거 다 감수하고 했던 내가 자랑스럽습니다.
어떻게 감사의 말을 해야 할지… 정말 감사합니다.
부디 행복하세요. 제 나이 41살에 좋은 스승을 만난 것 같습니다.
엎드려 감사드립니다.

－본사 홈페이지에 독자분이 올린 메일 中 에서 발췌－